DEN DRACHEN WIEDERERWECKEN

Die Stonefire-Drachen

Buch 5

JESSIE DONOVAN

Impressum

Den Drachen wiedererwecken

Englisch Copyright 2015 Laura Hoak-Kagey

Deutsches Copyright 2023 Laura Hoak-Kagey

Deutsche Übersetzung von Anna Drago und Katrin Dolle

Mythical Lake Press, LLC

www.JessieDonovan.com

Cover-Art von Laura Hoak-Kagey von Mythical Lake Design

ISBN: 978-1944776800

Die Stonefire Drachen und Lochguard Highland Drachen Serien sind miteinander verflochten. Da so viele Leser nach der Lesereihenfolge fragen, habe ich sie in dieses Buch aufgenommen. (Diese Liste gilt ab April 2026.)

Dem Drachen geopfert (Stonefire Drachen #1)
Den Drachen verführen (Stonefire Drachen #2)
Die Drachen offenbaren (Stonefire Drachen #3)
Den Drachen heilen (Stonefire Drachen #4)
Den Drachen wiedererwecken (Stonefire Drachen #5)
Das Dilemma des Drachen (Lochguard Highland Drachen #1)
Vom Drachen geliebt (Stonefire Drachen #6)
Der Drachenwächter (Lochguard Highland Drachen #2)
Dem Drachen ergeben (Stonefire Drachen #7)
Das Drachenherz (Lochguard Highland Drachen #3)
Vom Drachen geheilt (Stonefire Drachen #8)
Der Drachenkrieger (Lochguard Highland Drachen #4)
Dem Drachen helfen (Stonefire Drachen #9)
Den Drachen finden (Stonefire Drachen #10)
Vom Drachen ersehnt (Stonefire Drachen #11)
Die Drachenfamilie (Lochguard Highland Drachen #5)
Skyhunter gewinnen (Stonefire Drachen Universum #1)
Die Entdeckung des Drachen (Lochguard Highland Drachen #6)
Snowridge Verwandeln (Stonefire Drachen Universum #2)

Die Wahl des Drachen (Die Gefährten der Tahoe-Drachen #1)

Das Bedürfnis der Drachenfrau (Die Gefährten der Tahoe-Drachen #2)

Das Streben des Drachen (Lochguard Highland Drachen #7)

Ein Drache zum ersten, zum zweiten… (Die Gefährten der Tahoe-Drachen #3)

Den Drachen überzeugen (Stonefire Drachen #12)

Die Bürde des Drachen (Die Gefährten der Tahoe-Drachen #4)

Vom Drachen geschätzt (Stonefire Drachen #13)

Die Schwäche des Drachen (Die Gefährten der Tahoe-Drachen #5)

Das Drachenkollektiv (Lochguard Highland Drachen #8)

Der Fund des Drachen - (Die Gefährten der Tahoe-Drachen #6)

Die Chance des Drachen (Lochguard Highland Drachen #9)

Sommer in Lochguard (Die Zusammenkünfte der Drachenclans #1)

Dem Drachen Vertrauen (Stonefire Drachen #14) - erscheint demnächst

Die Erinnerung des Drachen (Lochguard Highland Drachen #10) - erscheint demnächst

Kapitel Eins

Jane Hartley schob ihre Brüste in dem tief ausgeschnittenen Kleid hoch und entschied, dass sie es nicht länger hinauszögern sollte. Sie hatte einen Job zu erledigen.

Als sie den Fox and Stag Pub betrat, warf sie einen flüchtigen Blick durch den überfüllten Raum. Die Theke war aus Holz und abgenutzt. Die Kerben sprachen von mehr als einer Kneipenschlacht.

Ganz hinten befand sich ein Billardtisch, und der Rest des Raums war mit Tischen und Gästen übersät. Die meisten von ihnen waren Männer, obwohl sie hier und da auch ein paar andere Frauen entdeckte. Alle waren lässiger gekleidet als Jane in ihrem engen Kleid, das an sich bereits auffallend war. Ein oder zwei Männer warfen ihr anzügliche Blicke zu, aber sie lächelte nur und ging zu einem leeren Platz neben der Bar.

Trotz des starken Make-ups, des engen Kleides,

der Perücke und der Absätze war Jane nicht da, um einen Mann aufzureißen. Einem ihrer Kontakte in Manchester zufolge genehmigten sich hier freitags einige der ehemals in Carlisle ansässigen Drachenjäger gern das eine oder andere Bier. Da der Pub voll von etwas zwielichtigen Männern war, sollten die Jäger hier gut reinpassen.

Sie hoffte, etwas Nützliches zu finden, sonst musste sie ihre Strategie neu überdenken. Sie hatte schon zwei Tage ihres Urlaubs damit vergeudet, das Fox and Stag in Newcastle zu überprüfen. Der ehemalige Jäger-Treffpunkt in Carlisle war nach der Niederlage gegen die Stonefire-Drachen Anfang des Jahres aufgegeben worden. Wer wusste schon, wie lange sie Newcastle und Umgebung als neue Basis nutzen würden. Wenn sie die Jäger nicht fand, konnte sie die Story nicht schreiben, die den Verlauf ihrer Karriere ändern könnte. Jane wollte mehr als nur ein hübsches Gesicht vor der Kamera sein, das Passanten befragte. Sie wollte eine richtige Journalistin sein.

Der Gedanke, niemals Storys zu bringen, die etwas bewirken konnten, ließ Jane ihren Handtaschenriemen nur noch fester packen. Die Zusammenarbeit mit den Stonefire-Drachenwandlern hatte ihren Drang, die Wahrheit herauszufinden, neu belebt. Sie würde ihre Story finden, und wenn sie dabei draufginge. Schließlich hatte kein Mensch je das Innenleben der Drachenjägerbande enthüllt.

Wenn Jane das schaffte, hatte sie nicht nur die

Geschichte des Jahres, sie könnte auch dazu beitragen, die öffentliche Meinung noch stärker zugunsten der Drachenwandler zu beeinflussen. Sie wusste aus erster Hand, von ihrer Zusammenarbeit mit Clan Stonefire, dass sie keine Monster waren. Der Trick bestand darin, es mit Fakten und einer Erzählung zu beweisen, die die Herzen der Öffentlichkeit erreichen und einen bleibenden Eindruck hinterlassen würde.

Als sie die Bar erreichte, rutschte Jane auf einen leeren Platz und lächelte den Barkeeper an. Zeit, sich an die Arbeit zu machen.

Nachdem Jane ein Bier bestellt hatte, beobachtete sie den Raum unauffällig aus den Augenwinkeln. Die größte Gruppe von Männern saß links hinter ihr. Sie inspizierte ihre Nägel, während sie auf ihr Getränk wartete, und hörte der Gruppe zu.

Einer der Männer sagte: „Seht euch die an. Scheint gut in Form zu sein. Die werd' ich anquatschen.“

Der Mann sprach nicht mit einem Geordie-, sondern mit einem Scouse-Akzent, was bedeutete, dass er aus Liverpool kam. Da Liverpool keinen eigenen Drachenjäger-Zweig hatte, könnte der Mann zur Carlisle-Gruppe gehören. Eines deren Markenzeichen war, dass sie ihre Mitglieder aus ganz Großbritannien rekrutiere.

Sie musste mit den Männern hinter sich reden und herausfinden, ob ihre Vermutung richtig war.

Janes Lager kam. Sie trank einen Schluck und

wartete, ob einer der Männer sich ihr näherte. Wenn nicht, musste sie die Sache selbst in die Hand nehmen.

Sie musste nicht lange warten. Keine Minute später erschien links von ihr ein Mann durchschnittlicher Größe, in Jeans und einem Hemd, das nicht in der Hose steckte. Seine Stimme passte mit dem Scouser von vorhin. „Hey, meine Schöne, bist du vom Himmel gefallen?"

Jane widerstand dem Drang, die Augen zu verdrehen, und zwang sich, zu lächeln und ihre Stimme zu einem flachen amerikanischen Akzent zu verstellen. „Der Spruch funktioniert wohl auf beiden Seiten des Teichs."

Der Mann lächelte. „Du bist Amerikanerin."

„Ja, ich mache hier Urlaub." Sie lehnte sich ein winziges Stück nach vorn, und die Augen des Mannes schossen zu ihrem Dekolleté. „Bis jetzt war es fantastisch. Überall, wo ich hinkomme, haben die Männer so einen sexy Akzent. Ich kann gar nicht genug davon bekommen."

Er sah ihr erneut in die Augen, und sein Lächeln wurde breiter. „Nun, Liebes, heute ist dein Glückstag. Meine Freunde und ich hätten dich gerne an unserem Tisch. Wir sagen, was immer dir gefällt."

Der Schimmer der Begierde in den blauen Augen des Mannes ließ ihren Magen rebellieren. Aber Jane war vorbereitet. Wenn etwas schiefging, hatte sie eine illegale Dose Pfefferspray in ihrer Handtasche. Ganz zu schweigen davon, dass sie seit dem Drachenjäger-Angriff auf Stonefire Anfang des Jahres fortgeschrittene Selbstverteidigungskurse besucht hatte, die sich bei Bedarf als nützlich erweisen würden.

Mit einem Nicken antwortete sie: „Ich würde gerne deine Freunde kennenlernen. Vielleicht könnt ihr mir beibringen, britisch zu klingen."

„Dann komm mit. Mein Name ist Jason."

Jane hatte sich vor langer Zeit einen falschen Namen überlegt, der ihrem eigenen ähnelte. „Ich bin Jenn."

Als der Mann sie zu einem Tisch mit etwa acht Kerlen führte, katalogisierte Jane ihre Gesichter. Obwohl sie kein eidetisches Gedächtnis hatte, war sie immer gut mit Gesichtern gewesen. Selbst wenn sie von diesen Männern keine Informationen über die Drachenjäger bekam, konnte sie sie später mit bekannten Drachenjäger-Verbündeten abgleichen und sehen, ob sie auf der richtigen Spur war.

Natürlich war Jane etwas voreilig. Sie musste erst das Plaudern mit den schleimigen Männern am Tisch überleben.

Der Gestank von Bier, Zigaretten und abgestandenem männlichem Schweiß traf sie, als sie mit Jason neben dem langen Tisch stehen blieb. Das würden lange zehn oder zwanzig Minuten mit diesen Männern werden.

Denk daran, diese Männer können dich zu deinem nächsten Hinweis führen. Selbst als sie auf ihre Brüste starrten, bevor sie in ihr Gesicht zurückblickten, hörte Jane nicht auf zu lächeln. Sie winkte. „Hallo."

Einer der Männer stieß einen Pfiff aus. Da sie sich in den vergangenen zehn Jahren auf ihre Karriere konzentriert hatte, war es lange her, seit sie mit Männern in einem Pub zu tun gehabt hatte. Wenn Pfeifen heutzutage der Weg war, eine Frau zu gewinnen, würde Jane für den Rest ihres Lebens Single bleiben.

Unter normalen Umständen hätte sie wahrscheinlich einen finsteren Blick aufgesetzt und ihm den Mittelfinger gezeigt.

Dies waren jedoch keine normalen Umstände, sodass die Vorstellung, jedem einzelnen Mann hier in den Sack zu treten, fürs Erste reichen musste.

Jason legte eine Hand an ihren unteren Rücken. Seine Berührung weckte in ihr den Wunsch, eine lange, heiße Dusche zu nehmen. „Das ist Jenn. Sie ist Amerikanerin und sucht sexy Akzente. Ich hab' ihr gesagt, wir sind genau die Richtigen."

Ein dunkelhäutiger Mann mit schwarzem Haar und braunen Augen meldete sich zuerst zu Wort. „Ist das so? Dann ist meiner der beste."

Ein Birmingham-Akzent.

Als Nächstes sprach ein Mann mit braunen Augen und einem blassen, kahlen Kopf. „Hör nicht auf ihn. Yorkshire ist besser. Schließlich sind wir das Texas von England."

Mit bereits drei verschiedenen Akzenten sagte Janes Bauchgefühl ihr, dass diese Gruppe von Kerlen die richtige sein könnte.

Sie spielte weiter die Amerikanerin, hob die

Hände und zuckte mit den Schultern. „Für mich klingen sie alle gleich."

„Oi", sagte der Glatzkopf. „Setz dich hin, und wir werden es dir richtig beibringen. Als Nächstes sagst du noch, wir klingen australisch."

Sie legte einen Finger an den Mund und versuchte, schüchtern auszusehen. „Nun, irgendwie tut ihr das."

Der Mann an ihrer Seite wandte sich an einige seiner Freunde. „Bewegt eure Ärsche, und lasst die Dame sich setzen. Ich denke, es ist an der Zeit, dass wir ihr den Unterschied zwischen uns und den Kriminellen beibringen."

Janes Mutter war Australierin, daher war ihr bekannt, dass einige Briten Australier als Kriminelle bezeichneten – schließlich hatten die Briten viele ihrer verurteilten Verbrecher früher nach Australien und Amerika deportiert.

Sie konnte jedoch nicht für die Ehre ihrer Mutter eintreten, also biss sie sich in die Wange, um nichts Unpassendes zu sagen. Die Rolle einer ahnungslosen Amerikanerin zu spielen, würde mehr Konzentration erfordern, als sie dachte.

Als Jane in die Nische rutschte und Jason sich neben sie setzte, war sie zwischen zwei möglicherweise gefährlichen Männern gefangen. Die Erinnerung, wo sie war und wer diese Männer vielleicht waren, beruhigte sie. Wenn sie es vermasselte, stand mehr als nur ihre Story auf dem Spiel.

Ihr Leben vielleicht auch.

Jane ließ ihren Charme spielen und machte sich an die Arbeit.

KAI SUTHERLAND SCHOB die Ärmel seines neuen Pullovers hoch und entblößte die Unterarme. Im Gegensatz zu den meisten Drachenwandlern hatte Kai Tattoos an beiden Armen. Seine gezackte Flamme in schwarzer Tinte half ihm, sich besser unter die Menschen zu mischen, und das war angesichts seiner Größe und seiner Neigung zu knurren nicht leicht.

Zumindest hatten die menschlichen Frauen seines Clans ihm das gesagt – dass er zu viel knurrte.

Kai betrachtete den Pub auf der anderen Straßenseite, schob die Gedanken an sein Knurren beiseite und konzentrierte sich auf seine Aufgabe. Newcastle war eine gefährliche Stadt für Drachenwandler. Niemand erinnerte sich zwar an die Gründe, aber die Geordies hatten von allen im gesamten Vereinigten Königreich am meisten Angst vor seiner Art und taten alles in ihrer Macht Stehende, um ihre Städte von Drachenwandlern zu befreien. Er durfte es nicht vermasseln, sonst konnte er in die Hände des MDA geraten, oder sogar Schlimmeres.

Jedenfalls war ihr Hass der Grund, warum Kai hier war.

Und aus diesem Grund hieß die Stadt auch

Drachenjäger willkommen, ohne viele Fragen zu stellen, in dem Glauben, dass die Jäger mit für ihren Schutz sorgen würden. Laut seinen Kontakten sollte der Pub gegenüber einer der üblichen Treffpunkte für die Jäger in der Gegend sein.

Kais Drache grunzte. *Lock sie raus, und wir können sie fressen.*

Keine Menschen fressen. Das ist eine der Regeln.

Regeln sind dazu da, gebrochen zu werden.

Nicht dieses Mal. Weißt du noch, was sie Charlie angetan haben? Einen oder zwei zu fressen reicht nicht aus; wir müssen die Bastarde erledigen.

Charlie war der erste weibliche Beschützer der Stonefire-Drachen gewesen. Vor sieben Monaten wurde sie gefangengenommen und ausgeblutet.

Kai drückte seine Finger zusammen und zwang die Wut in seinen Hinterkopf. Starke Emotionen würden sein Urteilsvermögen trüben und vielleicht die einzige Chance riskieren, die er hatte, einen oder zwei Jäger zu fangen und nach Belieben zu verhören. Um seinen Clan zu schützen, musste er Simon Bourne, den Anführer der Carlisles, ausschalten. Doch das konnte er nicht ohne weitere Informationen.

Sein Drache antwortete: *Das MDA wird dich bestrafen, wenn sie herausfinden, was du tust.*

Scheiß aufs MDA. Sie lassen uns immer im Stich.

Außer Evie.

Evie Marshall war die menschliche Frau, die mit Kais Clan-Anführer gepaart war. *Natürlich nicht Evie. Diese Frau hat sich bewiesen.*

Beeil dich einfach. Ich hasse es, in den überfüllten Straßen der Städte zu sein.

In dem Punkt musste Kai zustimmen. *Dann bleib ruhig und lass mich meinen Job machen.*

Gut, aber du schuldest mir später eine Jagd.

Damit zog sich sein Drache in den Hinterkopf zurück, und Kai ging über die Straße zum Pub.

Beim Eintreten und auf dem Weg zur Theke betrachtete er aufmerksam seine Umgebung. Die meisten Gäste waren Arbeiter, die das Ende der Arbeitswoche feierten. Ein paar menschliche Frauen tranken mit ihnen oder sahen zu, wie einige Männer auf der anderen Seite des Raums Billard spielten.

Dann sah er nach links und entdeckte den Rücken einer dunkelblonden Frau, die bei einer Gruppe von Männern saß. Ihr Haar war hochgesteckt, was die zarte Haut ihres Halses freilegte.

Sein Tier knurrte heraus, *Unsere.*

Sei nicht albern. Niemand gehört uns.

Sie schon. Schaff sie von diesen Menschen weg.

Ihr Bizeps ist nackt, frei von Stoff und Tattoos. Sie ist auch ein Mensch.

Das spielt keine Rolle. Diese Männer sind unwürdig.

Kai wollte seufzen. Sein Drache war schon immer ein wenig dramatisch gewesen. *Du bist nicht still, also werde ich dich zum Schweigen bringen.*

Kai rang seinen Drachen in ein mentales Gefängnis, bevor er antworten konnte, und machte die letzten Schritte zur Bar. Während er auf den

Barkeeper wartete, blickte er über seine Schulter, damit er das Gesicht der Frau sehen konnte.

In der Sekunde, in der er die blauen Augen, das lange Gesicht und das strahlende Lächeln sah, fühlte er sich, als hätte er einen Schlag in den Bauch bekommen.

Die Frau trug vielleicht zu viel Make-up und hatte blonde anstatt schwarzer Haare, aber es war Jane Hartley, die BBC-Reporterin, die in den letzten Monaten mit Stonefire zusammengearbeitet hatte.

Er fragte sich, warum zum Teufel sie in Newcastle war. Denn er bezweifelte sehr, dass es ein Zufall war.

Sein Drache schlug gegen seinen mentalen Käfig. Da Kai viel Erfahrung im Umgang mit seinem temperamentvollen Tier hatte, hielt der Käfig. Wenn er jedoch länger als fünf Minuten im selben Raum wie Jane blieb, konnte sein Drache einen Ausweg finden.

Schließlich glaubte sein verdammtes Tier, der Mensch sei ihre zweite Chance.

Anstatt seine Gedanken diesen Weg gehen zu lassen, verkrampfte Kai seinen Kiefer. Er musste die Menschenfrau aus dem Pub holen und sie ihrer Wege schicken.

Der Barkeeper näherte sich, aber Kai winkte ihn weg und ging zum Tisch. Er hatte eine Idee.

Der Anblick, wie Jane lächelte und mit den menschlichen Bastarden flirtete, schickte blitzartig Zorn durch seinen Körper. Sie sollten nicht in ihrer Nähe sein. Kai wollte nichts anderes als die

Jägerschweine an die Wand werfen und die Frau in Sicherheit bringen.

Der Gedanke ließ ihn innehalten. Er war nicht hier, um die Frau zu beschützen. Sie konnte auf sich selbst achten.

Kais Drache befreite sich. *Nein, wir müssen sie beschützen.*

Und die Mission riskieren? Ich glaube nicht.

Sein inneres Tier knurrte. *Wir machen beides.*

Ich nehme keine Befehle von dir entgegen.

In diesem Fall wirst du auf mich hören. Sie gehört uns.

Kai hatte es satt, sich zu streiten, und beschloss, sein Tier vorübergehend zu besänftigen. *Glaub mir. Ich kann sie wegschicken und die Jäger bezwingen. Vertraue mir.*

Sein Drache schnaubte. *Vorerst werde ich nur zusehen.*

Kai schaffte es, nicht den Kopf zu schütteln, und näherte sich dem Tisch. Bei näherer Betrachtung bemerkte er, dass der Mann zu Janes Rechten einer der Carlisle-Jäger war. Kai hatte ihn in Drachenform bei einer Rettungsmission gesehen.

Sein Drache meldete sich wieder zu Wort. *Schaff Jane weg von ihm, aber lass ihn nicht entkommen.*

Kai ignorierte seinen Drachen, blieb neben dem Tisch stehen, an dem Jane mit den Männern saß, und trat gegen das äußere Tischbein. Alle Augen waren auf ihn gerichtet, und er bemerkte den Überraschungseffekt in Janes Blick. Er knurrte: „Da bist du ja, Janey."

Man musste ihr zugutehalten, dass Jane ihre

Überraschung schnell durch Verwirrung ersetzte. „Kenne ich Sie?"

„Natürlich kennst du mich – sogar verdammt gut. „Ich bin dein Mann."

Der Mann, den er bei seiner letzten Mission gesehen hatte, griff unter den Tisch, zweifellos, um eine gestohlene Waffe hervorzuholen. Der Kahlköpfige fragte: „Für wen zum Teufel hältst du dich, Kumpel? Diese Lady hier amüsiert sich und kennt dich nicht. Also verpiss dich und lass sie in Ruhe."

„Nein", erklärte Kai.

Der Mann auf Janes anderer Seite hob seine Brauen. „Du solltest besser auf meinen Freund hören, Arschloch, oder wir werden dich nach draußen bringen und dir eine Lektion erteilen."

Da es genau das war, was Kai wollte, nahm er ein Bier vom Tisch und warf es zur Seite. Das Glas zerbarst, und die beiden nächsten Männer standen auf. Der Kahlköpfige sprach wieder und packte etwas unter seinem Hemd. „Letzte Chance. Verschwinde, oder wir sorgen dafür."

Der Barkeeper und einer der Türsteher kamen auf sie zu. Kai musste das nach draußen bringen, wo er die Situation besser kontrollieren und zu viele menschliche Augen vermeiden konnte. „Wie wäre es mit einem Kampf? Wenn du gewinnst, kannst du die Torte behalten. Wenn ich gewinne, darf ich sie mir nehmen, und ich werde dir erlauben, mit dem Leben davonzukommen."

Jeder sah auf den Glatzkopf, der ihr Anführer

zu sein schien. Der Drang, Jane anzusehen, war stark, aber er konzentrierte sich auf die Männer. Mit der Menschenfrau würde er sich nach dem Kampf befassen.

Der kahlköpfige Mann machte eine kleine Bewegung Richtung Tür, und seine Männer standen auf. Zwei von ihnen packten Janes Oberarme, und Kais Drache brüllte in seinem Kopf und fügte hinzu, *Sie dürfen sie nicht anfassen. Sie sind unwürdig und könnten ihr wehtun.*

Kai sagte schnell *Es wird ihr gut gehen. Niemand wird ihr vor meinen Augen wehtun. Wenn sie es versuchen, werden sie es bereuen.*

Sein Tier grunzte. *Ich vertraue dir fürs Erste. Aber du weißt, was passieren wird, wenn du versagst.*

Wenn Kai versagte, war die Hölle los; sein Tier tolerierte kein Scheitern. *Ja, ja. Und jetzt halt die Klappe, damit ich mich konzentrieren kann.*

Mit einem letzten Schnauben verstummte sein Drache.

Nur der Glatzkopf blieb am Tisch und deutete zur Tür. „Nach dir.”

„Wir gehen zusammen raus. Ich dreh' dir nicht den Rücken zu", antwortete Kai.

„Cleverer Mann.”

Kai hob eine Augenbraue, und der kahle Mann ging los.

Er musste nur den Glatzkopf k.o. schlagen und ihn über die Schulter werfen, damit er ihn später befragen konnte. Dann konnte Kai die Reporterin weit weg von dort bringen und sie überreden, sich von den Drachenjägern fernzuhalten. Eine einzige menschliche Frau hatte keine Chance gegen sie, vor allem keine so hübsche wie Jane. Es war nicht abzusehen, was die Jäger mit ihr machen würden, wenn sie herausfänden, dass sie Reporterin war.

Sein Drache flüsterte, *Beschütze sie um jeden Preis.*

Das werde ich, aber nur, damit ich meine Mission beenden kann, mehr nicht.

Eines Tages wirst du aufhören zu lügen.

Kai mochte das Selbstvertrauen in den Worten seines Drachen nicht. Da er nun jedoch draußen vor dem Pub war, konzentrierte er sich auf die aktuelle Situation.

Der Glatzkopf ging hinten in die Gasse. Sobald Kai um die Ecke kam, sah er, wie Jane zwischen zwei Männern am Ende der Straße festgehalten wurde. Er widersetzte sich dem Drang, sich in einen Drachen zu verwandeln und sie alle auf einen Schlag zu erledigen.

Das würde ihn in Schwierigkeiten mit dem MDA bringen. Jeder Drache, der innerhalb einer Großstadt wandelte, wurde angezeigt und musste eine Gefängnisstrafe verbüßen. So schwer es auch war zu widerstehen, Newcastle war nicht sein Land. In ein MDA-Gefängnis geworfen zu werden, würde ihn davon abhalten, seine Aufgabe zu erledigen.

Und sobald Kai sich etwas in den Kopf gesetzt hatte, zog er es auch durch. Immer.

Der Glatzkopf bedeutete Kai, sich zu nähern. „Komm schon, Kumpel. Es ist an der Zeit, dich auf deinen Platz zu verweisen."

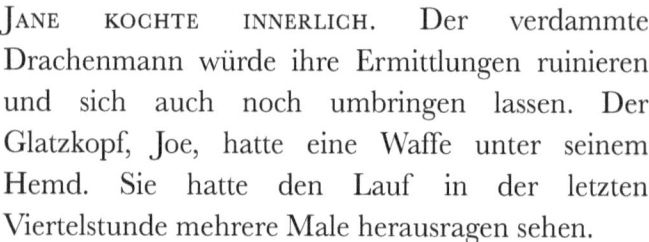

JANE KOCHTE INNERLICH. Der verdammte Drachenmann würde ihre Ermittlungen ruinieren und sich auch noch umbringen lassen. Der Glatzkopf, Joe, hatte eine Waffe unter seinem Hemd. Sie hatte den Lauf in der letzten Viertelstunde mehrere Male herausragen sehen.

Joe und seine Männer hatten gerade angefangen darüber zu reden, wie weit weg sie von ihrer Lieblingskneipe lebten, als Kai aufgetaucht war. Wie konnte er es wagen, sie seine Frau zu nennen! Zweifellos dachte er, sie müsse gerettet werden.

Verdammter dummer Drachenmann.

Wenn das hier vorbei war, würde sie dem oberstem Beschützer des Stonefire-Clans den Marsch blasen. Obwohl sie selten mit ihm zu tun hatte, schaffte es der ruhige Drachenmann immer, das zu bekommen, was er wollte. Sie hatte keine verdammte Ahnung, warum er hier war, aber wenn er auch hinter den Jägern her war, würde es für ihn ein böses Erwachen geben. Jane Hartley gab für niemanden eine Spur auf, nicht einmal für einen knurrenden, heißen Muskelmann, der sich in einen riesigen Golddrachen verwandeln konnte.

Kais Stimme hallte durch die Gasse und beantwortete Joes Spott. Da Jane größer war als die meisten Männer, drehte sie einfach den Kopf, um zuzusehen.

„Keine Waffen. Das ist meine einzige Regel", erklärte Kai.

Joe antwortete: „Wer sagt, dass du hier die Regeln machst? Ich werde nur kämpfen, weil du eine Herausforderung sein könntest, und es ist schon eine Weile her, dass ich eine hatte. Sonst hätten dich meine Männer und ich längst ausgeschaltet."

Jason an ihrer Seite murmelte zustimmend, und Jane fragte sich, ob alle Drachenjäger Waffen hatten.

„Keine Waffen", wiederholte Kai.

Obwohl sie wütend auf Kai Sutherland war, brachte der Stahl in seiner Stimme sie dazu, gehorchen zu wollen.

Und wenn sie ehrlich war, jedes Mal, wenn sie es hörte, ließ seine Stimme sie auf eine gute Art zittern.

Nicht, dass sie Zeit damit verschwenden würde, über Kais tiefe, sexy Stimme nachzudenken. Sie war mehr besorgt, die Jäger könnten herausfinden, dass er ein Drachenmann war. Kais Pullover und Hosen hatten ihm geholfen, sich unter die Menschen in der Gegend zu mischen, aber nur sehr wenige Menschen konnten so viel Dominanz in ihre Stimmen fließen lassen.

Joe nahm die Hand aus seinem Hemd. „Ich mag Herausforderungen. Du siehst aus, als wärst du in der Army gewesen, richtig?" Kai nickte kaum merklich, und Joe fuhr fort: „Dann schauen wir mal, ob das, was sie euch Schwuchteln beibringen, dem standhält, was wir auf der Straße lernen."

Im Handumdrehen trat Joe zur Seite und schwang eine Faust.

Jane hielt den Atem an, aber dann wich Kai aus. Selbst im Halbdunkel war Kai anmutig, wenn er sich bewegte. Es war fast so, als würde er tanzen.

Blinzelnd schob Jane den lächerlichen Gedanken aus ihrem Kopf. Der Drachenmann hatte alles ruiniert. Sie würde keine positiven Gedanken an ihn haben und sich gewiss nicht fragen, ob Kai genauso anmutig war, wenn er seine Klamotten nicht trug.

Hör auf, Jane. Sie hatte sich in den letzten Monaten schon zu oft gefragt, wie Kai wohl nackt aussah. Aber sie konnte es sich nicht leisten, einen Mann nackt zu sehen. Zumindest nicht, bis sie ihre Geschichte beendet und sich ihren Ruf als echte investigative Journalistin gesichert hatte.

Der Jäger an ihrer Seite, Jason, murmelte: „Sag mir, du willst diesen Bastard verlieren sehen." Er streichelte ihren Oberarm mit einem Finger, und sie konnte kaum widerstehen, ihm in den Kiefer zu schlagen. „Wir haben uns vorher so gut verstanden. Ich würde dich gerne zu mir mitnehmen und dir zeigen, was ein echter Mann ist."

Darfst. Nicht. Die. Augen. Verdrehen. Jane setzte ein schüchternes Lächeln auf und sah zu Jason hinab, der ein paar Zentimeter kleiner war als sie. „Das klingt nett. Ich habe mich schon immer gefragt, wie ein Brite wohl sein würde."

Verlangen blitzte in den Augen des Mannes auf.

Er trat auf sie zu, als wollte er sie küssen, also fügte sie hinzu: „Aber ich will zuerst den Kampf sehen, okay, Süßer? Ich will, dass der Fremde, der sich als mein Mann ausgegeben hat, für seine Lüge bestraft wird."

„Mach dir keine Sorgen, Joe wird sich um ihn kümmern." Er streichelte ihren Arm noch mehr, und ihr Magen verdrehte sich. „Aber wir werden bleiben. Einen Kampf zu sehen, macht mich nur noch härter."

Igitt. Jane schob die Gedanken an den Mann, nackt und hart, beiseite und wackelte mit dem Kopf. „Kann es nicht abwarten."

„Dann sieh dir den Kampf an, Liebes. Wenn du so bist wie ich, und ich glaube, dass du das bist, wird es dich feucht machen."

Nur ihre Sturheit hielt das Lächeln im Gesicht. Jemand sollte diesen Mann ab und zu wirklich mal schlagen. Das war definitiv kein Weg, eine Frau zu gewinnen. „Vielleicht."

Bevor er noch mehr grobe Kommentare von sich geben konnte, sah Jane zu Kai zurück. Er und Joe umkreisten einander. Keiner schien außer Atem zu sein, noch hatten sie sichtbare Verletzungen auf ihren Gesichtern.

Sie fragte sich, was Kais Strategie war. Er musste sich verdammt noch mal beeilen, damit sie den Perversling an ihrer Seite loswerden konnte.

Doch Kai ließ sich Zeit, seinen Gegner zu umkreisen und einem Schlag und dann dem nächsten auszuweichen. Er tat so, als hätte er alle Zeit der Welt.

Joe versuchte einen Aufwärtshaken, aber Kai wich aus und schlug ihm in die Niere. In der nächsten Sekunde drehte sich Kai um und schlug ihm auf den Kiefer. Joe ging mit einem dumpfen Geräusch zu Boden.

Alle hielten die Luft an, auch Jane, aber Joe stand nicht wieder auf.

Kais Augen suchten ihre, und sie zitterte bei der Mischung aus Hitze und Triumph darin. Dieser Blick brachte sie dazu, sich ausziehen und sich als Opfer anbieten zu wollen.

Blinzelnd hätte Jane fast die Stirn gerunzelt. Das war jetzt schon das zweite Mal in wenigen Minuten, dass sie sich Kai nackt vorstellte. Wenn sie ihre Story finden und ihre Karriere vorantreiben wollte, konnte sie es sich nicht leisten, mit einem Drachenwandler zu schlafen. In dem Moment, in dem sie es tat, würde ihre Meinung als voreingenommen betrachtet werden.

Sie hatte dieses Mantra in den letzten Monaten immer wieder wiederholen müssen. Von einem Clan heißer Drachenmänner umgeben zu sein, war schon an sich Versuchung genug. Und wer zum Teufel wusste warum, aber sie hatte immer die stärkste Anziehung zu Kai verspürt, obwohl sie es geschafft hatte, sich von ihm fernzuhalten.

Glücklicherweise meldete sich Mr. Taktlos an ihrer Seite wieder zu Wort. „Wolltest du, dass ich ihn für dich loswerde, Liebes?" Er griff hinunter nach etwas, von dem sie vermutete, dass es eine Waffe war. „Seine Faust kann uns so weit weg nicht wehtun."

Sie versuchte, darüber nachzudenken, wie sie reagieren sollte, als Kai sich bückte und Joes Waffe nahm. Sein überempfindliches Drachenwandler-Gehör musste Jasons Worte aufgeschnappt haben.

Kai entsicherte die Waffe und richtete sie auf Jason. „Die Frau gehört mir. Lass sie los."

Die Männer starrten einander an, und Jane beschloss, es darauf ankommen zu lassen. Diese Männer würden sowieso nie wieder mit ihr reden.

Sie drehte sich um, trat Jason in die Hoden und nahm seine Waffe. Bevor die anderen Männer ihre ziehen konnten, drückte sie den Lauf gegen Jasons Schläfe und löste die Sicherung. Sie wollte ihre Tarnung nicht komplett aufgeben und behielt ihren amerikanischen Akzent bei. „Ich glaube nicht, Jungs. Ich bin kein Preis, um den man kämpft. Außerdem bin ich Amerikanerin, und wir lieben unsere Waffen. Gegen mich werdet ihr nicht gewinnen. Ich schlage vor, dass ihr weit, weit weglauft, bevor ich euch meine Fähigkeiten zeige."

Jane war vorsichtig, ihr Gesicht eisern zu halten. In Wahrheit war sie schrecklich mit Schusswaffen. Sie kannte die Grundlagen nur wegen ihres älteren Bruders, der sie ein paar Jahre zuvor praktisch genötigt hatte, sie zu lernen. Aber die Jäger mussten das nicht wissen.

Sie drückte den Lauf fester an Jasons Stirn, und die erstickte Stimme des Mannes befahl: „Tut, was sie sagt."

Einer der Männer meldete sich zu Wort. „Was ist mit Joe?"

Kais Stimme war hinter ihr zu hören. „Lasst ihn."

Jane hätte fast den Kopf umgedreht und den Drachenmann mit gerunzelter Stirn angesehen. Wenn er ihr helfen wollte, konnte er sicher mehr als zwei Worte herausbringen.

Als die Männer auf Jasons Bestätigung warteten, murmelte Jane: „Sag ihnen, sie sollen gehen, sonst werde ich das nächste Mal nicht so sanft mit deinen Hoden umgehen."

Jason brüllte den anderen zu: „Geht! Joe kann auf sich selbst aufpassen."

Ohne auf ein weiteres Wort zu warten, gingen die Männer, außer Jason, den sie immer noch unter der Waffe hatte. Bevor sie dem Mann sagen konnte, er solle abhauen, war Kai neben ihr. Er schlug dem Mann seine Waffe auf den Hinterkopf, und Jason ging zu Boden.

Sie hasste es, aufsehen zu müssen, um seinem Blick zu begegnen, aber sie tat es. „Warum zum Teufel hast du das getan?"

„Schön zu hören, dass du wieder Britin bist."

Sie runzelte die Stirn. „Das ist wahrscheinlich eines der am wenigsten wichtigen Dinge, die du im Moment sagen könntest. Wie wäre es, wenn du mir sagtest, weswegen du hier bist? Du hast alles ruiniert."

„Das alles kann warten."

Kai kniete nieder, drehte Jason um und fesselte seine Hände mit Kabelbindern aus seiner Tasche. Jane sicherte ihre Waffe und fragte: „Möchtest du mir vielleicht etwas mehr erklären?" Sie senkte die Stimme. „Ich kann keine Gedanken lesen, Drachenmann. Du solltest ganz sicher nicht hier sein."

Anstatt ihr zu antworten, nahm Kai sein Handy und schickte eine SMS. Jane war versucht, das Telefon aus seinen Händen zu reißen und es auf das Dach des Pubs zu werfen.

Leider steckte Kai, bevor sie ihren Plan in die Tat umsetzen konnte, sein Handy in die Tasche, als er aufstand. Sein Ausdruck war genauso unleserlich wie immer, als er antwortete: „Hör auf, Forderungen zu stellen, und hör einfach zu. Gehen wir an einen sicheren Ort, bevor die Jäger mit Verstärkung zurückkommen."

Janes Neugier gewann die Oberhand über ihren Zorn. „Woher weißt du, dass sie Jäger sind?" Als Kai nur starrte, legte sie eine Hand an ihre Hüfte. „In der Zeit, in der du bisher einfach nur gestarrt hast, hättest du ein halbes Dutzend Sätze darüber verlieren können, was hier vor sich geht. Ich verstehe, du bist der große, böse oberste Beschützer. Aber bei mir kannst du dir die Fassade sparen. Ich werde es niemandem erzählen."

„Sagt die Reporterin."

Wäre sie beruflich dort gewesen, hätte sie lächeln und nichts sagen müssen. Aber das war sie nicht, also kniff sie die Augen zusammen. „Weißt du was? Fick dich. Ich muss mich mit sowas nicht rumärgern. Ich bin weg."

Jane ging zwei Schritte, bevor Kai hinter ihr auftauchte und sie gegen seine Brust zog. Für den Bruchteil einer Sekunde konnte sie nur an die harten Muskeln und die breite Brust an ihrem Rücken denken. Es war lange her, dass sie das letzte Mal auf nicht widerliche Weise Arme eines Mannes um sich gespürt hatte. Reporterin zu sein, war die meiste Zeit nicht glamourös; zu viele Männer mochten es, mal zu grapschen. Kais Arme um sie herum hingegen machten ihre Haut heiß und straff, was selten vorkam.

Seine Hitze im Rücken war besser als jeder Traum, den sie in den letzten Monaten von ihm gehabt hatte.

Als sie merkte, dass sie aus dem Ruder lief, zwang sie ihr Gehirn, sich zu konzentrieren. „Ein Schrei von mir, und die Kneipenbesucher werden auf die Straße strömen." Sie neigte den Kopf nach oben, bis sie Kais blaue Augen sehen konnte. „Wenn ich ihnen sage, dass ein Drachenwandler Ärger auf den Straßen von Newcastle macht, wäre das auf jeden Fall Ablenkung genug, um mich davonschleichen zu lassen."

Kai schwieg weiter. In dem Moment, in dem sie ihren Mund öffnete, um zu schreien, ließ Kai sie frei, und sie hätte schwören können, sie sah einen wütenden Blitz in den Augen des unerschütterlichen Drachenmanns.

Aber der Blick war beim nächsten Atemzug verschwunden. Kai zuckte kaum die Schultern. „Tu, was du willst. Aber weiß dein Boss, dass du hier draußen mit einer Waffe um dich wedelst und dich mit den Jägern anlegst? Du solltest hinter einem Schreibtisch sitzen."

„Ich bin Journalistin."

Er zuckte die Schultern. „Wenn du meinst." Er drehte sich zu Joe um. „Ich habe einen Job zu erledigen. Geh nach Hause, und ich kümmere mich um die Jäger."

Jane drückte ihre Finger zusammen. „Ich habe sie zuerst gefunden. Das ist meine Story, und ich werde mich nicht von dir vertreiben lassen."

Kai sah ihr wieder in die Augen. „Geh nach Hause, oder ich schicke dich nach Hause."

Eine Million Ideen rasten ihr durch den Kopf. So wenig wie sie über Kai Sutherland wusste, konnte er Chloroform bei sich haben, oder womit zum Teufel er sie sonst bewusstlos machen konnte. Und er würde es auch benutzen.

Bevor er Gelegenheit dazu hatte, spielte Jane ihre einzige Karte aus. „Du kannst mich nach Hause schicken und deine Zeit damit verschwenden, die Jäger nach Informationen zu befragen, oder du kannst mit mir arbeiten. Die Männer waren ziemlich gesprächig, bevor du so unhöflich unterbrochen hast. Gib mir Zugang zu einem Computer mit Internet, und ich kann dir den möglichen neuen Unterschlupf der ehemaligen Carlisle-Bande zeigen."

Kai musterte sie, aber trotz der Schmetterlinge, die in ihrem Bauch um sich schlugen, zappelte sie nicht herum, während sie auf seine Antwort wartete.

Kapitel Zwei

Kai wusste, es war nur eine Frage der Zeit, bis die Jäger Verstärkung schickten. Er musste verdammt nochmal aus der Gasse raus und zurück zu seinem derzeitigen Unterschlupf am Stadtrand von Newcastle.

Der einfachste Weg, das zu erreichen, war, Jane Hartley unter Drogen zu setzen und sie an einem sicheren Ort abzusetzen. Die verdammte Frau hatte seine Untersuchung bereits verkompliziert. Verdammt, ihre Aktion konnte die Jäger dazu bringen, wieder ihre Basis zu verlegen. Wenn das passierte, musste er von vorn anfangen.

Sie war definitiv eine Nervensäge.

Doch als sie sich ihm mit Feuer in den Augen gestellt hatte, brüllte sein Drache und krallte sich an sein mentales Gefängnis, um herauszukommen. Sein Drache wollte sie.

Nicht so, wie sein Drache sich vor all den Jahren nach ihrer wahren Gefährtin gesehnt hatte, aber es war ziemlich nah dran. Auch ohne Paarungsrausch wollte sein Drache den Menschen nackt und so schnell wie möglich unter ihnen sehen.

Und ein kleiner Teil von Kai stimmte zu. Sein Schwanz war immer noch hart, weil er die menschliche Frau in seinen Armen gehalten hatte, mit ihrem großen, weichen Körper an seiner Brust.

Nein. Er würde nicht zulassen, dass sein Schwanz sein Gehirn kontrollierte. Die Sicherheit seines gesamten Clans hing von seinen Taten ab. Bis er Simon Bourne ausgeschaltet hatte, war Clan Stonefire immer ein Ziel. Selbst bei erhöhter Sicherheit würde es nicht lange dauern, bis noch weitere seiner Beschützer sterben würden.

Jane hob eine Augenbraue und fragte: „Nun? Wirst du einfach nur dastehen oder antworten?"

Sein Handy vibrierte in der Tasche mit einer SMS, was bedeutete, dass sein Wagen in zwei Minuten da sein würde.

Kai musste eine Entscheidung treffen.

Sein Drache hatte sich endlich befreit. *Sie kommt mit uns.*

Nicht, wenn du ständig auf sie scharf bist.

Sie hat Informationen. Sobald wir unseren nächsten Schritt geplant haben, können wir sie ficken.

Der Mensch wird nicht gefickt. Ende der Diskussion.

Wenn du aufhörst, dich selbst zu belügen, werde ich bereit sein.

Sein Tier schwieg, und Kai fluchte innerlich. Jane Hartley nahe zu sein war eine schlechte Idee, aber er konnte nicht widerstehen, herauszufinden, was sie wusste. Ihre Informationen konnten ihm ein paar Tage sparen, wenn die Jägerschweine sich als hartnäckig erwiesen, und das könnte eine ganze Menge ausmachen. „Komm mit mir, aber rede nicht mehr, bis wir an einem sicheren Ort sind." Sie öffnete den Mund, doch er unterbrach sie. „Das ist die Regel, und sie ist nicht verhandelbar. Nick einfach, wenn du zustimmst."

Der Zorn flammte in ihren Augen auf, aber aus welchem Grund auch immer, Jane nickte.

Bei der Geste brüstete sein Drache sich. *Gut. Ich kann es kaum erwarten, bis der Zorn in ihren Augen zu Verlangen wird. Dann bringe ich sie zum Schreien.*

Kai ignorierte seinen Drachen, ging zu Joe, zog eine der vorgefüllten Spritzen aus einem Behälter in seiner Tasche und pumpte das Beruhigungsmittel in den Drachenjäger. Gerade als er sich den bewusstlosen Mann über die Schulter warf, hielt ein SUV am anderen Ende der Gasse an. Nikki Gray, ein weibliches Mitglied seiner Juniorbeschützer, winkte von der Fahrerseite und stieg aus.

Kai bewegte den Kopf und blickte zu Jane. „Steig ein."

Jane verkrampfte den Kiefer und ging zum Auto. Sein Drache meldete sich zu Wort. *Ich mag sie nicht so leise. Beeil dich, damit ich ihre Stimme wieder hören kann.*

Jetzt willst du nur ihre Stimme? Ich denke, du hast was anderes vor.

Vielleicht. Aber gib es zu – du liebst ihre Stimme auch.

Als Kai Joe auf den Rücksitz lud, antwortete er:

Warum bringst du das zur Sprache? Du kennst die Antwort schon.

Weil ich dich daran erinnern will, wie sehr du sie auch willst.

Es stimmte, Kai hatte sich jeden Bericht von Jane angehört, den er in den letzten Monaten hatte finden können. Das Heben und Senken ihrer Stimme hatte ihn entspannt. Zum ersten Mal seit elf Jahren konnte Kai vorübergehend die Frau vergessen, die seine Gefährtin hätte sein sollen.

Aber er hatte keine Zeit für eine Frau. Janes Stimme war alles, was er sich erlauben konnte.

Kai schloss die Autotür, ging zum Beifahrersitz und holte einen langen schwarzen Schal aus dem Handschuhfach. Er drehte sich zu Jan und hielt ihn ihr hin. „Leg ihn um." Sie schüttelte den Kopf. Verdammte sture Frau. „Du hast zugestimmt, zu schweigen, bis wir an einem sicheren Ort ankommen. Mit deinen Augen zu streiten, ändert nichts an meiner Meinung."

Sie blickte finster drein und streckte die Zunge heraus, bevor sie ihm das Tuch aus der Hand riss. Sein Drache *jammerte: Warum hat sie unsere Haut nicht berührt? Ich will ihre warme, weiche Haut wieder spüren.*

Er antwortete nicht und sah zu, wie Jane ihre Perücke abnahm und sich den Schal um den Hinterkopf band. Als sie fertig war, streckte sie ihre Hände mit einer ausladenden Geste aus, und Kai konnte nicht anders als zu lächeln.

Nikki lud den anderen Menschen auf den

Rücksitz und stieg ins Auto. „Warum lächelst du? Du lächelst nie."

Mit einem Grunzen antwortete Kai: „Fahr!"

Nikki wendete den Wagen und wechselte den Gang. Als sie das Auto durch die engen Straßen fuhr, fügte sie hinzu: „Schönen Dank auch, Boss. Einer der Männer, die mich während meiner Zeit bei den Jägern bewacht haben, sitzt da hinten. Es ist nicht gerade einfach, mit ihm im selben Auto zu sein."

Kai schnippte mit den Fingern und zeigte auf Jane. Nikki seufzte. „Richtig, die Reporterin. Ich werde vorerst schweigen."

Der Anführer des Stonefire-Clans, Bram, hatte vorgeschlagen, Kai sollte jemand anderen mitnehmen, der ihm bei seiner Mission half, da Nikki jung und unerfahren war. Doch letztlich hatte Kais Argument gewonnen. Schließlich hatte Nikki eine große Zahl von Drachenjägern gesehen, als sie Anfang des Jahres von ihnen gefangen gehalten worden war. Sie hatte Details, die Kai brauchen würde. Nicht nur das, sie konnte Mitglieder durch Sichtkontakt identifizieren.

Dabei zu helfen, sie zu Fall zu bringen, sollte der jungen Drachenfrau auch ein Gefühl des Abschließens geben.

Aber Nikki würde einem anderen Zweck dienen, jetzt, da der Mensch bei ihnen war. Solange einer seiner Untergebenen in der Nähe war, sollte Kai in der Lage sein, seine Emotionen unter

Kontrolle zu halten. Und noch wichtiger, er konnte seine Hände bei sich behalten.

Sein Drache meldete sich. *Das denkst du.*

Kai mochte den selbstgefälligen Ton seines Tiers nicht.

Als er auf Jane zurückblickte, entschied er, dass er sie loswerden würde, sobald sie ihm die Informationen gegeben hatte, die er brauchte. Wenn man bedachte, dass er jahrelang Abstand zu seiner wahren Gefährtin gehalten hatte, ohne sie zu berühren, konnte er wohl auch ein paar Stunden mit Jane Hartley verbringen und sich normal verhalten.

DIE STILLE im Auto schmeckte Jane nicht. Da sie gesehen hatte, wie Kai Joe irgendeine Droge injiziert hatte und sie das Gefühl hatte, dass die junge Drachenfrau dasselbe mit Jason getan hatte, war Jane ziemlich sicher, dass sie noch eine Weile bewusstlos sein würden.

Nicht nur das, im Laufe der letzten Monate hatte sie gelernt, wie vorsichtig Stonefire sein konnte, wenn es darum ging, nach Bugs oder anderen Anomalien zu suchen. Sie würde ihre Ersparnisse darauf verwetten, dass das Auto sauber war.

Es gab keinen verdammten Grund, Zeit in Stille zu verschwenden. Sie sollte eine Frage stellen, aber ihr Bauchgefühl sagte ihr, dass Kai seine Drohung wahr machen und sie irgendwo rauswerfen würde. Und sie musste sich lange genug mit ihm gut stellen, um herauszufinden, was er wusste.

Dann konnte sie sich davonschleichen und ihre Untersuchung allein fortsetzen. Ein großer, grüblerischer Drachenmann, der ihr ständig über die Schulter blickte, würde nur Verdacht erregen und die Einheimischen verschrecken.

Sie konnte so tun, als wäre das der einzige Grund, ihn wegzuschicken. In Wahrheit konnte seine ständige Hitze ihr Gehirn beeinträchtigen.

Jane klopfte mit den Fingern auf ihren Oberschenkel und schob die Erinnerung an Kais harte Brust im Rücken beiseite. Das dringendere Problem war, dass die Jäger abhauen konnten, bevor sie die Möglichkeit hatte, ihren Standort zu bestimmen.

Das Auto bog ab und hielt bald an. Kais Stimme füllte das Auto. „Nimm die Augenbinde ab und folge mir." Sie öffnete den Mund, doch er unterbrach sie. „Du redest nicht, bis wir den Unterschlupf betreten haben. Das ist die Regel."

Sie wollte ihm sagen, wo er sich seine Regeln hinstecken konnte.

Nur noch etwas länger, Jane. Dann kannst du ihm deine Meinung sagen. Sie atmete tief ein und folgte Kai aus dem Auto. Er gab dem anderen Drachenwandler einige Anweisungen und ging dann zur Vordertür. „Hier entlang."

In der Sekunde, als Jane das Haus betrat, blieb sie stehen. „Ich habe deine blöden Regeln befolgt.

Nun sag mir, was du weißt und was du zu tun beabsichtigst."

Kai runzelte die Stirn. „Ich habe nie zugestimmt, dir alles zu erzählen, nur dass ich dich nicht nach Hause schicken würde."

Sie überwand die Distanz zwischen ihnen und pikste ihm in die Brust. „Wenn du meinst, ich erzähle dir alles, was ich weiß, umsonst, dann hast du sie nicht mehr alle." Sie pikste ihn wieder. „Wie ich schon sagte, ich war zuerst im Pub. Das hier ist meine Story, und du wirst sie mir nicht wegnehmen."

„Hör mit dem ‚meine Story'-Schwachsinn auf. Während du Ruhm anstrebst, versuche ich, die Sicherheit meines Clans zu gewährleisten."

„Lass mich nicht egozentrisch klingen. Ich habe mehr getan, als du je zugeben wirst, um deinem Clan zu helfen. Es sind meine Berichte, die zu der Enthüllung beigetragen haben, dass Drachenwandler menschlicher sind als Tiere."

Kai beugte sich vor. „Du musst einen Haufen Scheiße nicht mit Zucker überziehen, damit er besser schmeckt. Du berichtest, um deinem Sender und dir selbst zu helfen. Du musst noch beweisen, dass du dich um die Drachenwandler scherst."

Jane kam einen Zentimeter näher und neigte ihren Kopf zu Kais. „Hör mal gut zu, Mr. Arrogant, nur weil ich ein Mensch bin, bedeutet das nicht, dass ich keine Ahnung hab von der Feindseligkeit, die manche gegenüber Drachenwandlern empfinden. Von dem Moment an, als mein

Interview mit Melanie Hall endete, erhielt ich Morddrohungen. Es wurde so oft in meine Wohnung eingebrochen, dass ich nicht einmal, sondern dreimal umgezogen bin. Ganz zu schweigen von den kreativen Beleidigungen, die ich täglich auf der Straße entgegengeschrien bekomme." Sie schob an seiner Brust. „Wenn es mir wirklich nur um mich ginge, würde ich mir diesen Scheiß nicht gefallen lassen. Ich würde eine schönere, sicherere Position finden. Aber das tue ich nicht. Ich halte durch. Diesen verurteilenden Scheiß kannst du dir bei mir sparen. Das lasse ich mir nicht gefallen."

Als Kai nur starrte, drückte sie wieder gegen seine Brust. Dieses Mal jedoch hielt er ihre Hände an seiner Brust fest, und seine Berührung schickte einen Hitzeschock durch ihren Körper.

Es verlangte ihr einiges ab, sich zu konzentrieren, als er antwortete: „Sag mir die Wahrheit, warum du diese Story willst. Gib mir eine Ausrede, und du kannst gehen."

Wie sein Blick in ihren brannte, machte ihren Mund trocken. Kai mochte ein ruhiger Mann sein, der gern die Kontrolle hatte, aber sie fragte sich, was passieren würde, wenn er die Kontrolle verlor.

Dann drückte er ihre Hände, und sie schob diesen Gedanken beiseite. Sie würde definitiv nicht lange genug bleiben, um es herauszufinden.

Er sprach weiter. „Sag es mir, Jane. Und wenn du lügst, werde ich es wissen."

Sich gegen ihn zu wehren hatte nicht sehr gut

funktioniert, also entschied sie: was soll's; sie würde es ihm sagen. Das Schlimmste, was er tun konnte, war, sie rauszuschmeißen, was er sowieso tun würde, wenn sie schwieg.

Dennoch würde sie ihm nicht die vollständige Kontrolle überlassen. „Lass zuerst meine Hände los."

Seine Pupillen blitzten zu Schlitzen und zurück. Sie fragte sich, warum er gerade jetzt mit seinem Drachen redete. Trotz all der Berichte, die sie über Stonefire gemacht hatte, musste sie noch immer wirklich verstehen, wie Mensch und Tier in einem Geist zusammenarbeiteten.

Kai ließ ihre Hände los und trat einen Schritt zurück. „Jetzt rede."

Sie hob die Brauen. „Ich werde dir deinen Tonfall einmal durchgehen lassen. Was die Wahrheit angeht, nun, natürlich würde diese Story meiner Karriere helfen. Mein Boss sieht mich als hübsches Gesicht, das die Leute im Fernsehen sehen wollen, und nicht als seriöse Journalistin. Ich will beweisen, dass ich eine bin." Kai blieb still, also fuhr Jane fort: „Der andere Grund ist, dass die Drachenjäger Bastarde sind, die unter dem Radar fliegen. Sie töten Menschen und Drachenwandler. Ihnen liegt nur etwas an Geld. Und wie du aus erster Hand weißt, hält das MDA nicht immer, was es verspricht. Eine gute Enthüllung könnte das Letzte sein, was uns noch fehlt, um die Öffentlichkeit davon zu überzeugen, dass die Drachenjäger viel mehr sind als lästige Banden, über die wir einfach die Köpfe schütteln. Die Drachenjäger sind Mörder und Kriminelle, die wir alle für lebenslänglich ins Gefängnis werfen sollten."

Sie wartete, um zu sehen, ob Kai ihr glaubte. Soweit sie wusste, waren Drachenwandler keine wandelnden Lügendetektoren, aber aufgrund seiner militärischen Ausbildung konnte er wahrscheinlich erkennen, dass sie nicht log.

Nach ein paar Sekunden nickte Kai endlich. „Ich glaube dir jetzt mal. Aber sobald du anfängst, mich anzulügen, werde ich dich entfernen lassen und du dich aus Ärger raushalten. Haben wir uns verstanden?"

Sie hob eine Braue. „Wenn du erwartest, dass ich salutiere und ‚Ja Sir' sage, dann kannst du lange warten. Du bist nicht mein befehlshabender Offizier oder Boss. Wir sind gleich. Das ist meine Bedingung."

Kai verschränkte die Arme vor der Brust, was seinen Bizeps wölbte. Jane zwang sich, ihren Blick zurück auf Kais Gesicht zu richten, als er antwortete: „Ich werde es in Betracht ziehen. Aber zuerst brauche ich etwas, damit es sich lohnt, dich hierzubehalten."

„Mich zu behalten? Hat dich jemals jemand hinterfragt oder dir gesagt, du sollst die Klappe halten?"

Er zuckte die Schultern. „Geduld zahlt sich letztlich aus. Diejenigen, die ihr Urteilsvermögen und ihre Reaktionen von Emotionen trüben lassen, machen immer Fehler. Ich stürze mich einfach auf die Öffnung."

Seine Worte waren ein wenig verschleierter Hinweis, dass Jane sich von ihren Gefühlen überwältigen ließ.

Eine Retourkutsche lag ihr schon auf der Zunge, aber ihre Neugier und ihr Drang, die Wahrheit über die Drachenjäger herauszufinden, siegten. „Schön. Besorg mir eine Karte der Gegend, und ich gebe dir was, wofür es sich lohnt, mich zu behalten."

„Nenn mir einfach den Ort."

„Ich brauche eine Karte."

Nach einem Moment der Stille öffnete Kai die Arme. „Folge mir."

Als er den Flur entlangging, stieß Jane den Atem aus, den sie angehalten hatte. Der Umgang mit dem Drachenmann war anstrengend. Sie fragte sich, ob er sich je entspannte.

Da sie diese Frage nicht stellen wollte, fielen Janes Augen auf Kais Schultern. Selbst für einen Drachenwandler waren sie breit und mächtig. Wie schon oft zuvor konnte sie sich die Muskeln unter seinem Hemd vorstellen. Wie gern würde sie seine Wirbelsäule entlangstreichen und den Alpha-Drachenmann schwach machen.

Dann sah sie auf seinen runden Hintern, ein Bild, wie sie die festen Hügel packte, während er sie fickte, blitzte in ihrem Geist auf. All die Kraft und die Zurückhaltung ihr gegenüber sorgten nur dafür, dass Nässe zwischen ihre Beine rauschte.

Kai betrat einen Raum, und Jane atmete ein paar Mal tief durch. *Hör auf, Jane.* Drachenwandler hatten einen empfindlichen Geruchssinn. Sie durfte ihn nicht riechen lassen, wie sehr sie sich angezogen fühlte, sonst würde er sie nur herablassend behandeln. Es war ja nicht so, als hätte sie jemals die Chance, ihn nackt zu sehen.

Jane dachte also an einen früheren Auftrag, für den sie über Misshandlungen in Pflegeheimen hatte berichten müssen, und ihre Erregung kühlte ab.

Bereit, Kai wieder ins Gesicht zu sehen, ging sie ebenfalls in den Raum. Kai öffnete an der Seite bereits eine Karte auf einem Tisch. Jane blieb stehen, und Kai tippte auf die Karte. „Zeig darauf."

„Du sagst nicht mehr als das absolute Minimum, oder?"

„Nein." Kai tippte erneut auf die Karte. „Zeig mir, wo die Jäger sind."

Jane schüttelte den Kopf und beugte sich vor. Ohne Brille konnte sie winzige Ausdrucke von Nahem nicht sehr gut lesen.

Als sie sich die Legende ansah, spürte sie Kais Blick auf ihren Brüsten. Anders als bei den Jägern in der Kneipe erwärmte sich ihr Körper bei dem Gefühl, und ihre Brustwarzen verhärteten sich.

Auch wenn der verdammte Drachenmann wahrscheinlich schon die Reaktionen ihres Körpers bemerkt hatte, lenkte sie ihn mit etwas anderem ab. Jane sah auf, um seinen unleserlichen Augen zu begegnen. „Die Idioten haben mich zu sich nach Hause eingeladen. Als ich fragte, wie lange es dauern würde, dorthin zu kommen, sagten sie, mit dem Auto etwa eine halbe Stunde." Jane blickte auf die Karte hinab und machte einen Kreis mit ihrer Hand. „Ich habe in meinem Kopf die Entfernung und die Fahrzeit berechnet, was bedeutet, dass sie sich irgendwo in diesem Bereich befinden sollten."

„Das ist immer noch ein weites Gebiet."

Sie sah wieder auf und hob ihre Augenbraue. „Das ist eine Frage der Deduktion. Als oberster Beschützer hätte ich gedacht, du wüsstest das."

„Es ist viel schwieriger, zu deduzieren und die besten Entscheidungen zu treffen, wenn es sich um eine andere Spezies handelt."

Er hatte recht, aber es gab ihr eine Öffnung. Selbst wenn es bedeutete, länger zu bleiben, als sie erwartet hatte, würde sie sie nutzen. „Und deshalb brauchst du mich. Versprich mir, dass du mir erlauben wirst, zu bleiben und zu helfen, bis ich meine Story habe, und ich werde dir sagen, mit welchen Bereichen du anfangen sollst. Dann werde ich meine Ermittlungsfähigkeiten abstauben und mich an die Arbeit machen."

K ai musterte die M enschenfrau.

Er war ehrlich genug zu sich selbst, um zuzugeben, dass er sich zu sehr auf ihre vollen Brüste, die Kurve ihres Halses oder die widerspenstige Strähne schwarzer Haare, die sich um ihre Wange lockte, und nicht auf die Karte vor sich konzentriert hatte.

Sich so leicht ablenken zu lassen, war inakzeptabel.

Sein Drache meldete sich zu Wort. *Je eher wir sie ausziehen, desto schneller können wir sie ficken, und du kannst dich wieder konzentrieren.*

Kai würdigte die Worte seines Tiers nicht mit einer Antwort und musterte weiter die Karte.

Der Mensch hatte auf einen Radius von fünfzehn Meilen vom Stadtzentrum Newcastle hingewiesen. Da Kai selten Auto fuhr, musste er sie schätzen lassen.

Während seiner Zeit in der Armee war er sehr erfolgreich darin gewesen, unwahrscheinliche Ziele zu eliminieren, bis er eine Auswahlliste hatte. Der einzige Unterschied in dieser Situation war, dass Kai die Gegend um Newcastle nicht kannte. Er hatte ein paar Vermutungen darüber, wo sich die Jäger aufgrund ihrer Geschichte verstecken könnten, aber es wäre viel einfacher, wenn Jane die Einheimischen nach ungewöhnlichen Aktivitäten befragen und die möglichen Ziele von dort genauer bestimmen würde.

Ja, er hatte zwei Gefangene, die sofort verhört werden sollten, wenn sein bester Vernehmer, ein Stonefire-Beschützer namens Zain, eintraf. Aber jede Sekunde, die er verschwendete, um auf Informationen zu warten, war eine Sekunde, in der die Jäger ihren Aufenthaltsort verlegen konnten. Die Männer aus dem Pub ahnten vielleicht nicht, dass Kai ein Drachenwandler war, aber zwei ihrer Männer zu entführen, konnte Ärger bringen.

Zweifellos wusste der Jägerführer Simon Bourne das.

Er würde jede Zeitersparnis nutzen, die sich ihm bot, selbst wenn sie in Gestalt einer wunderbaren menschlichen Frau mit dunklem Haar und blauen Augen daherkam.

Sein Drache summte. *Ja, sie ist köstlich. Sie wird gut schmecken.*

Warum bist du so hartnäckig? So hast du dich noch nie bei einem Menschen benommen.

Sie waren nicht so menschlich, sagte sein Drache.

Kai sah zu der fraglichen Frau auf und antwortete: „Solange du nicht zur Belastung wirst, arbeiten wir zusammen."

Jane stand auf und verschränkte die Arme unter ihren Brüsten. „Auf Augenhöhe?"

„Im Moment wenigstens." Sie öffnete den Mund, doch er unterbrach sie. „Vertrauen braucht Zeit. Ich bin mir sicher, da würdest du mir zustimmen."

Sie musterte ihn eine Sekunde, bevor sie den Kopf neigte. „Wenn man bedenkt, wie sehr du das Sagen haben und Befehle geben möchtest, muss dieser Kompromiss dich fast getötet haben." Er runzelte die Stirn, was Jane zum Lächeln brachte. „Ich nehme an."

„Gut, jetzt –"

„Aber wenn ich herausfinde, dass du mir etwas

vorenthalten hast, dann werde ich gehen. Verstanden?"

Sein Drache schmunzelte. *Sie muss keine Befehle von dir entgegennehmen. Ich mag ihr Feuer.*

Halt die Klappe, Drache.

Kai setzte seinen härtesten Gesichtsausdruck auf. „Solange du mir nichts vorenthältst. Komm mir dumm, und sieh, was passiert."

Jane verdrehte die Augen. „Du klingst wie ein schlechter Filmheld. Es ist ja nicht so, als würdest du mich töten. Ich kenne inzwischen die meisten wichtigen MDA-Regeln, Mister. Denk daran."

Anstatt zu antworten, stieß Kai einen hochfrequentierten Pfiff aus. Dann fragte er: „Bist du fertig mit deinen Drohungen?"

Sie hob die Brauen. „Bist du fertig mit deinen?"

Er brauchte all seine Willenskraft, um nicht zu lächeln, als Jane ihn in ihrem knappen Kleid, den hohen Absätzen und dem zu starken Make-up entließ. Unter ihrer Schönheit vergraben war ein Stahlkern.

Sein Drache meldete sich. *Du wolltest schon immer eine starke Frau. Sie kann uns hören. Bist du sicher, dass du sie nicht aus ihrem Kleid locken willst?*

Kein Sex mit dem Menschen. Das ist —

Ich weiß, eine Regel. Vielleicht sollte ich die Kontrolle übernehmen und den Menschen selbst verfolgen.

Versuch es, Drache. Du weißt, was passiert ist, als du das letzte Mal versucht hast, die Kontrolle zu übernehmen.

Sein Tier schnaubte. *Ich habe mich an dem Tag nicht gut gefühlt.*

Nein, dir ging's gut. Du hast verloren. Akzeptiere es.

Sagt der Drachenmann, der die Möglichkeit einer zweiten Chance nicht akzeptiert.

Genug.

Kai schob seinen Drachen in den Hinterkopf und blickte in Janes blaue Augen. Anstatt ihre Frage zu beantworten, wechselte er das Thema. „Nikki bringt dich in das Zimmer, das du mit ihr teilen wirst. Sie wird dir Ressourcen zur Verfügung stellen, obwohl ich einen meiner Leute beauftragen werde, deine Internetaktivität zu überwachen. Vermassle das nicht."

„Wow, du hast mehr als einen Satz gesagt. Ich bin beeindruckt."

Kai ignorierte sie. „Wir treffen uns am Morgen. Halte dich bereit, mir Bericht zu erstatten und deine Aufgabe zu erhalten."

„Ich entscheide selbst, ob ich sie annehme oder nicht."

Da sie bereits wusste, was er tun würde, wenn sie sich weigerte, ließ er den Kommentar durchgehen.

Nach einem kurzen Klopfen an der Tür antwortete Kai: „Komm rein."

Nikki steckte ihren dunkelhaarigen Kopf herein. Ihre dunkelbraunen Augen blickten auf ihn, und sie hob die Brauen. „Du hast gerufen?"

Jane kam ihm mit einer Antwort zuvor. „Ich kann nicht glauben, dass du sie wie einen Hund mit einem Pfiff rufst."

Nikki bewegte ihren Blick zu Jane und zuckte

die Schultern. „Bei unserem Gehör ist das einfacher als mit dem Handy zu telefonieren."

Kai unterbrach: „Bring Jane in dein Zimmer und gib ihr Kleidung. Stell ihr außerdem angemessene Mittel zur Verfügung und erstatte mir dann Bericht."

Nikki ging zu Kai und Jane. Die junge Drachenfrau wandte sich an Jane. „Hi, ich bin Nikki."

Jane lächelte Nikki an, und ein Faden Eifersucht zog sich durch Kais Körper. Jane hatte ihn nie angelächelt.

Sogar in seinem Hinterkopf gefangen war Kais Drache selbstgefällig.

Jane antwortete: „Hi, Nikki. Ich bin Jane. Schön, jemanden kennenzulernen, der Manieren hat."

Kai ignorierte ihren Kommentar und konzentrierte sich auf Nikki. „Sobald Jane sicher ist, möchte ich deine Updates hören."

Nikki nickte.

Kai sah zu Jane. „Wir haben viel zu tun, also werden wir früh anfangen. Sei um sieben Uhr bereit."

Bevor Jane antworten konnte, ging Kai los und in das Zimmer, das er als sein Schlafzimmer und Büro benutzte. Er würde Stonefire kontaktieren und alles überprüfen. Sich auf seine Arbeit zu konzentrieren würde ihm helfen, die Menschenfrau zu vergessen.

Vor allem die Tatsache, dass sie zwei Türen den Flur hinunter von ihm entfernt war.

Kapitel Drei

Am nächsten Morgen rieb Jane sich die Augen und wünschte sich, vor ihr würde auf magische Weise eine Tasse Tee erscheinen. Der Proteinriegel und eine Flasche Wasser, die sie als Frühstück bekommen hatte, reichten nicht. Es musste doch wohl auch Drachenwandler geben, die Koffein brauchten, um ihren Morgen zu starten.

Na ja, außer vielleicht Kai. Der sprang für einen gelungenen Start vermutlich in einen eiskalten See oder machte was anderes Extremes.

Nicht, dass sie sich darüber beklagt hätte, wenn Wasser über seinen Körper perlte, zu den Haarspuren an seinem Unterleib, bevor es von seinem Schwanz tropfte. Schließlich hatte sie in der Nacht zuvor etwas Ähnliches in ihren Träumen gesehen, nur dass sie ihn da trocken geleckt hatte.

Verdammt soll er sein. Jane hatte gehofft, eine Nacht Schlaf würde ihren Kopf frei machen, aber selbst ihr Unterbewusstsein war ein wenig besessen von einem bestimmten Drachenmann.

Sie biss von ihrem Proteinriegel ab und verzog das Gesicht angesichts des geschmacklosen Drecks, der hier als Essen durchging. Sie hätte beinahe gedacht, Kai behandelte sie absichtlich wie eine Gefangene, aber Nikki hatte dasselbe Essen auf ihrem Bett liegen, damit war das wohl die Norm.

Kai brachte das Thema Effizienzsteigerungen auf ein neues Level.

Jane nahm noch einen Bissen ihres Frühstücks und versuchte, sich auf etwas anderes als den ruhigen Drachenmann zu konzentrieren.

Als sie die Liste von gestern Abend betrachtete, waren die fünf möglichen Orte noch zu viele. Sosehr es sie auch schmerzte, es zuzugeben, sie bräuchte Kais Hilfe, um es auf eine überschaubarere Zahl einzugrenzen, bevor sie anfangen konnte, die Anwohner zu befragen und den Standort der Jägerbasis zu bestimmen.

Nikki trat aus dem angrenzenden Bad. Jane blickte auf und sah die Drachenfrau lächeln. Nikki sah auf den Proteinriegel und wieder in Janes Augen. „Genießt du das Frühstück der Champions?"

Jane verzog das Gesicht. „Bist du sicher, dass du mir nicht erlauben kannst, unten eine Tasse Tee zu machen? Wenn ich heute meinen Charme spielen lassen soll, brauche ich Koffein."

Nikki ging zu einer verschlossenen Schublade neben ihrem Bett, steckte einen Schlüssel hinein und öffnete sie. Die Aktion war eine deutliche Erinnerung daran, dass Nikki höflich sein mochte, aber sie war immer noch Janes Wache. „Du wirst mit Kai reden müssen."

„Dann heißt das nein."

Nikki sah sie an. „Er kann überzeugt werden. Beweise dich, und du wirst überrascht sein, wie sehr er sich bemüht, dir zu helfen."

„Verstößt das nicht gegen eine Art Schweigegelübde, mir das zu sagen?"

Einer von Nikkis Mundwinkeln zuckte nach oben. „Er hat mir nie befohlen zu schweigen." Das Gesicht der Drachenfrau wurde wieder ernst. „Ich würde dir aber nie etwas sagen, das meinem Clan schaden könnte. Außerdem funktioniert es doch in fast jedem Beruf, sich zu beweisen. Wie ich das verstehe, versuchst du das auch deinem Chef gegenüber."

Kai musste es ihr erzählt haben. „Ja, aber mein Chef würde mich nie in einen Raum zwingen und eine Wache aufstellen."

Nikki zuckte mit den Schultern. „Hey, ich bin ziemlich brillant, wenn es ums Bewachen geht."

Bei ihrer Berichterstattung über Stonefire hatte Jane einiges darüber erfahren, was Nikki bei den Drachenjägern passiert war. Sie fragte sich, wie sehr das Lächeln und die fröhliche Art der jungen Drachenfrau ihr wahres Selbst verbargen.

Nicht jetzt, Hartley. Sie war nicht da, um Nikkis Geschichte herauszufinden. Nicht, dass es keine tolle Story wäre, aber sie würde nicht für ihre eigene

Anerkennung den Schmerz einer anderen Person an die Öffentlichkeit zerren. Das war das Einzige, was Jane sich früh geschworen hatte, nach einem bestimmten Auftrag zu Beginn ihrer Karriere.

Jane schob ihre Vergangenheit beiseite und stand auf. „Du wärst noch brillanter, wenn du ein paar Klamotten in meiner Größe für mich finden könntest. Ich bin zwar dankbar, dass du mir ein paar Sachen zum Anziehen leihst, aber ich bin fünf Zentimeter größer als du, und du kannst meine Socken sehen.”

Nikki grinste. „Vielleicht bringst du den Trend zurück.” Jane schüttelte den Kopf, und Nikki fuhr fort: „Jemand bringt heute noch Kleidung und andere Dinge vorbei. Du wirst es nur bis dahin aushalten müssen.”

„Dann hoffe ich, dass ich heute nicht rausgehen und mit den Menschen reden muss. Wenn sich die Jäger an einem der Orte befinden, von denen ich ausgehe, sprechen die Nachbarn sicher nicht mit Hochwasserjeans tragenden Mutter-Figuren.”

Nikki beendete das Anbinden und Befestigen von Gegenständen an ihrem Körper. Sie schloss die Schublade des Nachttischs und sah Jane an. „Diese Art von Logik wird Kai überzeugen, dir Kleidung zu bringen. Wenn ich dir noch einen Rat geben kann, dann appelliere immer an seine Logik. Emotionen irritieren ihn nur.”

Interessant, wenn man bedachte, dass Kai gestern kurz davor gewesen war, seine eigenen Emotionen zu zeigen, und Jane kaum versucht hatte, ihn zu provozieren. „Ich werde das beherzigen."

„Gut." Nikki deutete mit einer Hand zur Tür. „Lass uns gehen, sonst kommen wir noch zu spät. Und glaub mir, du bekommst nie deine Tasse Tee, wenn wir zu spät kommen. Kai wartet wahrscheinlich schon seit fünfzehn Minuten auf uns."

Nikki ging zur Tür hinaus, und Jane folgte. „Ist er immer einen Schritt voraus?"

Eine männliche Stimme dröhnte hinter ihr. „Eigentlich drei Schritte."

Jane atmete tief ein und straffte ihre Schultern, bevor sie sich umdrehte, um Kai zu sehen. „Du bist eher fünf Schritte hinterher."

Kais Lippen zuckten zu einem Beinahe-Lächeln, was ihren Bauch Purzelbäume schlagen ließ. Vielleicht war unter dem harten Äußeren doch auch ein Sinn für Humor. Wahrscheinlich nicht, aber ein kleiner Teil von ihr war entschlossen, es herauszufinden.

Nicht, dass sie dieser Neugier nachgehen würde, natürlich. Sie würde mit ihm für ihre Story zusammenarbeiten und ihn dann vergessen. Ein Drachenwandler würde ihrer Karriere schaden, und ohne sie würde ein kleines Stück ihres Herzens herausgerissen.

Er schloss die Distanz zwischen ihnen, und Jane vergaß alles andere, als sie aufsah, um ihm in die Augen zu blicken. Sie waren blau, mit einem grünen Ring in der Mitte. Das war ihr vorher nicht aufgefallen.

Kai sprach wieder. „Hast du eine Liste für mich?"

Jane räusperte sich und hielt ihr Notizbuch hoch. „Genau hier, aber ich möchte einen Tee, bevor ich es mit dir teile."

Er hob eine Braue. „Dir ist schon klar, dass ich es dir im Nu aus der Hand reißen könnte, oder?"

Welchen Zauber auch immer sie in seinen Augen gesehen hatte, brach. „Denk nicht einmal daran. So verhalten sich Gleichgestellte nicht zueinander."

Nikki sprang ein. „Nun, das stimmt nicht ganz. Wenn du Bram und Evie je getroffen hättest, würdest du verstehen, was ich meine. Ich kann mir vorstellen, dass sie sich ständig Dinge aus der Hand reißen."

Kai knurrte. „Genug, Nikki. Warte unten auf uns."

Nikki pfiff und ließ Jane allein mit Kai im Flur.

JANE HARTLEY so nahe zu stehen, war gefährlich. Sie roch nach Erdbeeren und Frau, und diese Kombination sprach sowohl Mann als auch Tier an.

Sein Drache meldete sich zu Wort. *Erdbeeren gehören zu deinen Favoriten. Sie ist für uns bestimmt.*

Nein. Die, die für uns bestimmt war, hat einen anderen gewählt.

Nicht sie. Der Mensch. Zieh sie an dich und küss sie. Sie wird gut schmecken. Besser als Erdbeeren.

Janes Stimme unterbrach sein Tier. „Warum blitzen deine Pupillen zu Schlitzen und zurück? Ich denke, das bedeutet, du sprichst mit deinem Drachen, und wenn ja, bin ich neugierig, was er sagt."

Kais Drache sagte selbstgefällig: *Sag ihr, ich will sie ausziehen und ficken, bis sie nicht mehr laufen kann.*

Kai räusperte sich. „Er ist ungeduldig, die Jäger zu finden. Zeig mir die Liste."

Jane starrte ihn eine Sekunde an, bevor sie mit dem Zeigefinger auf ihn zeigte. „Du lügst."

Sag ihr die Wahrheit. Ich weiß von gestern Abend, dass sie uns auch will.

Halt die Klappe, Drache.

Du wirst mir später dafür danken, dass ich gedrängt habe. Warte es ab.

Kai zwang sein Gesicht in einen gelangweilten Ausdruck. „Willst du wirklich Zeit damit verschwenden, darüber zu streiten, was mein Drache gesagt oder nicht gesagt hat? Jede Sekunde, die wir vergeuden, gibt den Carlisle-Jägern eine weitere Sekunde, um ihr neues Hauptquartier zu verlegen. Wenn das passiert, wirst du deine Story verlieren."

Jane hielt inne und hob dann ihre Augenbrauen. „Schön."

Der Mensch drehte sich um und ging die Treppe hinunter. Seinem Drachen juckte es in den Fingern, sie sich zu schnappen und zurückzuholen, damit ihr weicher Po seinen Schwanz umhüllte, aber Kai widersetzte sich dem Impuls und sprach eine Warnung aus. *Wir müssen arbeiten. Der Clan verlässt sich auf uns.*

Sein Tier hielt eine Sekunde inne und antwortete: *Wir werden viel Zeit haben, nachdem wir dem Clan geholfen haben. Ich kann geduldig sein.*

Kai verschluckte sich fast. Jane blieb stehen und sah ihn an, aber er bedeutete ihr, weiterzugehen.

Die Frau zuckte die Schultern, ging die Treppe weiter hinunter, und Kai folgte. *Du warst in der ganzen Zeit, in der ich dich kenne, nie geduldig.*

Das stimmt nicht. Ich habe dich nicht gedrängt, als die andere mit dem Kuss warten wollte.

Weil ich Maggie vor dem Paarungsrausch gewarnt habe. Das hat sie verängstigt.

Sein Drache schnaubte. *Hat es nicht, und das ist unsere Zeit auch nicht wert.*

Da Kai und sein Tier über ihre wahre Gefährtin im Laufe der Jahre dutzende Male gestritten hatten, ließ er es fallen. Das Gedächtnis seines Drachen war bestenfalls lückenhaft. Einmal hatte sein Drache Maggie Jones nur Lust bereiten wollen.

Kai verbannte die Gedanken an Maggie und seine Vergangenheit und steigerte sein Tempo. Bald erreichten sie dasselbe Zimmer wie am Abend zuvor.

Nikki war nicht da, was ungewöhnlich war. Seit der Gefangennahme der Drachenfrau durch Jäger befolgte sie seine Regeln und Befehle meistens ohne

Beschwerde. Der Widerstand war ein Zeichen ihres alten Ichs.

Er wusste nicht, ob das gut war oder schlecht. Zweifellos war es der Einfluss des Menschen.

Jane drehte sich um, als sie den Tisch mit der riesigen Karte des Großraums Newcastle erreichte, und hielt ihr Notizbuch hoch. „Sag mir, was du weißt, und ich mache dasselbe."

Sein Drache schmunzelte. *Jemand ist mutig genug, dir Befehle zu erteilen.*

Kai ignorierte sein Tier und kam direkt auf den Punkt. „Die meisten Drachenjägerbanden leben in verlassenen Bauernhöfen oder Häusern. Der Carlisle-Zweig ist anders. Wir haben sie letztes Mal in einem verlassenen Lagerhaus gefunden."

Jane nickte. „Richtig, was angesichts ihrer Anzahl auch sinnvoll ist."

„Woher kennst du ihre genaue Anzahl?"

„Ist das jetzt wirklich wichtig? Wie wäre es mit den Tatsachen, die für unsere aktuelle Aufgabe relevant sind?"

Sein Drache meldete sich. *Es ist eine Tatsache, dass ich sie immer mehr mag. Sie hat mehr Temperament als die andere.*

Kai blickte hinunter auf die Karte auf dem Tisch und weigerte sich, mehr Zeit mit dem Gedanken an Maggie zu verschwenden. „Sehen wir uns die Tatsachen mal an. Die Jäger würden die noblen Wohngebiete meiden, was diese Orte hier ausschließt." Kai zeigte auf jeden Einzelnen. „Was ich nicht feststellen kann, ist, ob sie sich in einem der Wälder oder in einem zwielichtigen Viertel verstecken. Simon Bourne ist zu clever, um seine Basis wieder in einem verlassenen Lagerhaus einzurichten. Er mag es nicht, Muster erkennen zu lassen."

„Wenn man bedenkt, dass Bourne noch nie gesehen wurde, woher weißt du, wie er denkt?"

Kai zögerte. Dann wurde ihm klar, dass, wenn er etwas zurückhielt, auch Jane etwas zurückhalten konnte. Er antwortete: „Ich sammle seit fast einem Jahr Informationen über ihn. Bevor du fragst, nein, ich habe kein Bild. Das heißt aber nicht, dass er nicht existiert. Es bedeutet nur, dass er intelligent ist."

Janes Stimme war trocken. „Ein intelligenter Bösewicht. Glück für uns."

„Ein Dummkopf hätte nie die Gefährtin meines Clanführers entführen können, geschweige denn einen meiner Leute fangen und töten." Etwas, von dem er schwor, war, dass es Mitleid war, blitzte in Janes Augen auf, aber er ignorierte es. „Ich habe einige Informationen weitergegeben, jetzt bist du an der Reihe."

„Würde es dich umbringen, nett zu bitten?"

„Hör auf, Zeit zu schinden."

Auf seinen Befehl hin kniff Jane die Augen zusammen, bevor sie auf die Karte hinunterblickte. „Was du bei deinen Entscheidungen nicht berücksichtigt hast, ist die Leichtigkeit des Transports und die fehlende CCTV-Abdeckung."

Kai zuckte die Schultern. „Ich fliege

normalerweise und muss mir keine Sorgen um solche Dinge machen."

Jane sah ihm in die Augen. „Ja, nun, das können die Menschen eben nicht. Und während mir niemand in Stonefire von deinen Überwachungskameras erzählen wird, geschweige denn, was sie abdecken, benutzen Menschen in Großbritannien sie überall. Die Jäger würden einen Ort mit mehreren Fluchtwegen und der geringsten Kameraabdeckung suchen." Jane tippte auf die Karte. „Das schließt diese drei aus, die zu wenige Fluchtwege haben. Gib mir etwas Zeit im Internet, und ich kann einige weitere ausschließen, in denen es viel Einzelhandel gibt, was viele Kameras bedeutet."

„Gut. Das heißt, dass wir heute Nachmittag mit der Untersuchung beginnen können."

Jane deutete auf ihren Körper, und Kai ließ sich die Chance nicht entgehen, die große Menschenfrau anzustarren. Ihr Oberteil war absichtlich eng über ihren üppigen Brüsten. Nach ihrer Größe zu urteilen, würden sie gut in seine Handflächen passen.

Sein Drache meldete sich zu Wort. *Es gibt nur eine Möglichkeit, das herauszufinden.*

Bevor sein Drache wieder anfangen konnte, über Sex zu reden, sagte Jane: „Ich kann meinen Job nicht in diesem Aufzug machen."

Er sah ihr wieder in die Augen. „Ich verstehe nicht. Du hast doch Kleider. Menschen scheinen an nichts anderes zu denken."

„Ich bin zwar froh, nicht nackt durch die Straßen laufen zu müssen, sehe aber verdächtig aus. Zweifellos haben die Jäger überall Wachen aufgestellt. Eine seltsam aussehende Frau, die eine zu kleine Jeans trägt und ein etwas zu kleines Oberteil und Fremde anquatscht, wird auffallen wie ein bunter Hund."

Als Kai bemerkte, wie eng die Jeans ihre Oberschenkel umarmte, entschied er, dass kein anderer Mann sie anstarren durfte.

Sein Drache meldete sich zu Wort. *Sie gehört uns.*

Kai ignorierte sein Tier und nickte Jane zu. „Ich kann mir gut vorstellen, dass eine Frau, die sich mitten am Tag zur Schau stellt, auffallen würde."

„Ich würde das kaum als Zurschaustellen bezeichnen. Du achtest ja vielleicht nicht auf menschliche Mode, aber diese Jeans ist zu lang für eine Caprihose und zu kurz für eine normale Hose."

„Die Männer werden schon nicht auf deine Knöchel achten."

Jane blickte zur Decke und murmelte: „Drachenmänner."

Er zuckte die Schultern. „Seit meiner Zeit in der Armee habe ich gelernt, dass es bei diesem Thema kaum Unterschiede zwischen Menschenmännern und Drachenmännern gibt. Wir werden Kleidung finden, die deinen Körper verhüllt", erklärte Kai.

Jane sah ihm wieder in die Augen. „Meinen Körper zu verhüllen wäre auch verdächtig. Ich bin eine erwachsene Frau, die weiß, wie man sich unter die Leute mischt, wenn das gebraucht wird. Ich werde meine Kleidung selbst aussuchen, vielen Dank."

Kai verschränkte die Arme vor der Brust. „Gestern Abend hast du dich nicht unter die Leute gemischt. Alle Männer haben dich angestarrt."

„Ich werde mich nicht vor Leuten wie dir verteidigen. Aber warum interessiert dich das überhaupt? Vor noch nicht allzu langer Zeit hast du damit gedroht, mich irgendwo wegzuwerfen."

„Wir arbeiten jetzt zusammen, und wenn du Mist baust, ist mein Clan in Gefahr."

Bevor Jane antworten konnte, betrat Nikki das Zimmer mit einem Teetablett. Die Drachenfrau zwinkerte Jane zu, und die Eifersucht schoss durch seinen Körper. Kai wollte in das Geheimnis eingeweiht werden.

Nikki stellte das Tablett ab und goss Tee ein. „Menschen brauchen Tee oder Kaffee, um richtig zu funktionieren. Ich dachte mir, Jane etwas zu geben, würde sie für unsere Untersuchung wachsamer machen."

„Ich bin mir sicher, dass das der Grund war", murmelte Kai. Der Mensch hatte definitiv einen schlechten Einfluss auf Nikki.

Er hob seine Stimme auf ein normales Niveau und fügte hinzu: „Jane braucht Kleidung. Du hast bis Mittag Zeit, mit ihr rauszugehen und welche zu finden." Kai wandte seinen Blick zu Jane. „Aber du bezahlst dafür."

Jane verschränkte die Arme vor der Brust in fast

genau derselben Pose wie er. „Ich werde keine neuen Klamotten kaufen. Ich habe alles, was ich brauche, in meinem Hotelzimmer. Wir fahren dahin."

„Hast du einem von den Typen im Pub gesagt, wo du wohnst?", verlangte Kai zu erfahren.

„Ich werde so tun, als hättest du nicht gerade meine Intelligenz beleidigt", antwortete Jane. „Ich habe einen falschen Namen benutzt und sogar vorgegeben, Amerikanerin zu sein. Du bist derjenige, der meine Tarnung fast hätte auffliegen lassen, als du mich ‚Janey' genannt hast." Kai schwieg weiter und wollte nicht zugeben, dass sie recht hatte. Jane seufzte und fuhr fort: „Außerdem wissen sie nichts, wo ich übernachten würde. Vor allem, da ich heute strubbelige Haare habe und kein Make-up trage. Ich sehe aus wie ein völlig anderer Mensch."

Er grunzte. „Du siehst besser aus, wenn es natürlich ist."

Nikki blinzelte ihn an, aber Kai war es egal. Er hatte nur die Wahrheit gesagt.

Jane räusperte sich. „Gut, dann kann mich Nikki nach dem Teetrinken zu meinem Hotel bringen. Ich werde auch auschecken, denn ich nehme an, dass ich hier übernachten werde. Korrekt?"

Jane im selben Haus wie er wohnen zu lassen, war eine schlechte Idee. Sein Drache würde weiter darauf drängen, den verfluchten Menschen zu küssen. Und wenn Kai auch nur eine Sekunde unachtsam war, traute er seinem Tier nicht.

Sein Drache knurrte. *Du willst sie auch küssen. Du träumst ununterbrochen davon.*

Vielleicht, aber er würde es nicht zugeben. Er hatte keine Zeit, einen Menschen zu umwerben, geschweige denn zu küssen. Vor allem einen Menschen, der seinen Drachen in den Wahnsinn treiben würde.

Doch Jane bei sich zu behalten, war die logische Wahl. Er müsste nur ein paar Tage lang seine eiserne Selbstbeherrschung trainieren. Danach würde er sich von ihr fernhalten und musste den Menschen nie wieder sehen.

Sein Tier fügte hinzu: *Außer im Fernsehen. Oder wenn sie Leute aus unserem Clan befragt.*

Kai sah Jane direkt in die Augen. „Ja. Es wird uns leichter fallen, Informationen auszutauschen, wenn du hier übernachtest."

Einer von Janes Mundwinkeln zuckte nach oben. „Und für dich, mich im Auge zu behalten."

Vorsichtig darauf bedacht, sich seine Überraschung nicht anmerken zu lassen, antwortete er: „Das auch." Er sah auf die Uhr an der Wand. „Ihr solltet euch besser beeilen. Ich erwarte von dir, dass du die Liste weiter eingrenzt und deine Sachen in den nächsten vier Stunden abholst." Er sah Nikki an. „Sorg dafür, dass sie pünktlich zurück ist."

Nikki nickte langsam. „Natürlich."

Kai sah zu Jane. „Du hast eine Chance. Wenn du versuchst, zu fliehen oder mir Informationen vorzuenthalten, werde ich dich finden und wegsperren, bis ich meine Untersuchung abgeschlossen habe. Verstanden?"

Jane verdrehte die Augen. „Ich bin kein Kind, und ich bin auch kein Soldat, den du herumkommandieren kannst. Das vergisst du immer wieder, Kai Sutherland."

Kai grunzte. „Nein, bist du nicht, aber du bist eine Nervensäge." Sie öffnete den Mund, um darauf etwas zu erwidern, doch Kai unterbrach sie. „Ich hab' was, worum ich mich kümmern muss. Wir sehen uns in vier Stunden."

Als er sich umdrehte und aus dem Zimmer ging, hörte er Nikki flüstern: „Er ist sonst nie so gesprächig. Was hast du mit ihm gemacht?"

Kai wollte die Antwort nicht hören und eilte den Flur hinunter in sein Zimmer. Training würde helfen, seinen Geist von dem Menschen zu befreien. Sie wusste, wie man ihm unter die Haut ging. Nächstes Mal wäre er besser vorbereitet. In dem Moment, in dem er seinen Emotionen die Kontrolle überließ, insbesondere wenn es um Eifersucht und Erregung ging, konnte er seine Mission gefährden.

Sein Drache meldete sich zu Wort. *Wenn du dich konzentrieren willst, fick sie und bring es hinter dich.*

Ist das alles, woran du denken kannst?

Du lässt mich ja auch nach Sex hungern. Ein Drache braucht es genauso sehr wie das Atmen.

Hör auf mit den Übertreibungen.

Sein Tier schnaubte. *Du wirst es bereuen, das zu mir gesagt zu haben. Betrachte es als eine Warnung.*

Mit einem Seufzer betrat Kai sein Zimmer und

begann sich zu dehnen. Wenn er hart genug trainierte, hörte sein Drache vielleicht auf, so verdammt dramatisch zu sein. Wenn nicht, musste Kai einen anderen Weg finden, um seinen Drachen zu beruhigen. Es würde nicht lange dauern, bis sein verdammtes Tier seine Lust durch Kais Verstand dröhnen ließ und ihm zu den falschen Zeiten einen Ständer verpasste.

Und wenn es eine Sache gab, zu der er entschlossen war, außer seinen Clan zu beschützen, dann war es sicherzustellen, dass Jane Hartley nie wusste, wie sehr Kai sich danach sehnte, sie auszuziehen und jeden Zentimeter ihrer weichen Haut zu küssen.

Kapitel Vier

D reißig Minuten später saß Jane mit Nikki im Auto und trommelte mit den Fingern auf ihren Oberschenkel.

Nicht, weil Jane ungeduldig war, ins Hotel zu kommen, sondern eher ungeduldig, zu Kai zurückzukehren, damit sie endlich seinen Schwachsinn in den Griff bekommen konnte. Trotz ihrer früheren Abmachung behandelte er sie immer noch als Untergebene.

Sie musste den Drachenmann in die Enge treiben und ihn in seine Schranken weisen. Sie hatte vielleicht nicht seine Muskeln, aber Jane hatte bemerkt, dass er ihre Brüste anstarrte. Es gab mehr als eine Möglichkeit, die Aufmerksamkeit eines Mannes zu erregen, und sie war sich nicht zu schade, ihre Brüste dafür zu benutzen.

Jane lächelte. Wenn Kai sie vorher für eine Nervensäge gehalten hatte, würde er sie bald für einen verdammten Albtraum halten, wenn sie etwas dazu zu sagen hätte.

Doch die Chance, Kai in die Enge zu treiben, war noch Stunden entfernt. Jane brauchte eine Ablenkung. Als sie Nikki ansah, entschied sie, dass die Drachenfrau das sein würde. Mit der richtigen Überredung könnte Jane mehr Informationen über die Drachenwandler bekommen.

Auch wenn Nikki still war, spürte Jane, dass die Frau reden wollte. Jane stupste sie an: „Du kannst mich fragen, was du magst, Nikki. Kai ist nicht hier, um zu knurren oder die Stirn zu runzeln." Sie sah sich im Wagen um. „Es sei denn, er nimmt die Gespräche vom Auto auf."

Nikki lächelte. „Nicht, dass er es nicht versucht hätte. Bram hat dem einen Riegel vorgeschoben. Ich vermute, weil Bram gerne mit seiner Gefährtin Spritztouren macht und im Auto Sex mit ihr hat."

Jane sah die Drachenfrau an und stürzte sich auf die Öffnung. „Trotz allem, wie ich mit deinem Clan zusammengearbeitet habe, sprechen nur wenige wirklich mit mir. Beantwortest du mir einige Fragen, sofern du deinen Clan nicht gefährdest?"

Nikki blickte auf sie und wieder auf die Straße und fragte: „Hat das mit Kai zu tun?"

„Spielt das eine Rolle?"

Nikki schüttelte den Kopf. „Eigentlich nicht, aber ich hoffe, du bleibst. Nur wenige stellen sich gegen ihn, aber du tust das völlig furchtlos." Nikki sah sie an. „Wie kommt das?"

„Ganz ehrlich? Ich habe schon mit

Schlimmeren gearbeitet. Außerdem ist mein älterer Bruder bei den Special Forces und genauso schlimm wie Kai. Ich habe viel Übung im Umgang mit Alphamännerscheiß."

Etwas, das wie Wiedererkennung aussah, zeigte sich kurz auf Nikkis Gesicht, aber dann war es weg. Jane wollte die Emotion gerade schon in Frage stellen, aber Nikki war schneller als sie. „Was möchtest du wissen? Ich hoffe, es hat nichts damit zu tun, dass Bram und Evie Sex im Auto haben."

Jane schmunzelte. „Nein, obwohl ich mich immer gefragt habe, was passieren würde, wenn ein Drachenwandler in einem Auto wandeln würde. Würde es sich einfach schälen wie eine Dose?"

Nikki zuckte mit den Schultern. „Es würde eher aufplatzen."

Obwohl es nichts damit zu tun hatte, Informationen über Clan Stonefire zu bekommen, konnte Jane nicht anders, als zu fragen: „Weißt du das aus Erfahrung?"

„Sagen wir einfach, ich habe als Kind nie ein Wagnis abgelehnt."

Jane verband die Punkte miteinander. „Ich habe gesehen, dass einige der älteren Clanmitglieder dich anders behandeln. Es ist, weil du das erste Kind warst, das von einem menschlichen Opfer auf Stonefire geboren wurde, richtig? Ich denke, du versuchst immer noch, dieses Label loszuwerden. Mit dummen Mutproben bekäme man ein völlig anderes Standing."

Stirnrunzelnd sah Nikki sie an. „Ich hoffe, du schreibst keine Story über mich."

„Nein, obwohl es faszinierend wäre. Auch wenn jetzt langsam Informationen über die Drachenwandler durchsickern, war in den Achtzigerjahren so gut wie nichts bekannt, außer den Gerüchten. Wenn du jemals deine Geschichte erzählen willst, lass es mich wissen."

Nikki verlegte ihre Hände am Lenkrad. „Lass uns nicht über mich reden. Wir sind in fünf Minuten an deinem Hotel. Wenn du also Fragen hast, ist jetzt der richtige Zeitpunkt, sie zu stellen."

Nach fast einem Jahrzehnt als Reporterin konnte Jane an Nikkis Tonfall erkennen, dass sie nicht mehr über dieses Thema sprechen würde. Obwohl, wenn alles gut lief und Jane Stonefire half, die Drachenjäger zu erledigen, könnte Jane in Zukunft noch viel mehr Drachenwandler-Geschichten erzählen, einschließlich Nikkis.

Im Moment konzentrierte sie sich jedoch auf etwas, das sie seit Monaten unbedingt fragen wollte. „Wie existieren Drachen- und Menschenhälften nebeneinander? Ich weiß, dass, wenn die Pupillen eines Drachenwandlers zu Schlitzen werden, er mit seinem Drachen spricht, aber nicht viel mehr. Kann die Drachenhälfte einen zwingen, zu tun, was sie will?"

Einer von Nikkis Mundwinkeln zuckte nach oben. „Sie versuchen es immer, besonders wenn es um Sex geht, die notgeilen Bastarde, aber ein gut ausgebildeter Drachenwandler kann die Kontrolle behalten."

„Was geschieht mit denen, die die Kontrolle verlieren?"

„Der Clan kümmert sich um sie, es sei denn, sie kommen in eine große Menschenstadt, dann kümmert sich das MDA um sie."

„Das heißt, sie töten sie?"

„Manchmal, wenn sie nicht eingedämmt werden können." Nikki trommelte mit den Fingern aufs Lenkrad. „In anderen Fällen durchlaufen sie eine Rehabilitation. Die Besten sind normalerweise diejenigen, die Beschützer werden wollen. Aufgrund der Vereinbarung mit der britischen Regierung müssen alle potenziellen Beschützer zwei Jahre in der Armee dienen, bevor sie mit ihren jeweiligen Clans trainieren. Es ist nicht immer einfach, Befehle entgegenzunehmen und manchmal in aktiven Kriegsgebieten zu dienen, während man den inneren Drachen in Schach hält. Das ist wirklich der ultimative Test für einen Drachenwandler."

Jane wusste, dass die Drachenwandler beim Kampf im Ausland halfen, aber sie hatte nie wirklich über ihre Rolle in der Armee nachgedacht. „Warst du schon einmal kurz davor zu brechen?"

Nikki sah sie an. „Alle Beschützer waren das, sogar Kai."

„Irgendwie kann ich kaum glauben, dass Mr. Selbstkontrolle jemals durchdrehen könnte."

Nikki zuckte mit den Schultern. „Es passiert."

„Dann gibt es ja Hoffnung für mich."

„Hoffnung auf was?", fragte Nikki vorsichtig.

Jane grinste. „Dass ich ihn dazu bringen kann, seine Kommandanten-Persona fallen zu lassen, und ich den Mann darunter kennenlerne."

„Und warum genau, solltest du das tun?"

„Ich weiß gerne, mit wem ich arbeite."

Die Drachenfrau straffte ihre Schultern. „Das tue ich auch. Ich habe eine Frage an dich."

„Nur zu."

„Hast du einen Bruder, der in der Armee dient? Rafe Hartley?"

Jane neigte den Kopf. „Ich hatte mich schon gefragt, wann du dich zu meinem Bruder äußern würdest."

„Was?"

Sie wedelte mit der Hand. „Ich habe deinen Ausdruck vorhin bemerkt." Nikki öffnete den Mund, aber Jane fuhr fort: „Menschen zu lesen ist für meine Arbeit unerlässlich. Aber um deine Frage zu beantworten, ja, das tue ich. Er ist älter und bei den britischen Spezialeinheiten." Jane runzelte die Stirn. „Er hat doch nichts Dummes getan, oder? Ich liebe meinen Bruder, aber er denkt eher mit seinem Schwanz als mit seinem Gehirn."

Nikki blinzelte. „Du klingst wie ein Drachenwandler. Die meisten Menschen würden erröten und etwas wie ‚Männlichkeit' sagen.

Jane wedelte mit einer Hand. „Meine Mutter ist Australierin und mit fünf Brüdern auf einer Rinderfarm aufgewachsen. Gehemmt zu sein liegt nicht in ihrer Natur, und sie hat mir das weitergegeben." Jane wandte sich Nikki ein wenig zu. „Aber zurück zu meinem Bruder. Sag mir, wenn er ein Arsch war, und ich kümmere mich darum."

Nikki schüttelte lächelnd den Kopf. „So gern ich das auch sehen würde, ich war nur neugierig, ob ihr verwandt seid."

„Und?"

Nikki hob eine Braue. „Du bist ziemlich direkt, nicht wahr?"

Jane zuckte mit den Schultern. „Ich mag es nicht, herumzutanzen und keine Antworten zu bekommen. Die Wahrheit beschleunigt die Dinge in der Regel."

„Ich versuche, mir das zu merken." Als Jane weiter schwieg, fügte Nikki hinzu: „Während Kai sich eher den Arm abschneiden würde, bevor er Menschen um Hilfe bittet, könnten Menschen wie dein Bruder uns bei den Drachenjägern helfen. Ich habe versucht, Kai davon zu überzeugen, unsere Armeekollegen um Hilfe zu bitten, aber er weigert sich." Nikki sah ihr in die Augen. „Vielleicht kannst du ihn dazu bringen."

„Warum fragst du mich das? Du kennst mich kaum."

„Du hast unserem Clan mehr geholfen, als Kai zugeben wird. Außerdem kenne ich den Ruf deines Bruders. Diese beiden Dinge zusammen sagen mir, dass ich dir vertrauen kann."

Ihr Bruder Rafe hatte zwei Sorten von Ruf – einen mit Frauen und die andere als Soldat. „Bitte sag mir, dass du nicht mit Rafe geschlafen hast."

Nikki blinzelte, sah Jane an und dann weg. „Ähm, nein."

Aber nach Nikkis Antwort zu urteilen, hatte die Drachenfrau es gewollt.

Das bedeutete, dass Nikki zumindest einen Teil ihres Vertrauens auf Rafes Rolle als Soldat stützte. Nach allem, was man hörte, war ihr Bruder ein verdammt guter. „Nun, Rafe und andere Soldaten inoffiziell um Hilfe zu bitten, ist eine interessante Idee. Aber ich denke, wir müssen zuerst die Jäger finden und sehen, womit wir es zu tun haben. Dann entscheide ich, ob es den Aufwand lohnt, deinen dickköpfigen Chef davon zu überzeugen, um Hilfe von außen zu bitten."

Als Nikki nickte und auf den Hotelparkplatz bog, fügte die Drachenfrau hinzu: „Wenn jemand außer Bram Kais Meinung ändern kann, dann denke ich, könntest du es sein."

„Ich ignoriere nur seine geknurrten Befehle und verlange Gleichberechtigung."

Nikki stellte den Motor aus und drehte sich zu Jane um. „Er braucht das mehr, als du weißt."

Bevor Jane um eine Erklärung bitten konnte, stieg Nikki aus, und Jane folgte.

KAI BEENDETE den Anruf mit Aaron, seinem Stellvertreter in Stonefire. Alles war in Ordnung, und es wurden keine neuen Bedrohungen entdeckt.

Das war zwar eine gute Sache, aber es bedeutete

auch, dass Kai etwas anderes finden musste, um sich zu beschäftigen, bis Jane und Nikki zurückkehrten.

Sein Drache meldete sich zu Wort. *Wenn wir jetzt an den Menschen denken, werden wir später nicht abgelenkt.*

Sie ist keine Ablenkung.

Lügner. Du willst sie nackt haben, genau wie ich. Ich sage immer noch: Fick sie und mach deinen Kopf frei.

Der Mensch wird nicht gefickt.

Sein Tier hielt kurz inne, bevor es hinzufügte: *Es ist okay, jemand Neuen zu wollen. Die andere hat einen anderen Mann gewählt.*

Kai hatte die letzten elf Jahre nicht an Maggie gedacht. Aber wenn sein Drache sie ansprechen würde, würde Kai es auch tun. *Und wenn Maggie morgen auftaucht, frisch verwitwet? Sie wollte uns damals nicht, und ich will sie jetzt auch nicht, aber erlauben mir deine Instinkte, jemand anderen zu haben? Oder dienen sie nur sklavisch der Wahre-Gefährten-Anziehung?*

Ich habe lange darauf gewartet, dass du mit mir darüber redest.

Dann rede, Drache.

Sein Tier schnaubte. *Kommandier mich nicht herum. Ich verdiene etwas Besseres.*

Kai rieb sich die Hand übers Gesicht. Wenn er den Beinahe-Wutanfall seines Drachen nicht stoppen würde, hätte er in fünf Minuten definitiv Kopfschmerzen. *Gut, dann beantworte bitte meine Frage. Sonst ficke ich nie wieder eine Frau.*

Lügner.

Willst du mich herausfordern, Drache? Meine Bilanz ist ziemlich solide, wenn es darum geht, über dich zu gewinnen.

Nach einer gefühlten Ewigkeit antwortete sein Tier: *Drachen können einen anderen Gefährten finden.*

Theoretisch. Aber du lässt ja nicht los.

Ich kann und ich werde. Küss den Menschen, und wir können die andere vergessen.

Und was passiert, wenn der Kuss nur ein Kuss ist? Wie lange wird dein Interesse halten?, fragte Kai.

Die Stimme seines Drachen wurde stählern. *Mit Jane könnte es für immer sein.*

Woher weißt du das?

Kein Gerede mehr. Küss sie und frag mich dann noch mal.

Bevor Kai sein Tier auf Antworten drängen konnte, öffnete sich die Haustür, und zwei weibliche Stimmen drifteten den Flur hinunter.

Jane und Nikki waren zurück.

Kai schob sein Tier in ein mentales Gefängnis, verließ den Raum und ging den Flur hinunter. Er öffnete den Mund, um einen Befehl zu bellen, als er Jane sah und vergaß, was er sagen wollte.

Die Frau trug eine Jeans, die ihre langen Beine umschmeichelte und nichts der Fantasie überließ. Ihr schwarzes Oberteil senkte sich zu einem V, was eine cremige Fläche von Dekolleté enthüllte. Ein kleines Muttermal war auf ihrer rechten Brust zu sehen. Er fragte sich, wie viele Muttermale und Sommersprossen sie noch an ihrem Körper hatte.

Nicht, dass er es jemals herausfinden würde.

Mit übermenschlicher Anstrengung sah Kai Jane ins Gesicht. Ihr langes, dunkles Haar fiel um ihre Schultern. Er konnte nicht umhin zu denken, dass ihr Haar die perfekte Länge hatte, um es um seine Faust zu wickeln und ihren Kopf für einen Kuss nach hinten zu ziehen.

Dann tanzte die Belustigung in Janes Augen, und ihre Stimme brach den Zauber. „Hattest du einen ausreichend guten Blick, oder soll ich mich einmal drehen, damit du dir auch den Rest ansehen kannst?"

Er sehnte sich danach zu sehen, wie die Jeans ihren Po umschmeichelte, aber er wagte es nicht, darum zu bitten. „Sei nicht albern. Das Outfit ist etwas freizügig, aber besser als das Kleid von gestern Abend. Du siehst auch hinreichend anders aus als gestern, sodass dich nur wenige erkennen sollten, falls du einem Jäger begegnest. Bereit, dich an die Untersuchung zu machen?"

Jane verschränkte die Arme vor der Brust, und Kai gab sich erdenkliche Mühe, nicht auf ihre hochgeschobenen Brüste zu starren. „Ich bin überrascht, dass du mich nicht genauestens nach der Fahrt zum Hotel befragst."

Kai sah zu Nikki. „Gab es Probleme?" Nikki schüttelte den Kopf, und Kai sah zu Jane zurück. „Erledigt. Und jetzt: beantworte meine Frage."

Seufzend zuckte Jane ihren kurzen Mantel aus Kunstleder von den Schultern. „Bevor wir irgendwo hingehen, möchte ich mit dir sprechen."

Kai runzelte die Stirn. „Dann sprich."

„Unter vier Augen", sagte Jane.

„Was immer du mir sagen willst, kannst du auch Nikki sagen."

Jane hob die Brauen. „Ach, wirklich? Wenn ich

also dein Hemd runterreißen und dich bitten würde, dich zu bewegen, wäre es okay, wenn Nikki auch zusieht?"

Er zuckte die Schultern. „Nacktheit bereitet nur Menschen Probleme. Nikki hat mich schon nackt gesehen und wird es wieder tun."

„Das nennt man necken, Kai Sutherland. Du solltest es mal ausprobieren", antwortete Jane.

Sein Tier hatte sich endlich befreit. *Ich möchte eine andere Art von Neckereien machen. Sorg dafür, dass wir sie allein haben, und wir können es versuchen.*

Nein.

Kai starrte Jane so finster wie möglich an. „Du verschwendest Zeit. Sprich."

Jane machte einen Schritt in seine Richtung. „Unter vier Augen."

Als sie einander anstarrten, bewunderte Kai fast die Sturheit der Frau. Die meisten Menschen würden vor einem Drachenwandler zurückschrecken, vor allem, wenn er auch noch ein Beschützer war.

Und doch sah Jane bereit aus, ihn zu bekämpfen, falls nötig.

Das Bild des Menschen, der versuchte, ihn anzugreifen, brachte Kai fast zum Lächeln.

Sein Drache knurrte. *Ich denke, wir sollten sie ins Bett werfen.*

Kai ignorierte sein Tier und musterte Janes Gesicht. Nach der Festigkeit ihres Kiefers zu urteilen, wollte sie nicht nachgeben.

Anstatt Zeit zu verschwenden, deutete Kai mit

der Hand den Flur hinunter. „Schön. Geh zum Kartenraum von gestern Abend."

Mit einem triumphalen Gesichtsausdruck ging Jane den Flur entlang. Während er beobachtete, wie sich ihr Po in der engen Jeans bewegte, räusperte Nikki sich.

Verdammt. Nikki musste ihn später nicht auch noch damit aufziehen.

Kai sah ihr in die braunen Augen. „Zain ist gekommen, als ihr unterwegs wart, und hat die beiden Jäger an einen sicheren Ort gebracht. Kontaktiere ihn und frag nach, ob er was herausgefunden hat."

Bevor Nikki mehr tun konnte als mit dem Kopf zu wackeln, ging Kai den Flur runter. Ein Teil von ihm war enttäuscht, dass Janes Po nirgends zu sehen war, während der andere Teil von ihm froh war, dass die Versuchung außer Sicht war.

Sein Drache meldete sich wieder zu Wort. *Denk an meine Worte. Küss den Menschen, und wir können die andere vergessen.*

Er betrat den Raum und verlor die Fähigkeit zu sprechen. Jane war über die Karte auf dem Tisch gebeugt, und er hatte eine klare Sicht auf ihre Brüste, umhüllt von einem schwarzen BH.

Jane sah auf und lächelte. „Habe ich jetzt deine Aufmerksamkeit, Drachenmann?"

∼

Jane biss sich auf die Lippe, um nicht zu lachen. Kai mit offenem Mund blinzeln zu sehen, war ein Anblick, den sie nicht so bald vergessen würde.

Da sie wollte, dass er mit dem Kopf auf seinen Schultern dachte, stand Jane auf und legte eine Hand auf ihre Hüfte. „Kannst du jetzt sprechen?"

Kai räusperte sich, verkrampfte seine Finger und löste sie wieder. „Einen ungebundenen Drachenmann zu verführen, ist eine gefährliche Sache."

„Vielleicht bei einem normalen Drachenmann, aber nicht bei dir. Du bist schließlich Mr. Selbstkontrolle."

Kais Gesichtsausdruck wurde neutral. „Du hast einen Aufstand gemacht, mich unter vier Augen reden zu können, also rede. Du verschwendest Zeit, die wir nutzen könnten, um das Gebiet nach dem Versteck der Jäger zu untersuchen."

„Ich glaube kaum, dass es Zeitverschwendung ist, jemanden kennenzulernen, mit dem man zusammenarbeitet."

Kai grunzte. „Du scheinst mir clever zu sein. Ich bin sicher, dass du mich schon vorher recherchiert hast."

Jane seufzte. „Nur, weil ich nach dir gesucht habe, heißt das nicht, dass ich dich schon ganz kenne."

„Komm auf den Punkt."

Jane ging um den Tisch, bis sie keinen halben Meter von Kai entfernt war. „Der Punkt ist, dass du mich immer noch herumkommandierst. Dagegen musst du was tun, sonst …"

Er hob die Brauen. „Was sonst?"

Sie lächelte. „Oh, ich habe Wege, dich dazu zu bringen, fast allem zuzustimmen, was ich sage."

„Das bezweifle ich."

Als Jane noch einen Schritt näherkam, stand sie etwa zehn Zentimeter von Kai entfernt. Die Hitze seines Körpers, vermischt mit dem männlichen Duft, der ihm einzigartig war, ließ ihre Herzfrequenz steigen. Sie war sich in der Sekunde übermäßig bewusst, wie männlich Kai Sutherland war.

Aber er war nicht irgendein Mann, er war ein mächtiger Drachenwandler, der Single war und sich zu ihr hingezogen fühlte.

Bevor sie ihren Traum von gestern Abend noch einmal durchleben konnte, in dem beide nackt waren, atmete Jane tief ein. Sie konzentrierte sich auf ihre Aufgabe und flüsterte: „Letzte Warnung, bevor ich meine Werkzeugkiste benutze."

„Du wirst scheitern."

Jane hob eine Hand, hielt aber einen Zentimeter von Kais Brust inne. Sie studierte seine Augen, aber sie waren unlesbar. „Lass es mich versuchen. Wenn ich gewinne und dich dazu bringe, etwas zuzugeben, was du wahrscheinlich nicht zugeben würdest, dann hörst du auf, Befehle zu erteilen. Wenn du durchhältst und ich verliere, werde ich tun, was immer du sagst."

Seine Pupillen blitzten zu Schlitzen, und sie fragte sich, was Kais Drache zu ihm sagte.

Dann lehnte Kai sein Gesicht näher zu ihrem, und sie konnte seinen Atem auf ihren Lippen spüren, als er murmelte: „Versuch dein Bestes, Mensch. Ich werde gewinnen."

Für eine Sekunde verlor Jane sich in den Tiefen von Kais blaugrünen Augen. Das Selbstvertrauen, das auf sie zurückblickte, war nur ein Teil von Kais Geschichte.

Sie hätte ihre Karriere verwettet, dass der Drachenmann etwas verheimlichte.

Nicht, dass sie Zeit hatte, darüber nachzudenken. Jane schob ihre allgegenwärtige Neugier beiseite und flüsterte: „Deal", bevor sie ihre Hand an Kais Brust legte.

Sogar durch sein Hemd brandmarkte Kais Hitze ihre Handfläche. Die Härte seiner Brust erinnerte sie an die Muskeln darunter.

Sie kratzte sanft mit ihren Nägel über Kais Oberkörper und konzentrierte sich auf ihre Aufgabe. Sie hätte es nicht zugelassen, dass eine Kleinigkeit wie Anziehung dem Sieg im Wege stand.

Sie ließ ihre andere Hand an seiner Schulter auf- und ablaufen, und Kai verkrampfte sich darunter. Mit etwas mehr Drängen konnte sie den Drachenmann endlich in seine Schranken weisen.

Sie legte eine Hand an seinen Nacken. In dem Moment, als ihre Finger mit seiner Haut in Berührung kamen, schoss ein kleiner Ruck durch ihren Körper.

Kais Augen blitzten wieder, und Jane fragte: „Bist du schon bereit, zuzugeben, dass du mich küssen willst?"

Er grunzte. „Nein. Wenn das alles ist, was du hast, wirst du verlieren."

Sie hob eine Braue. „Ach, Baby, ich fange gerade erst an."

Kai öffnete den Mund, aber Jane bewegte ihren Kopf seitlich an seinen Hals und knabberte an seiner warmen Haut. Sein Duft war dort stärker, und Jane konnte nicht widerstehen, seinen Hals zu lecken. Die Salzigkeit ließ ihren Magen sich überschlagen. Kai schmeckte gut.

Da sich der Drachenmann immer noch nicht bewegte, biss Jane in seinen Hals, wo er auf seine Schulter traf, während sie ihren Körper gegen seinen lehnte. Das Gefühl seines harten Schwanzes an ihrem Bauch machte sie feuchter, als sie es je in ihrem Leben gewesen war.

Kai knurrte und packte ihren Po. Er zog sie gegen seinen Körper, und Jane stieß ein Quietschen aus.

Kais Atem war heiß an ihrem Ohr. „Habe ich dir nicht gesagt, dass es gefährlich ist, einen ungebundenen Drachenmann zu necken?"

Jane wagte es, sich zurückzulehnen, und hörte auf zu atmen, als sie den Hunger in Kais Augen sah.

Dann erlangte sie ihren Verstand zurück. Sie hatte eine Wette zu gewinnen. „Bist du dir sicher, dass du mich nicht küssen möchtest?" Sie senkte ihre Stimme. „Willst du nicht meine weichen, warmen Lippen spüren, während du meinen Mund mit deiner Zunge verschlingst?" Seine Augen blitzten wieder, und Jane wusste, dass er kurz davor war, die Kontrolle zu verlieren. Sie rieb ihren Körper an seinem Schwanz, und Kai zischte. „Hör auf, dagegen anzukämpfen. Du hast mich angegafft, seit ich dich zum ersten Mal getroffen habe. Gib einfach zu, dass du einen kleinen Kuss willst, dann kannst du endlich aufhören, dich zu fragen."

Kais Stimme war rau, als er fragte: „Mich was fragen?"

„Wie ich schmecke."

Mit einem Knurren bewegte sich Kai, bis seine Lippen eine Haarbreite von ihren entfernt waren. „Du spielst ein gefährliches Spiel, Mensch."

Sie blies ihm über die Lippen, und Kais Griff festigte sich. Der Drachenmann war näher dran nachzugeben. „Hör auf zu zögern. Fordere entweder einen Kuss und lass mich gewinnen, oder geh." Sie rieb sich erneut gegen seinen Körper. „Obwohl dein Schwanz mir sagt, dass du nicht weggehen willst."

Kai schlug ihr auf die Pobacke und murmelte: „Wenn ich verliere, dann verliere ich richtig."

Und er küsste sie.

Kapitel Fünf

Als Kai Sutherlands Lippen die von Jane berührten, breitete sich ein besitzergreifender Stoß durch seinen Körper aus, während sein Drache brüllte. Kai zog den Menschen noch fester gegen sich und kniff Jane in den Po. Als sich ihr Mund überrascht öffnete, nutzte er es aus und drang mit seiner Zunge in ihren heißen, süßen Mund ein.

Eine Sekunde lang reagierte Jane nicht, und er fragte sich, ob sie es sich anders überlegt hatte. Als sie jedoch ihre Zunge gegen seine streichelte, während sie sich in den Kuss lehnte, bedurfte es all dessen, was er hatte, um die Kontrolle zu behalten. Seine Menschenfrau brachte ihn definitiv dazu, dafür zu arbeiten.

Sein Drache knurrte. *Ihr Geschmack … ich will mehr. Viel mehr.*

Bevor Kai antworten konnte, gruben sich Janes Nägel in seine Brust, während sie den Kuss vertiefte. Er knurrte und streichelte sie heftiger. Sie hatte vielleicht die erste Runde gewonnen, indem sie seine Selbstbeherrschung heruntergespielt hatte, aber er wollte sie nicht auch diese gewinnen lassen.

Er bewegte eine Hand an ihren Kopf und packte ihre Haare mit der Faust. Er zog sanft daran, um besseren Zugang zu erhalten, streichelte, knabberte und saugte an ihrer Unterlippe. Er ließ ihre warme, pralle Lippe los und wollte noch mal probieren. Es war schon zu lange her, dass er eine Frau gehabt hatte, und er hatte vergessen, wie es war, einen weichen Körper an seinem zu halten. Und da sie ein Mensch war, war Janes Körper weicher als jeder Drachenwandler, und er liebte den Unterschied.

Jane lehnte sich gegen ihn, ihre Brustwarzen drückten fest gegen seine Brust. Er war hin- und hergerissen, ob er ihr das Oberteil runterreißen und eine davon einsaugen sollte, oder sie umdrehen, sie vorbeugen, ihr die Kleider runterreißen und sie von hinten ficken.

Sein Drache meldete sich zu Wort. *Ja, mach es jetzt. Ich will nicht warten.*

Nein. Sie zu ficken würde die Dinge verkomplizieren.

Dann leck sie zwischen den Beinen. Ihr Mund schmeckt gut, aber ich will ihren Honig schmecken.

Ein Bild von Kai, wie er Janes Beine weit spreizte, während er ihre Pussy verschlang, blitzte ihm in den Kopf, und sein Schwanz ließ einen Tropfen Vorsamen heraus.

Hör auf, Drache. Das würde auch die Dinge verkomplizieren.

Sein Tier schnaubte. *Wen interessiert das? Wir wollen sie, und sie will uns. Der Clan ist sicher, also nutze die Chance.*

Kai hielt inne und unterbrach den Kuss. Was zum Teufel tat er denn? Er verschwendete Zeit mit einer Frau, während sein Clan noch in Gefahr sein konnte.

Jane blinzelte und runzelte dann die Stirn, ihr Atem war noch immer schnell vom Küssen. „Ich dachte, du wolltest, wenn, dann richtig verlieren. Das schien mir bis jetzt nur halbherzig erledigt zu sein."

Sein Tier kratzte, um die Kontrolle zu übernehmen. *Ich werde sie vergessen lassen, wie man spricht. Lass mich mal.*

Nachdem Kai seinen Drachen in ein mentales Gefängnis geworfen hatte, zwang er sich, drei Schritte zurückzutreten. „Sagt die Frau, die sich an mir gerieben und mich um mehr angefleht hat."

Auch wenn Jane ihre vom Küssen geschwollenen Lippen nicht auslöschen konnte, wurde ihr Gesichtsausdruck hart. Ein Teil von Kai bedauerte die Veränderung, aber der rationale Teil seines Gehirns war dankbar, wieder ins Geschäft zu kommen. Sein Clan zählte darauf, dass er sie beschützte.

Der Mensch verschränkte die Arme vor der Brust. „Versteck dich hinter deinem toughen Gesichtsausdruck und deiner Attitüde, soviel du willst, aber dein Handeln und dein Körper haben nicht gelogen. Es hat dir Spaß gemacht."

Er zuckte die Schultern. „Natürlich. Wer würde es nicht mögen, eine hübsche Frau zu küssen?"

Kai war so daran gewöhnt, ehrlich zu sein, dass es einen Moment dauerte, bis ihm klar wurde, dass er gerade zugegeben hatte, Jane Hartley attraktiv zu finden.

Der Triumph blitzte Jane in die Augen, bevor sie etwas sagte. „Manchmal ist deine Ehrlichkeit nervig, aber manchmal enthüllt sie einige deiner Geheimnisse."

Es lag ihm auf der Zungenspitze, weitere Details zu fordern, aber als er auf die Uhr an der Wand sah, war es fast eins. Er konnte es sich nicht leisten, noch mehr Zeit zu verschwenden, also wechselte er das Thema. „Da ich dich nicht herumkommandieren darf: bist du bereit, mit der Arbeit zu beginnen?"

Jane hob eine Braue. „Mir eine Frage zu stellen, muss schwierig für dich gewesen sein." Kai grunzte, und Jane lächelte. „Okay, ich werde jetzt erst einmal aufhören, dich zu necken." Sie senkte ihre Stimme. „Aber das ist noch lange nicht vorbei, Drachenmann."

„Ich versichere dir, das wird nicht wieder passieren. Wenn ich einmal einen Fehler mache, lerne ich daraus."

„Jetzt bin ich ein Fehler?"

Sein Drache schnaubte. *Sei kein Arschloch. Sie ist kein Fehler. Die andere war ein Fehler.*

Kai ignorierte sein Tier und antwortete: „Einen Menschen zu küssen ist immer ein Fehler."

Sie musterte ihn eine Sekunde, bevor sie den Kopf schüttelte. „Ich bin mir nicht sicher, ob ich beleidigt oder fasziniert sein sollte." Jane ging zur Tür und hielt an, um über ihre Schulter zu blicken. „Kommst du?"

Gut. Die Frau machte sich wieder ans Geschäft. Kai konnte damit umgehen. „Wohin gehen wir?"

„South Gateshead."

Jane ging zur Tür hinaus, und Kai konnte nichts anderes tun, als ihr zu folgen.

In der Sekunde, in der sie für Kai nicht mehr zu sehen war, konnte Jane nicht widerstehen, ihre Lippen mit den Fingerspitzen zu berühren. Nicht einmal seine Kommentare, ihren Kuss als Fehler abzutun, konnten den Drachenmann aus ihrem Verstand entfernen.

Kai zu küssen war eine Strategie gewesen, um dem unerschütterlichen Drachenwandler zu beweisen, dass er wie jeder andere die Kontrolle verlieren konnte. Aber sie hatte nicht erwartet, dass seine Lippen und Zunge ihre Haut in Brand setzen würden. Sie hatte noch nie zuvor so ein urtümliches Bedürfnis verspürt, den Kuss eines Mannes zu erwidern. Wegen ihrer Sturheit wollte Jane den Mann nur noch einmal küssen und ihn um mehr betteln lassen.

Ja, er war ein Arschloch gewesen, aber Kais Abweisung war Teil der Rüstung, mit der er sich schützte. Jane fing an zu verstehen, dass Kai die Arbeit als Ausrede für alles benutzte. Sie spürte jedoch, dass ihn etwas anderes von seiner Anziehung zu ihr abhielt. Seine Erektion und das Streicheln seiner Zunge ließen erkennen, dass er sie wollte. Und doch kämpfte er auf Schritt und Tritt dagegen an.

Jane wollte den Grund dafür herausfinden.

Trotzdem, das Beste wäre, den Drachenmann und seine Geheimnisse zu vergessen, damit sie sich auf ihre Story konzentrieren konnte. So gern sie Kai ausziehen und ihn necken wollte, bis er die Kontrolle verlor, sie wollte nicht ihren Ruf beschmutzen oder ihre Karriere ruinieren. Egal, wie vorsichtig sie war, wenn sie mit ihm schlief, würde jemand es herausfinden, und dann würde niemand mehr ihre Berichte über die Drachenwandler ernst nehmen. Sie würde als Drachenhure bezeichnet werden, oder schlimmer.

Sobald sie die Drachenjäger enttarnt und dazu beigetragen hatte, das Ansehen des Stonefire-Clans in der Öffentlichkeit zu verbessern, konnte sie mit einem Drachenmann schlafen. Vielleicht sogar mit dem, von dem sie monatelang geträumt hatte.

Reiß dich zusammen, Jane. Kai war mehr Arbeit, als sie bewältigen konnte. Es gab andere, die mit ihr schlafen würden, nach nur einem Blick.

Doch als sie über ihre Schulter sah, wusste sie, dass keiner von denen mit Kai vergleichbar wäre.

Deinen Ruf zu ruinieren, ist es nicht wert, Hartley. Es wird immer andere Männer geben, aber es wird nicht immer eine andere karrierefördernde Story geben.

Jane straffte die Schultern, beschleunigte ihr Tempo und betrat das Wohnzimmer, bevor Kai sie einholen konnte.

Nikki stand am Fenster auf der anderen Seite und sprach in einer Sprache, die Jane nicht verstehen konnte. Aber sie erkannte den Aufstieg und Fall der Silben gut genug, um zu wissen, dass es Mersae war, die alte Drachensprache.

Kais Hitze kam hinter ihr näher, und Jane konnte gerade verhindern, dass sie zitterte. Sie wollte dem verdammten Drachenmann nicht sagen, welche Wirkung er auf sie hatte. Die nächsten Tage, wie viele es auch sein mochten, würden der ultimative Test ihrer Selbstbeherrschung sein. Doch mit ihrer Story als Preis würde sie einen Weg finden, sich zu widersetzen.

Kais leise Stimme erfüllte ihre Ohren. „Ungeachtet dessen, was ich gesagt habe, erwarte ich immer noch, dass wir zusammenarbeiten. Ist das klar?"

Nicht antworten, nicht antworten. Ihm zu sagen, dass er sich verpissen sollte, war nicht die beste Idee.

Als die Stille tickte, grunzte Kai mit etwas, das sie fast als Belustigung bezeichnen würde. Der verdammte Drachenmann musste ihre Gedanken gelesen haben.

Der Drang, ihn zurechtzuweisen, war stark, aber Jane straffte nur noch mehr ihre Schultern und wartete, bis Nikki fertig war. Streit würde den Informationsaustausch mit Kai nur verzögern.

Eine Minute später senkte Nikki das Telefon von ihrem Ohr und drehte sich um. Kai trat an Janes Seite, und Nikki blickte zwischen den beiden hin und her. „Ich habe euch gar nicht reinkommen hören."

Kai erwiderte: „Was hat Zain gesagt?"

Nikki steckte das Handy in die Tasche. „Die Jäger sind sicher, aber er hatte noch keine Gelegenheit, sie zu verhören. Er wird anrufen, wenn es Neuigkeiten gibt."

„Gut." Kai wandte sich Jane zu. Seine Augen waren wieder unlesbar, und das gefiel ihr gar nicht. „Sag mir, warum du dich für South Gateshead entschieden hast."

Wenn er so tun wollte, als hätten sie nicht vor ein paar Minuten einen leidenschaftlichen Kuss geteilt, und sie wie eine Informationsquelle behandelte, dann würde sie das Gleiche tun. „Je mehr ich die Gegend um Tyneside recherchiert habe, desto mehr ergab Gateshead aus mehreren Gründen Sinn als meine erste Wahl. Sie würden nicht nur am Stadtrand sein wollen, sondern auch Zugang zu neuen Rekruten haben wollen."

„Fahr fort", sagte Kai.

„Nun, es gibt viele wirtschaftlich benachteiligte Gebiete in Gateshead Mitte bis Süd. Da die meisten Drachenjägerrekruten es des Geldes wegen tun, wäre es leicht, Männer und Frauen, die dort leben, davon zu überzeugen − finde die finanziell

Schwächsten mit den gewünschten Fähigkeiten, wedle mit Geld vor ihrer Nase herum, et voilà, man hat neue Rekruten."

Kai nickte. „Und ihre Straßenkenntnisse könnten helfen, vorausgesetzt Simon Bourne hat sie gut genug ausgebildet, um es nicht zu versauen."

„Richtig", antwortete Jane. „Aber obwohl sie aus diesen Gebieten rekrutieren werden, werden sie dort nicht ihre Basis einrichten, da sie zu sehr herausstechen würden. Ich glaube, sie sind entweder am Rande von Gateshead oder auf irgendeiner Farm, die nicht zu weit von der Stadtgrenze entfernt ist."

Nikki runzelte die Stirn. „Die Bande aus Carlisle hat früher nie landwirtschaftliche Betriebe als Hauptquartier genutzt."

Jane lächelte. „Genau, damit das MDA eine Weile nicht daran denken wird, dort nachzusehen. Und wenn sie es tun, werden die Jäger längst weg sein."

Kai grunzte und sah zwischen Jane und Nikki hin und her. „Es ist logisch und sinnvoll. Beeilen wir uns und sehen uns die Gegend an. Je länger die beiden von uns gefangenen Jäger vermisst werden, desto größer ist die Wahrscheinlichkeit, dass Bourne seine Leute umsiedelt."

Jane hob eine Hand und fügte hinzu: „Bitte sag mir, dass du ein anderes Auto hast, das wir benutzen können. Der große SUV wird in einigen Teilen von Gateshead wie ein schmerzhafter Daumen hervorstechen."

Kai schüttelte den Kopf. „Das ist der einzige Wagen, den wir haben. Denk dran, wir sind Drachen. Wir fliegen lieber."

Jane seufzte. „Nach Gateshead zu fliegen wäre noch schlimmer." Er öffnete den Mund, doch sie unterbrach ihn. „Ein Freund meines Bruders wohnt in der Nähe. Ich kann ihn anrufen, um mir ein Auto zu leihen, aber es wäre das Beste, wenn ich mit ihm allein spreche, während ihr beide im SUV wartet."

„Vertraust du ihm?", fragte Kai.

„Es ist ein Freund meines Bruders Rafe, und wenn Rafe ihn empfiehlt, ist er Gold wert. Ältere Brüder empfehlen ihren alleinstehenden Schwestern andere Männer nicht leichtfertig."

Nikki biss sich auf die Lippe, aber Kai grunzte. „Ich weiß. Ich habe eine Halbschwester."

Jane blinzelte. „Du hast eine Schwester?"

Kai holte sein Handy raus und hielt es ihr hin. „Das ist jetzt nicht wichtig. Ruf den Menschen an."

Jane hob eine Braue. „Ich hab' mein eigenes Handy, weißt du."

„Ja, aber so habe ich seine Nummer, falls ich ihn aufspüren muss."

Jane wollte ihre Schläfen massieren. „Will ich wissen, warum du ihn aufspüren musst?"

„Wenn er uns verrät, wird er lernen, es nie wieder zu tun", antwortete Kai.

Jane hob die Brauen. „Stell dich hinten an, Drachenmann. Er bekommt es erst mit mir und meinem älteren Bruder zu tun. Niemand legt sich mit den Hartleys an und kommt damit durch."

Sie schwor, Zustimmung in Kais Augen aufblitzen gesehen zu haben, aber sie war weg, bevor sie sich sicher war.

Nikki meldete sich zu Wort. „Vergiss die Hartleys, Liebes. Wir werden uns um Clan Stonefire kümmern müssen."

Trotz Nikkis fast zarter Erscheinung als Drachenwandlerin, dank ihrer halbchinesischen Vorfahren, war die Stimme der Frau wie Stahl. Auch wenn Nikki vorhin Witze gemacht und geredet hatte, Jane musste sich daran erinnern, dass Nikki eine Beschützerin war. Und nicht irgendeine Beschützerin – eine, die sich beweisen wollte.

Als sie Kais Handy nahm, nickte Jane Nikki zu. „Nur dieses eine Mal können wir unsere Drohungen als unentschieden bezeichnen."

Nikki lachte, aber Kai war es, der sich zu Wort meldete. „Ich glaube kaum, dass du und dein Bruder einem ganzen Drachenwandler-Clan gewachsen seid."

„Du hast meinen Bruder noch nicht getroffen."

Nikki fügte hinzu: „Vielleicht solltest du deinen Bruder hierherrufen. Ich würde ihn und Kai gerne einander umkreisen sehen."

„So verlockend das auch ist, konzentrieren wir uns auf unsere aktuelle Aufgabe. Wenn wir uns nicht bewegen, könnte Kai einen Schlaganfall bekommen." Der Drachenmann grunzte kaum, und Jane grinste. „Okay, okay. Ich rufe Jeff an."

Jane zog ihr eigenes Handy heraus, um die Nummer des Freundes ihres Bruders zu suchen, und gab sie dann in Kais ein. Während sie darauf wartete, dass er ranging, kam ihr das Bild von Rafe und Kai in den Kopf, wie sie knurrten und sich angrunzten. Eines Tages würde sie das gerne sehen.

Jeff ging ans Telefon und verhinderte damit, dass Jane sich fragte, warum sie wollte, dass ihr Bruder Kai kennenlernte.

JANE LEGTE eine Hand an den Türgriff, und Kai knurrte: „Ich sage immer noch, dass ich zuerst mit ihm sprechen sollte, um sicherzustellen, dass er vertrauenswürdig ist."

Der Mensch hob eine Augenbraue. „Und wie ich schon zwanzig Mal sagte, kannst du keine Gedanken lesen. Vielleicht würde Jeff, wenn du deine Finger in Krallen verwandelst, all seine Geheimnisse verraten, aber er darf nicht wissen, dass du ein Drachenwandler bist."

Kai starrte finster drein. „Ich kann überzeugend sein, ohne zu enthüllen, dass ich ein Drachenwandler bin."

Jane schüttelte den Kopf. „Ich gehe. Und jetzt bleib hier."

Bevor er eine Hand ausstrecken konnte, um sie aufzuhalten, verließ Jane den SUV und ging in die Richtung von Jeffs Wohnung.

Nikkis amüsierte Stimme füllte das Auto. „Sie ist keiner deiner Soldaten, Kai. Du solltest einen anderen Ansatz bei ihr probieren."

Ein Menschenmann öffnete seine Tür und lächelte Jane an. Selbst von seiner Position im SUV aus konnte Kai sehen, wie der Kerl Jane abcheckte.

Als ob der Mensch einer Jane Hartley würdig wäre.

Kai beugte sich näher ans Wagenfenster. „Wir wissen nichts über Jeff. Wenn nicht ich, dann hättest du sie wenigstens begleiten sollen."

Nikki seufzte. „Jane hat mehr als dreißig Jahre allein überlebt. Ich denke, sie schafft noch weitere zehn Minuten."

Als er Jeff und Jane von seiner Wohnung auf den Fußweg gehen sah, öffnete Kai die Arme und verschränkte sie wieder. Der Mann namens Jeff hatte gerade Janes Schulter berührt.

Nachdem er geknurrt hatte, sagte sein Tier, *Sie sollte nicht mit dem Menschen allein sein. Wir wissen nichts über ihn.*

Sie wollte ihn mich nicht erst überprüfen lassen. Ich hab's versucht.

Aber nicht genug.

Sie ist stur.

Sein Tier schnaubte. *Wir sind es mehr.*

Ich bin mir da nicht sicher. Sie ist so schlimm wie jeder Drachenwandler. Sie würde es allein mit den Jägern aufnehmen, wenn sie müsste.

Sein Drache knurrte. *Wir werden ihr helfen.*

Und wenn sie sich davonschleicht?

Wir werden sie aufspüren.

Die Worte seines Tiers beunruhigten ihn ein wenig. Kai wusste, dass Jane keine wahre Gefährtin war, seit er sie geküsst hatte und nicht in den Paarungsrausch gekommen war, aber sein Drache tat so, als gehörte sie ihnen. Sein Tier hatte sich seit Maggie nicht mehr so verhalten.

Nikkis Stimme unterbrach seine Gedanken. „Sich Sorgen zu machen, wird nichts nützen, Boss. Vertrau Jane. Sie weiß, wie sie auf sich selbst aufpassen muss."

Er sah Nikki an. „Sie ist menschlich und zerbrechlich und hat keine formale Ausbildung."

Nikki hob eine Braue. „Angesichts der Tatsache, dass du alle Vorkehrungen getroffen hast, um Jane Hartley seit ihrem ersten Interview auf Stonefire aus dem Weg zu gehen, bin ich neugierig, woher das plötzliche Interesse jetzt kommt."

„Wenn sie es vermasselt, könnte der Clan leiden."

Nikki musterte ihn eine Sekunde, bevor sie antwortete: „Was ist zwischen euch beiden passiert, während ich telefoniert habe? Es ist, als ob ihr euch nicht länger als unbedingt nötig anseht. Ich würde sagen, du hast Angst, dir deine Begierde anmerken zu lassen."

Kai grunzte. „Lächerlich."

„Ihr zwei habt auch nach einander gerochen."

Kais Drache warf ein: *Warum erklärst du nicht den Menschen zu unserem? Wir sollten sie noch mal küssen — jetzt sofort.*

Kai ignorierte sein Tier und sah zu, wie Jane über die Worte des Mannes lachte. Als der Mann ihren Arm wieder berührte, grub Kai die Finger in seinen Oberschenkel. Er war kurz davor, aus dem Wagen zu steigen und Jane außer Reichweite zu bringen. Die Minuten, die sie damit verbrachte, mit dem Menschen zu flirten, raubte ihnen Zeit, die Drachenjäger zu jagen. Diese Operation war zeitkritisch, und Jane wusste es.

Ja, Zeit zu sparen und die Jäger zu finden war der einzige Grund, warum er sie dem Mann von dem Arm reißen wollte, der jetzt um Janes Taille lag. Es hatte nichts damit zu tun, dass Kais Drache Anspruch auf sie erheben wollte.

Lügner, sagte sein Drache.

Zum Glück hinderte Nikkis Stimme seinen Drachen daran, noch mehr zu sagen. „Es ist okay, sie haben zu wollen, Kai. Aufgrund Melanies Beharrlichkeit wurden die Regeln für Stonefire doch vorübergehend geändert – für eine Probezeit. Drachenmänner dürfen sich menschliche Gefährten ihrer Wahl nehmen, vorausgesetzt, sie bewerben sich beim MDA. Außerdem würde Bram sie in Anbetracht dessen, was Jane für unseren Clan getan hat, willkommen heißen, wenn sie dich annimmt."

Er sah Nikki an und fragte: „Warum sagst du das?"

„Weil ich einmal einen Menschenmann genauso beobachtet habe, wie du jetzt Jane beobachtest. Wenn es nicht gegen das Gesetz gewesen wäre, wäre ich ihm hinterhergegangen. Du musst diese Angst nicht haben und verdienst jemanden. Du bist einer der besten Männer, die ich kenne."

Als Kai die jüngere Drachenfrau musterte, sah

er mehr als einen Soldaten oder ein Entführungsopfer. Nikki war eine Liebe verweigert worden, genau wie Kai. Noch dazu hatte sie einen Menschen gewollt.

Da Drachenwandlerinnen viel seltener waren als Männer, durften sie sich außerhalb der Drachenclans nicht paaren, nicht einmal bei Stonefire, das die Gunst der Öffentlichkeit hatte.

Oder zumindest war das bisher der Stand der Dinge.

Kai räusperte sich und antwortete: „Erzähl Melanie und Evie von deiner misslichen Lage. Wenn man bedenkt, wie stur sie sind, werden sie einen Weg finden, die Dinge für dich zu ändern."

Nikki schüttelte den Kopf. „Ich bin jetzt über den Mann hinweg. Aber vielleicht könntest du es für die Zukunft erwähnen, und dann müsste ich mich nicht Mels und Evies Prüfung unterziehen."

Kai nickte. „Sobald die Jäger keine Bedrohung mehr darstellen, werde ich mit den Frauen sprechen."

Im Auto wurde es angenehm still. Na ja, für etwa dreißig Sekunden, dann lächelte Nikki. „Das ist schön."

Er hob eine Braue. „Was?"

„Du sprichst tatsächlich von etwas anderem als der Arbeit."

Mit einem Grunzen sah Kai aus dem Autofenster zurück. Das Reden hatte ihm geholfen, Jane zu vergessen, aber als der Mann namens Jeff seine Hand an ihren unteren Rücken legte und sie den Fußweg hinunterführte, konnte Kai ein Knurren nicht zurückhalten.

Bevor Nikki ihn aufhalten konnte, verließ er das Auto und ging auf die Menschen zu.

JANE WOLLTE ihren Bruder Rafe töten.

Selbst wenn Jeff so vertrauenswürdig war, wie Rafe erklärt hatte, flirtete der Mann viel zu gern und berührte sie andauernd. Es dauerte doppelt so lange, wie es sollte, um einfach zum Wagen des Mannes zu gehen.

Dennoch behielt Jane ein Lächeln im Gesicht. Wenn sie Jeff beleidigte und er ging, bevor sie das Auto sicherstellte, würden sie wertvolle Zeit verlieren, um ein anderes unscheinbares Fahrzeug zu finden. Auch wenn der Bus oder die Metro sie zu einigen Teilen von Gateshead bringen würde, brauchten sie das Auto, um eine Farm zu erreichen.

Und Jane hatte auf die harte Tour gelernt, dass es zu einfach war, ein Auto zu mieten und es zu der Person zurückzuverfolgen, die dafür unterschrieben hatte. Da sie es nicht billigte, Fahrzeuge zu stehlen, war Jeff ihre beste Wahl.

Der Kerl rieb im Gehen ihren unteren Rücken in langsamen Kreisen. Jane zwang ihre Stimme, unbekümmert zu bleiben. „Welches ist deins?"

Jeff winkte zu einem blauen, preiswerten Auto, das aussah, als wäre es schon ein paar Jahre alt. „Sie hat mich schon aus ein oder zwei Zwangslagen geholt." Da Jane etwa fünfzehn Zentimeter größer war, sah Jeff zu ihr auf. „Es ist mir egal, ob ich Rafe einen Gefallen schulde oder nicht. Wenn du sie nicht heil zurückbringst, schuldest du mir was."

Jane wusste, wohin das führen würde. „Ich bring' sie heil zurück, keine Sorge."

Jeff beugte sich vor. „Wenn nicht, schuldest du mir ein Date."

Jane öffnete den Mund, um darauf zu antworten, als Kai vor ihr und Jeff auftauchte und ihnen den Weg versperrte. Kai verschränkte die Arme und sah sie an. „Belästigt dich dieser Mann?"

Wenigstens hatte er nicht „menschlich" gesagt. Der Pullover versteckte Kais Tattoos, aber Drachenwandler hatten einige typische Ausdrucksweisen, die sie oft verrieten. „Du solltest doch im Auto warten."

Kai zuckte die Schultern. „Du brauchst zu lange."

Jeff sah zwischen Kai und Jane hin und her. „Ist das dein Freund?"

Jane hatte eine Idee, wie man die Dinge beschleunigen konnte. Sie trat von Jeff weg und lehnte sich gegen Kais Seite. „Ja. Er ist ein ehemaliger Kollege von Rafe."

Jeff beäugte den enganliegenden Stoff um Kais gewölbten Bizeps, und sein Gesicht wurde neutral. „Dann kann dein Freund vielleicht ein Auto für dich finden."

„Du verdankst Rafe dein Leben."

Als Jeff sie anstarrte, legte Kai einen Arm um

Janes Taille und umhüllte sie in seiner herrlichen Hitze. Ihr würde nie kalt werden, mit einem Drachenmann an ihrer Seite.

Nicht, dass sie je einen eigenen Drachenmann hätte.

Jeff hielt endlich seine Schlüssel hoch. „Nimm sie. Aber wenn du ihr einen Schaden zufügst, bezahlst du für die Reparatur."

„Na gut." Jane schnappte sich die Schlüssel. „Wir bringen sie sogar mit vollem Tank zurück."

Bevor Jeff antworten konnte, drehte Kai sie um und ging zum Auto. Sie erwartete halb, Kai würde ihre Taille loslassen und zur Fahrerseite gehen. Stattdessen drückte Kai sie fester gegen sich.

Sie sollte wirklich protestieren. Aber das Gefühl seines harten Körpers neben ihr ließ ihren Bauch kribbeln. Sie konnte sich nur zu gut vorstellen, was passieren würde, wenn Kai seine Finger über ihre nackte Haut strich.

Kai knurrte. „Hör auf damit."

Stirnrunzelnd betrachtete sie sein Profil. „Womit?"

„Mich so sehr zu wollen, dass ich es riechen kann."

Janes Wangen röteten sich, aber sie erholte sich schnell. „Tut mir leid, wenn mein Geruch dich beleidigt."

Er sah zu ihr. „Tut er nicht."

Sie blinzelte. „Warum sprichst du das Thema dann an? Ich kann nicht kontrollieren, wie attraktiv du bist."

Sie hielten vor dem Auto, und Kai drehte sie um, damit sie ihn ansah. In seinen Augen lag Zustimmung. Vielleicht hätte sie lügen sollen darüber, dass er heiß war, aber wenn sie gelogen hätte, wäre das eine Ausrede für Kai, es auch zu tun. Der einfachste Weg, ihre Story zu schreiben, war, den Drachenmann zu animieren, ehrlich zu bleiben.

Kai senkte den Kopf, und ihr Verstand setzte aus, als sich seine festen Lippen ihren näherten. Kurz bevor er sie hätte küssen können, murmelte er: „Weil mich dein Geruch verrückt macht und mich dazu verleitet, etwas zu tun, das ich nicht tun sollte."

Er bewegte eine Hand an ihren Rücken und drückte sie an sich. Bei seiner Hitze und dem Verlangen in seinen Augen schlug Janes Herz schneller. Selbst in ihren eigenen Ohren klang ihre Stimme erstickt. „Was willst du denn tun?"

Kai knabberte an ihrer Wange, die Rauheit seines Beinahe-Schnurrbarts schickte einen Nervenkitzel durch ihren Körper, der zwischen ihren Beinen endete.

Mist. Der Drachenmann würde ihre Erregung als Ermutigung ansehen.

Kais raue Stimme streichelte sie, als er antwortete: „Ich will dich noch einmal küssen." Er zog sich zurück, um ihr in die Augen zu sehen. „Obwohl, wenn ich die Rolle deines Freundes spiele, *sollte* ich dich wahrscheinlich küssen. Das wird die List überzeugender machen."

Ihr Herz schlug heftiger. „Nicht alle Paare küssen sich in der Öffentlichkeit."

Kais Stimme war rau, als er erwiderte: „Das gilt vielleicht für Menschen."

Als Kais Pupillen zu Schlitzen wurden und so blieben, hörte Jane auf zu atmen. Bedeutete die Veränderung, dass sein Drachen das Sagen hatte? Und wenn ja, was würde er tun?

In der Sekunde vergaß sie die Drachenjäger oder ihre Suche nach einer guten Story. Sie wollte mehr über die Drachenhälfte des Mannes vor sich erfahren.

Und so töricht es auch war, sie wollte jetzt, dass er sie küsste. Natürlich um ihre List aufrechtzuerhalten. Mehr nicht.

Wenn sie die Lüge oft genug aussprach, würde sie sie vielleicht selbst glauben.

Entschlossen, nicht die Nerven zu verlieren, lehnte Jane sich in Kais Berührung und fragte: „Was sagt dein Drache gerade zu dir?"

KAIS DRACHE KNURRTE. *Sag ihr, ich will jeden Zentimeter ihres Körpers lecken. Dann beuge sie über einen Tisch und brandmarke ihre Pussy mit unserem Schwanz.*

Das wird sie verschrecken.

Sein Drache hielt kurz inne. *Gibst du endlich zu, dass du sie willst?*

Anstatt zuzugeben, dass sein Drache vorhin

recht gehabt hatte, antwortete er nur: *Jeder Hetero würde sie wollen.*

Sag ihr, dass wir sie wollen.

Ich werde Anziehung nicht als mehr erscheinen lassen. Das könnte sie auf völlig falsche Ideen bringen.

Janes Stimme unterbrach das Gespräch mit seinem Drachen. „Antworte mir, Kai, oder ich gehe und lasse dich nach mir hecheln."

Er runzelte die Stirn. „Ich hechle nicht."

Ein verspieltes Funkeln füllte Janes Augen. „Bedeutet das, dass Sex genauso effizient ist wie alles andere, was du tust?"

Sein Drache zischte. *Auf keinen Fall.*

Kai drückte Janes Körper näher. Als der Mensch einen Atemzug einzog, murmelte Kai: „Mit einem Drachen, der das Sagen hat, wirst du lange vor mir müde sein."

Janes Puls stieg an, und er lächelte fast.

Die Frau räusperte sich, bevor sie antwortete: „Du hast mir immer noch nicht erzählt, was dein Drache gesagt hat. Ich habe das Gefühl, dass es um mich geht." Sie hob ihr Kinn. „Ich habe ein Recht, es zu erfahren."

Kai legte eine Hand an Janes Gesicht und zog ihren Wangenknochen nach. Die Haut des Menschen war so weich. „Als Gleichgestellte sollte ich es dir sagen."

„Ich spüre ein ‚Aber'."

„Aber du hast nicht gegen meinen Drachen gewonnen. Er will eine andere Form der Bezahlung."

Jane neigte den Kopf. „Lass mich raten, er will Sex im Auto?"

Kais Drache grunzte. *Autos sind zu klein. Ich will sie auf einem Feld. Es gibt mehrere in der Nähe.*

Kai blinzelte und zwang seine Stimme zu funktionieren. „Ist es eine geheime Fantasie von dir, Sex im Auto zu haben?"

Jane grinste. „Nicht unbedingt. Ich will dich nur verwirren. Ich muss das öfter machen."

Kai knurrte. „Genug geärgert. Mein Drache will einen Kuss."

Sie hob eine Braue. „Tut er das jetzt?"

Er legte eine Hand an ihre rechte Pobacke und drückte. „Ja."

Janes Duft wurde stärker, und er wünschte, er könnte ihre Jeans ausziehen und den Honig schmecken, der seine Nase immer wieder verlockte.

Der Mensch starrte ihn für ein paar Sekunden an. Unsicherheit füllte ihre Augen, aber sie nickte schließlich. „Okay, aber nicht in Jeffs Blickfeld."

„Ich mag es nicht, seinen Namen von deinen Lippen zu hören."

Sie schlug ihm spielerisch auf die Brust. „Komm nicht auf die Idee, mir zu sagen, was ich sagen darf oder nicht. Ich bin nichts, was man kontrollieren kann."

Sein Drache meldete sich zu Wort. *Hör auf, Zeit damit zu verschwenden. Sie hat zugestimmt. Finde einen Ort, um sie richtig zu küssen.*

Widerwillig ließ Kai Jane los. Er nahm ihre

Hand und zog sie zu einer nahegelegenen Gasse. „Kein Gerede mehr.”

Ausnahmsweise wehrte Jane sich nicht. Nach ihren Schritten zu urteilen war sie genauso eifrig, ihn wieder zu küssen, wie er.

Ihm gefiel die Tatsache, dass Jane sich nicht versteckte oder rot wurde. Das war das Gegenteil von dem, was er mit Maggie gehabt hatte.

Sein Tier meldete sich zu Wort. *Erwähne nicht die andere. Ich möchte nur an Jane denken.*

Kai wünschte, er könnte seine Erinnerungen so einfach ausschalten wie sein Drache. Aber das Bild, wie er versuchte, Maggie zu einem Kuss zu überreden, und sie ihren Kopf abwandte und ihn bat, sie zu jagen, flutete in seinen Verstand. Obwohl Kais Drache Maggie gewollt hatte, hatte Kai nie die Chance bekommen, sie zu küssen. Sie hatte Angst vor dem Paarungsrausch gehabt, und beim ersten Anzeichen war Maggie zu einem anderen gerannt.

Er sah zu Jane. Nikkis Worte von vorhin ließen ihn glauben, dass er wenigstens eine Chance bei der Frau haben könnte. Er fragte sich, ob es ein Fehler war, den Menschen zu küssen, denn das würde nur dazu führen, dass sowohl Mensch als auch Tier sie mehr wollen würden.

Angesichts seiner Erfolgsbilanz könnte Jane ihn sogar beim ersten Anzeichen von Ärger im Stich lassen.

Sein Drache seufzte. *Ist doch nur ein Kuss. Genieß ihn, und sorg dich später um die Zukunft.*

Das hast du schon mal gesagt.

Diesmal ist es anders. Jane ist kein errötender Jungfrauenflirt. Genieß diesen Kuss.

Wenn es dich zum Schweigen bringt, dann gut. Ich mache es nur dieses eine Mal.

Schließlich, sobald er aufhören konnte, mit seinem Schwanz zu denken, hatten er und Jane eine Arbeit zu erledigen.

Als Kai sie in die Gasse und um eine Ecke geführt hatte, hielt er an und zog Jane gegen seinen Körper. Er beugte sich für einen Kuss vor und vergaß die Zukunft. Zum ersten Mal seit über einem Jahrzehnt wollte Kai ein paar Minuten für sich selbst stehlen.

Kapitel Sechs

Es gab eine Million Gründe, warum Jane keine Zeit damit verschwenden sollte, Kai Sutherland in einer stillen Gasse zu küssen. Aber als sich seine Lippen auf ihre zubewegten, vergaß sie alle. Ihr ganzer Körper brannte, und Kai Sutherland war der Einzige, der die Flammen nähren konnte.

Seine warmen, festen Lippen berührten ihre zuerst sanft, bevor er ihre Unterlippe zwischen die Zähne nahm und knabberte. Dann zog er und ließ los. Sie lehnte sich für mehr nach vorn, aber Kai zog sich einen Zentimeter zurück und legte eine Hand an ihre Brust. Selbst durch ihren BH und ihr Oberteil sandte seine Berührung ihr ein Kribbeln durch den Körper.

Als er ihren harten Nippel nachzog, flüsterte er: „Später werde ich dich richtig anfassen."

„Ich habe nie einer solchen Sache zugestimmt."

Seine Augen wurden die eines Raubtiers und

erinnerten sie daran, dass er ein halber Drache war. „Das wirst du."

Jane war noch nie jemand gewesen, der schnell aufgab. Sie lehnte sich in seine Hand und zog ihre Finger über Kais Brust bis zum Bund seiner Hose. Dann legte sie ihre Hand unter seinen Pullover, berührte die warmen, harten Ebenen seines Bauches, und Kai hielt den Atem an. Als sie an der Haarspur über seiner Taille rieb, wollte sie das berühren, was an deren Ende lag.

Kais Stimme war hart, als er sagte: „Ich habe keine Zeit, dich zu ficken, Jane Hartley. Aber du solltest wissen, dass mein Kuss ein Vorgeschmack auf das ist, was kommen wird."

„Ich habe nicht —"

Der Drachenmann brachte sie mit einem Kuss zum Schweigen.

Als seine Zunge ihre fand, stöhnte Jane. Sie würde nie genug von dem berauschenden Männergeschmack bekommen, der Kai Sutherland war.

Dann schob der Drachenmann seine Hand unter ihrem Oberteil nach oben, und sie schnappte nach Luft, als seine großen, rauen Hände über ihre Haut rieben. Der Puls zwischen ihren Beinen erhöhte sich, als sie wartete, was er sonst noch tun würde.

Aber, verdammt sei der Mann, er nahm seine Hand beiseite und packte ihren Pferdeschwanz. Sie sollte beleidigt sein über diese Höhlenmensch-Aktion, aber jedes sanfte Ziehen machte sie nur noch feuchter. Jane sehnte sich nach jeder Art von Erleichterung, schob ihr Bein um seins und rieb sich an Kai. Die Reibung brachte sie näher an den Rand.

Kai unterbrach den Kuss, drehte sich um und schubste sie hinter sich. Jane blinzelte ein paar Mal, bevor sie merkte, was passiert war. „Was ist los?"

Der Drachenmann hob eine Hand. Jane wollte unbedingt wissen, was vor sich ging, und linste um die feste Masse des Drachenwandlers vor sich, aber die Gasse war leer.

Nachdem Kai in den Himmel gesehen hatte, nahm er Janes Hand und zog. „Gehen wir."

Mit leiser Stimme fragte Jane: „Wirst du mir sagen, was passiert ist?"

Kai schwieg weiter, bis sie fast aus der Gasse waren. Er sah Jane an und hob eine Braue. „Sosehr ich auch wollte, dass du an meinem Bein kommst, jemand ist über die Dächer geklettert."

„Ich habe nichts gehört."

„Mein Gehör ist besser."

Als Kai es nicht näher ausführte, wollte ein Teil von Jane ihm gegen das Schienbein treten. Sie wusste, dass er zu ihrer beider Sicherheit schwieg, aber sie hasste es, im Dunkeln zu tappen. Sie flüsterte: „Ist es sicher, sich zu bewegen?"

„Ich weiß nicht." Kai sah sich um, bis sein Blick auf einem Müllcontainer hinter ihnen landete. „Wenn ich es sage, versteck dich hinter diesem Container, und schick Nikki eine SMS. Bitte sie, in die Gasse zu kommen."

„Gut, aber mach nichts Dummes."

Kai sah ihr kurz in die Augen. „Darum bitte ich dich auch." Bevor Jane antworten konnte, befahl Kai: „Los, jetzt!"

Da sie wusste, dass Kai besser mit der Situation umgehen würde als sie, rannte Jane auf den Container zu. Sobald sie ihn erreichte, hallte das Geräusch von jemandem, der auf das Kopfsteinpflaster sprang, durch die Gasse. Der Drang, nach Kai zu sehen, war stark, aber er vertraute darauf, dass sie ihm den Rücken freihielt. Jane war keine Soldatin, also folgte sie Kais Anweisungen und schickte Nikki eine SMS, in der sie die Drachenfrau um Hilfe bat.

Sie vertraute Kais Fähigkeiten, aber wer wusste, wie viele Männer und Frauen auf den Dächern der umliegenden Gebäude warten mochten.

Abwarten zu müssen, was geschah, würde sie noch umbringen.

～

KAI WAR ANGESPANNT und wartete auf die Bedrohung.

Was er Jane nicht gesagt hatte, war, dass die Schritte noch hörbar waren; jemand bewegte ununterbrochen seine Füße auf den Dachziegeln.

Zumindest hatte die Frau seinen Befehlen gehorcht und war hoffentlich in Sicherheit. Die mögliche Bedrohung hatte ihm jedoch eine Lektion erteilt. Frauen waren Ablenkungen. Wenn er Jane nicht geküsst hätte, hätte Kai die Geräusche sofort wahrgenommen.

Er würde nicht noch einmal so unachtsam sein.

Ein Mann sprang vor ihm herunter und blieb tief in der Hocke. Von der Größe und der Statur her war der Mann auf keinen Fall ein Drachenwandler.

Kai ballte seine Fäuste. Einen Menschen zu töten, wäre für ihn keine Sache.

Er beobachtete den Mann und wartete darauf, dass er den ersten Schritt machte. Schließlich stand der Mensch auf und zog ein Messer.

Normalerweise hätte Kai ein oder zwei Krallen ausgefahren und seinen Gegner schnell erledigt. Aber er durfte nicht riskieren, dass er sich dem Menschen als Drachenwandler zu erkennen gab, zumal er die Jäger aufspüren und einen Weg finden musste, sie zu erledigen.

Während sie einander noch anstarrten, fuhr ein Auto in die Gasse. Aus dem Augenwinkel konnte Kai sehen, dass es nicht Nikki war.

Also gut, er musste diesen Mann ausschalten, bevor ihn eine ganze Gruppe angriff. Wenn das passierte, konnte er Janes Sicherheit nicht garantieren.

Sein Drache knurrte. *Kümmere dich um sie. Wir müssen sie schützen.*

Kai täuschte einen Ausfallschritt vor, und der Mann mit dem Messer trat zur Seite. Kai nutzte seine Geschwindigkeit, stürzte sich auf den Mann und schlug ihm in den Bauch, bevor der Kerl das Messer schwingen konnte.

Die Waffe fiel klappernd zu Boden. Kai passte seinen Griff an und schlug den Kopf des Mannes gegen die Wand. Als er den bewusstlosen Menschen beiseite warf, drehte sich Kai zum Auto.

Fünf Männer standen davor.

Die Chancen waren jetzt vielleicht sogar gleich.

Sie weiter in die Gasse zu locken, war seine beste Chance, ein oder zwei auf einmal auszuschalten, also ging Kai ein paar Meter zurück.

Dann zogen die fünf Bastarde Waffen.

Verdammt. Es war Zeit für einen neuen Plan.

Kai lief, sprang, packte die Kante der Regenrinne und zog sich selbst aufs Dach. Er wusste, dass er die Waffen von Jane weglenken musste, und rannte in Richtung der Männer am Boden. Wenn er es nur bis zum Rand des Dachs schaffte und runtersprang, sollten die Männer folgen.

Er erwartete halb, dass die Männer auf ihn schießen würden, aber das taten sie nicht. Wenn sie nicht auf sich aufmerksam machen wollten, dann hatte Kai es mit etwas viel Größerem zu tun als mit einer dahergelaufenen Bande. Er fragte sich, ob es Carlisle-Jäger waren. Das war die einzige Drachenjägergruppe, die sich so zurückhalten konnte.

Kai hielt am Rand an und wartete darauf, was die Männer tun würden. Aber sie gingen weiter die Gasse hinunter. Vielleicht waren sie hinter Jane her?

Sein Drache brüllte. *Wir müssen sie schützen!*

Bei einem Blick in die Umgebung sah er, wie Nikki auf seinen Standort zulief. Aber dann stürzte der Mensch namens Jeff aus einer Hecke und schnappte sie sich. Da Kai Nikki zutraute, sich gegen einen einzigen Menschen behaupten zu können, rannte Kai zurück in die Gasse. Er würde sich später um den Mann kümmern.

Kai lief so schnell er konnte und erreichte eine Position, von der aus er seinen Angriff starten würde. Er sprang vor den fünf Männern auf den Boden. „Was wollt ihr?"

Der Größte ergriff das Wort. „Aus dem Weg, Kumpel. Dies ist deine einzige Warnung."

Kai knurrte. „Nein."

Derselbe Mann hob seine Waffe und antwortete: „Wir werden die Reporterin auf die eine oder andere Weise mitnehmen."

Kai machte einen Hechtsprung. Eine Waffe ging los und traf den Container hinter ihm.

Nachdem er den nächsten Menschen gegen die Wand geworfen hatte, drehte er sich zum Anführer um. Aber der war schon auf dem Weg zum Container.

Kai nutzte die Stärke seines Drachen und rannte dem Kerl hinterher. Er durfte nicht zulassen, dass er Jane erreichte.

Als Kai einen Schlag in die Niere des Mannes landete, erklangen Schüsse hinter ihm.

JANE HIELT ihre Dose Pfefferspray fest und wartete. Aus irgendeinem Grund war eine Gruppe bewaffneter Männer hinter ihr her.

Sie hatte keine Ahnung, warum jemand sie haben wollte. Die Drachenritter hatten sie in den letzten Monaten am meisten belästigt, aber seit das MDA geholfen hatte, eine große Gruppe von ihnen im letzten Monat auf Lochguard zu fangen, war alles ruhig geworden. Und da sie noch nichts über die Jäger berichtet hatte, dachte sie nicht, dass sie es auf sie abgesehen hätten. Nach ihrer Story, ja. Aber nicht vorher.

Als das Geräusch von laufenden Füßen und dann ein dumpfer Schlag ihre Ohren traf, stieß Jane alle anderen Gedanken beiseite. Sie hoffte nur, dass Nikki bald helfen käme. Kai mochte gut sein, aber nach dem kurzen Blick, den sie vor einer Minute hatte, war er mächtig in der Unterzahl.

Ein weiterer Schlag erklang zur gleichen Zeit, als Schüsse fielen. Der Drang, nach Kai zu sehen, war stark, aber Jane widersetzte sich. Sie konnte sich nicht leisten, den Drachenmann von seiner Aufgabe abzulenken.

Dann wurde alles still, außer dem Geräusch von Schritten, die auf sie zukamen.

Ihr Herz pochte. Vielleicht war es Kai.

Ein braunhaariger Mann mit einem harten Gesicht erschien vor ihr. Jane nutzte ihren sekundenartigen Vorteil und wandte ihren Kopf weg, als sie dem Mann ihr Pfefferspray ins Gesicht sprühte.

Als er schrie: „Du Schlampe!", rannte Jane um ihn herum und sah einen anderen Mann. Es war nicht Kai.

Kai lag bewusstlos auf dem Boden neben einigen der anderen. Aber er war auch voller Blut.

Mist.

Das war alles, was sie denken konnte, bevor der Mann mit der Waffe wedelte. „Lass das Pfefferspray fallen, Liebes."

Was soll ich tun, was soll ich tun? Sie konnte den Mann auf keinen Fall erreichen, bevor er schoss. Sie vermutete, dass er sie lebend haben wollte, oder dass sie bereits tot wäre, aber man konnte eine Menge tun, ohne den anderen zu töten.

Ein Whoosh fegte durch die Gasse, kurz bevor ein lila Drache über sie flog. Jane nutzte die Ablenkung, trat dem Mann die Pistole aus der Hand und schlug ihm mit dem Handballen auf die Nase. Sie wollte ihn noch einmal treten, als der Drache wieder vorbeiflog, aber dieses Mal schlug das Tier die restlichen Angreifer gegen die Wand.

Alle waren bewusstlos am Boden, außer Jane.

Jane sah auf. Obwohl sie Nikki noch nie in Drachengestalt gesehen hatte, hatte sie das Gefühl, dass sie es war.

Der Drache schwebte über ihnen und deutet mit den Klauen auf Kais Arm.

Jane zwang ihren Blick von dem lila Tier weg und eilte an Kais Seite. Sie war keine Ärztin, aber Jane wusste, dass sie die Blutung stoppen musste.

Sie riss einen Teil von ihrem Oberteil und band

das Material fest um Kais Verletzung. Obwohl nicht die hygienischste Methode, war es das Beste, was sie tun konnte.

Der Drache knurrte tief über ihr. Jane blickte auf und sah, wie er zur Seite deutete. Auch wenn Jane bei Kai bleiben wollte, wusste der Drache, was das Beste für ihn war.

In der Sekunde, als Jane aus dem Weg war, senkte das lila Tier sanft seinen Körper, bis es die hinteren Klauen um Kais Körper manövrieren konnte. Sie hob ihre Krallen, und dann sah der Drache Jane an und nickte.

Jane verstand keine Drachensprache, aber sie nahm an, dass Nikki sagte, alles käme in Ordnung.

Was Jane nicht erwartete, war, dass der Drache seine andere hintere Klaue um ihre Mitte legen würde. Als der Drache mit den Flügeln schlug und sie in die Luft trug, drehte sich Jane der Magen um. Instabile Höhen waren nicht wirklich ihr Ding.

Und doch blickte sie auf Kais bewusstlosen Körper, schluckte und wollte ihren Magen dazu bringen, sich zu benehmen. Kai war verletzt worden, als er sie beschützte. Sie konnte doch wohl einen kurzen Drachenflug überleben, um jetzt ihm zu helfen.

Trotzdem vermied sie es, nach unten zu blicken, als der Drache sie von Gateshead weg und in Richtung Westen trug. Es sah aus, als würde Nikki zurück nach Stonefire fliegen.

Sie hoffte nur, dass sie es rechtzeitig schafften, um Kai zu retten.

NIKKI SCHLUG IHRE FLÜGEL, als ob ihr Leben davon abhinge.

Nun, um die Wahrheit zu sagen, Kais Leben hing davon ab, und angesichts all dessen, was er über die Jahre für sie getan hatte, würde sie verdammt nochmal dafür sorgen, dass er überlebte. Sie musste nur Stonefire erreichen, und Dr. Sid konnte ihn zusammenflicken.

Nikki war es egal, ob sie sich am nächsten Tag wund fühlen würde, und schlug ihre Flügel schneller. Nach Stonefire waren es noch gut dreißig Minuten.

Sie konnte die Reise damit verbringen, sich um etwas zu sorgen, das sie nicht kontrollieren konnte, wie Kais Leben, oder sie konnte die Zeit nutzen, um die Fakten zu durchforsten, die sie von dem Menschen namens Jeff erfahren hatte. Sobald sie seine Eier im Griff hatte, hatte er ihr alles gesagt, was sie wollte; manchmal war es nützlich, die Fähigkeit zu haben, ein oder zwei Krallen auszufahren.

Jeff hatte Jane an die Drachenritter verraten. Nikki hatte, wie ein Großteil der Drachenwandler-Gemeinschaft, den letzten Monat des Schweigens als ein Zeichen dafür genommen, dass sie wieder in die Geschichte versanken. Jeff wusste nichts über die inneren Abläufe der Drachenritter oder ihre Pläne, doch die Ritter hatten eine Belohnung von 5.000£ auf Jane Hartley ausgesetzt. Er hatte durch seine nicht legalen Kontakte von dem Kopfgeld erfahren und nur das Geld gewollt.

Nikki stahl sich einen Blick auf die Menschenfrau. Die Nachricht über die Belohnung würde die Dinge verkomplizieren, insbesondere da Nikki nicht klar war, wie viele Leute davon wussten. Wenn das Kopfgeld öffentlich bekannt würde, würde jeder Möchtegern-Abschaum hinter Jane her sein.

Sie hoffte nur, Bram wäre bereit für diese Kopfschmerzen.

Nikki schob all die Probleme, die sie nach der Landung haben würden, beiseite und musterte Jane. Sie war blass, aber bei Bewusstsein und sah Kai aufmerksam an. Sie zeigte keine Schuldgefühle, nur Sorgen. Der Mensch schrie nicht und fiel auch nicht in Ohnmacht, wie die meisten bei ihren ersten Drachenflügen.

Jane war tough, genau das, was Kai brauchte.

Nikki müsste Bram nur überzeugen, den Menschen auf ihrem Land zu behalten. So wie Nikki Kai kannte, würde er den Menschen wegstoßen, nach dem, was in der Gasse passiert war. Aber Nikki wusste, dass Jane Kais beste Chance war, wenigstens einen kleinen Teil Glück zu erlangen; keine Frau hatte in ihrer jüngsten Erinnerung den obersten Beschützer so sehr aufgeregt. Natürlich kannte sie die Geschichte seiner wahren Gefährtin, die ihn abgelehnt hatte, aber Nikki war damals noch jung, nicht einmal ein Teenager, und hatte nicht aufgepasst.

Aber sie verstand den Schmerz, wenn man niemanden hatte, den man wirklich wollte.

Ihr Drache meldete sich zu Wort. *Du hast es nie versucht. Wir sind ein guter Fang. Er hätte uns gewollt.*

Und was dann? Drachenwandlerinnen dürfen keine menschlichen Gefährten haben. Das weißt du.

Es gibt immer Wege. Menschen und Drachen verstecken ihre Beziehungen schon seit Jahren.

Die Zeiten sind jetzt anders. Überall sind Kameras.

Ihr Drache schnaubte. *Du bist diejenige, die nicht handeln würde. Entweder suchst du den Mann noch mal oder suchst dir jemand anderen. Ich hungere nach Sex.*

Kai könnte sterben. Hab etwas Mitgefühl.

Er ist stur und wird ziemlich sicher überleben. Ich mache mir mehr Sorgen um uns.

Nikki hatte ihren Drachen satt, sperrte sie in ein mentales Gefängnis ein und schob alle Gedanken an den Mann beiseite, der ihr und ihrem Drachen ein paar Jahre zuvor ins Auge gefallen war. Er war der Mühe nicht wert.

Ihr Drache befreite sich und sprach wieder. *Jeder Mann reicht. Die eine unangenehme Begegnung letztes Jahr war nicht genug. Wir sind jung, und ich will Sex. Viel Sex.*

Nikki knirschte mit den Zähnen. *Jetzt ist nicht der richtige Zeitpunkt. Deine Beschwerden ändern nicht gleich meine Meinung.*

In der Vergangenheit schon.

Ja, nun, ich bin jetzt viel stärker.

Ihr Drache kicherte, und Nikki ignorierte sie. Sie wusste, dass der innere Drache eines Mannes sogar noch mehr an Sex dachte als ein weiblicher, aber Nikkis Tier machte sie langsam verrückt.

Mit wahllosen Männern zu schlafen, würde sie Zeit kosten, in der sie sich dem Clan als engagierte Beschützerin beweisen konnte. Nur dann würden die älteren Mitglieder des Clans sie für mehr als einen Segen wegen ihrer Geburt betrachten.

Nikki überprüfte noch einmal, dass ihr Drache fest eingesperrt war, und untersuchte erneut ihre Umgebung, um ihren Standort zu bestimmen. Sie erkannte die Gipfel in der Ferne, die Stonefire-Territorium markierten. Gut. Sie konnte Kais Herz noch schlagen fühlen, aber je eher Dr. Sid ihn heilte, desto besser.

Zehn Minuten später machte sie den finalen Anflug. Nikki schlug sanft mit den Flügeln und senkte sich zum Landeplatz für verletzte Drachen, schwebte aber, bevor sie den Boden berührte. Sie legte Kai sanft ab, ehe sie das Gleiche mit Jane tat. Sie bewegte sich zur Seite, ließ sich fallen und stellte sich vor, wie ihre Flügel in ihren Rücken schrumpften, ihre Krallen zu Fingernägeln wurden und ihre Schnauze sich in eine Nase verwandelte. In dem Moment, als sie wieder ein Mensch war, rannte sie an Kais Seite.

Jane war bereits dort, aber Nikki ignorierte sie, um nach ihrem Anführer zu sehen. Zum Glück atmete er noch.

Sid kam aus dem Gebäude gerannt, etwa zehn Meter entfernt, ihr Pferdeschwanz wippte im Takt ihrer Schritte. Jane ging aus dem Weg, damit Sid ihren Platz einnehmen konnte. Als die Ärztin seinen Puls überprüfte, fragte sie: „Was ist passiert?"

Nikki verzog das Gesicht. „Er wurde vor etwa vierzig Minuten angeschossen."

Sid blickte mit Zorn in ihren braunen Augen auf. „Warum hast du so lange gewartet, ihn hierher zu bringen?"

„Wir waren in Tyneside. Ich bin so schnell hergekommen, wie ich konnte."

„Verdammt", flüsterte Sid. Sie riss Kais Hemd und den Verband ab, bevor sie die Schusswunde in seinem Arm überprüfte. „Sieht so aus, als würde er es gut überstehen, solange ich ihn in den OP bringen und die Blutung stoppen kann." Sie deutete auf zwei junge Drachenwandler hinter ihr mit einer Trage. „Bringt ihn rein."

Nikki trat zurück, als die beiden Drachenwandler Kai auf eine Trage manövrierten. Sid fügte hinzu: „Meine Aufgabe ist es, dafür zu sorgen, dass Kai überlebt. Du kannst die Reporterin zu Bram bringen und den Rest regeln."

Bevor Nikki mehr als nur nicken konnte, zog Sid sich mit ihrem Team zurück in ihre Krankenstation. Als Kai nicht mehr in Sicht war, begegnete Nikki Janes Blick. „Wir müssen mit Bram reden. Geht es dir gut genug dafür?"

Jane nickte. „Ja, aber wird Kai wieder gesund? Es ist meine Schuld, dass er verletzt ist."

Nikki wedelte mit einer Hand. „Es steckt mehr dahinter, als du ahnst. Komm, wir gehen zu Brams Cottage, und ich erkläre es dir dort." Sie sah, wie

Jane zur Krankenstation zurückblickte, und Nikki fügte hinzu: „Kai ist ein harter Bastard. Er wird es schaffen, wenn auch nur, um die zu finden, die ihm wehgetan haben." Nikki lächelte. „Wenn du ihm wirklich helfen willst, müssen wir mit Bram sprechen."

„Warum ich?"

„Du hast Informationen, die wir brauchen."

Ohne ein weiteres Wort drehte sich Nikki um und ging in Richtung von Brams Cottage. Zwei Sekunden später hörte sie, dass Jane ihr folgte.

Kapitel Sieben

Rational wusste Jane, dass sie nichts tun konnte, solange Kai operiert wurde, aber sie konnte nicht anders, als ein letztes Mal auf das Gebäude zu blicken, in das Kai getragen worden war.

Die Ärztin schien zuversichtlich zu sein, was sie als gutes Zeichen auffasste. Trotz der Tatsache, dass Jane Dr. Sid nie interviewt hatte, hatte die Drachenärztin einen guten Ruf. Jane hoffte nur, dass es stimmte.

Als sie zu Nikki sah, die ihr voraus war, erhöhte Jane ihr Tempo und atmete tief ein, um ihr Herz zu beruhigen. Was Bram von ihr wollte, wusste Jane nicht. Aber da Jane schuld war, dass Kai verletzt worden war, erwartete sie, dass Bram ihre Interviewerlaubnis für seinen Clan widerrufen würde. Vielleicht verbannte er sie sogar, damit sie Stonefire nie wieder betreten konnte.

Ein paar Tage zuvor hätte sie die Nachricht am

Boden zerstört. Obwohl ein kleiner Teil von ihr sich immer über Kai und den Funken zwischen ihnen Gedanken machen würde, konnte sie in diesem Moment akzeptieren, wegen ihrer Taten verbannt zu werden. Es war ausschließlich ihre eigene Schuld.

Genau wie bei dem „Vorfall", den sie ein Jahrzehnt zuvor verursacht hatte, war wieder einmal jemand verletzt worden, während sie eine Story verfolgte. Selbst wenn sie nicht geplant hatte, jemanden für ihren persönlichen Vorteil zu nutzen, war dabei erneut jemand verletzt worden, genau wie zuvor. Alles, was sie tun konnte, war, einen Weg zu finden, es wieder in Ordnung zu bringen.

Mit anderen Worten: egal, was bei Bram passierte, Jane würde einen Weg finden, Informationen über die ehemaligen Jäger aus Carlisle zu sammeln und sie an Stonefire weiterzugeben.

Sie näherten sich dem zweistöckigen Cottage, das sich in der Mitte von Brams Hauptwohnbereich befand, und Jane konzentrierte sich auf das bevorstehende Meeting.

Nikki klopfte an die Tür, aber es war Brams schwangere Gefährtin, die sie öffnete.

Evie Marshall sah Nikki an und blickte dann zu Jane und zurück. „Du solltest doch in Newcastle sein. Was ist passiert?"

Nikki antwortete: „Wir müssen mit Bram reden."

Evie trat zurück und bedeutete ihnen einzutreten. „Du kannst mit uns beiden reden."

Sobald sie drinnen waren, schloss Evie die Tür und führte sie in den Wohnbereich. Sie deutete auf die Couch. „Setzt euch. Ich hole Bram. Er ist oben und bringt Murray zu Bett für seinen Mittagsschlaf."

Evie sah Jane noch einmal neugierig an, bevor sie die Treppe hinaufstieg. Auch wenn Jane Evie Marshall ein- oder zweimal getroffen hatte, hatte Jane noch nie zuvor einen Fuß in Brams Cottage gesetzt. Alle ihre Treffen waren im zentralen Kommandogebäude der Beschützer abgehalten worden. Zweifellos fragte sich die ehemalige MDA-Mitarbeiterin, warum sie da war.

Nikki ließ sich auf die Couch fallen und klopfte auf den Platz neben sich. „Du kannst dich auch setzen. Ich bin überrascht, dass du nach diesem Flug noch stehst."

Jane begann, auf- und abzugehen. „Wie kannst du so ruhig sein? Kai wird wegen einer Schusswunde operiert. Er hat viel Blut verloren. Er könnte sterben."

Nikki zuckte mit den Schultern. „Er wurde am Arm getroffen, aber in der Vergangenheit hatte er viel Schlimmeres. Das geht mit dem Job einher. Seine Verletzungsgeschichte ist ziemlich beeindruckend."

Bei Nikkis Einstellung musste sie die Stirn runzeln. „Selbst wenn man Kais Verletzung beiseitelässt, gibt es da noch die kleine Tatsache, dass diese Männer hinter mir her waren. Sollten wir nicht untersuchen, warum?"

„Ich weiß schon, warum."

Als die Drachenfrau weiter schwieg, seufzte Jane. „Gut, ich verstehe. Wir müssen auf Bram warten."

Brams Akzent, eine Mischung aus Nordenglisch und Schottisch, driftete in den Raum. „Ich bin da." Er kam mit Evie an seiner Seite in den Raum. Der große Anführer sah auf Janes Oberteil und das Blut daran, das sie vorhin abbekommen hatte, als sie neben Kai kniete. „Jetzt sag mir, warum Jane Hartley blutverschmiert in meinem Wohnzimmer steht."

Nikki antwortete: „Ich würde nicht blutverschmiert sagen. Ist nur ein Spritzer."

Bram knurrte. „Sag mir, was passiert ist, Nikola Gray, oder ich werde dich einen Monat lang dem Teenager-Wachdienst zuweisen."

Jane hatte keine Ahnung, was das bedeutete, aber Nikki stand sofort auf. „Wir hatten einen Zwischenfall bei der Suche nach den Drachenjägern." Bram hob eine Augenbraue, und Nikki fuhr fort: „Die Drachenritter haben eine Belohnung auf Jane ausgesetzt. Jemand hat ihren Aufenthaltsort gemeldet, und die Ritter sind gekommen, um sie zu holen."

Jane warf ein: „Was? Woher wussten sie, wo ich bin?"

Nikki sah ihr in die Augen. „Jeff."

Jane schüttelte den Kopf und hob die Hände.

„Das ist unmöglich. Er hat mit meinem Bruder gedient. Rafe hat ihm vertraut."

Brams Stimme unterbrach: „Aye, nun, es sieht so aus, als wäre dieses Vertrauen missbraucht worden."

Evie ergriff das Wort. „Hör auf, die Informationen Stück für Stück vor unserer Nase baumeln zu lassen, Nikola. Erzähl uns verdammt nochmal einfach, was du weißt."

Nikki blickte zu Jane und zurück zu Evie. „Ich war mir nicht sicher, wie viel ich erzählen darf."

Bram verschränkte die Arme und starrte Jane mit seinen eisblauen Augen an. „Das hier ist inoffiziell, Mädel, haben wir uns verstanden?" Jane konnte nichts anderes tun, als bei der Dominanz in seiner Stimme zu nicken. Bram sah zu Nikki. „Erzähl es uns, und zwar schnell. Und fang damit an, wo Kai ist."

Jane sollte den Mund halten, aber sie platzte heraus: „Er wurde angeschossen."

„Mit einer normalen oder einer elektrischen Sprengpistole?", fragte Bram.

Nikki antwortete: „Mit einer normalen. Aber Sid hat es unter Kontrolle und denkt, dass es ihm gut gehen wird."

Evie lehnte sich gegen Bram. „Von Sid bekommt man keine Plattitüden, also muss es wahr sein."

Jane stemmte die Hände in die Hüfte. „Etwas könnte schiefgehen, und Kai könnte trotzdem sterben. Warum seid ihr alle so ruhig?"

Bram hielt inne und fragte dann: „Ich denke, die größere Frage ist, warum bist du so besorgt?"

Jane schnaubte. „Er hat mich beschützt, also ist es mir natürlich wichtig. Wenn du mir jetzt vorwirfst, nur wegen einer Story hier zu sein, und mich nicht um das Wohl der Drachenwandler zu scheren, schwöre ich, werde ich dir in den Sack treten. Ein Reporter kann ethische und echte Gefühle haben, weißt du."

Belustigung blitzte in Brams Augen auf, verschwand jedoch wieder. „Ich habe nie gesagt, dass sie es nicht können, Ms. Hartley. Ich glaube, du hast ein Herz. Die Berichterstattung über meine Art ist nicht einfach und kann zu Gefahren wie dem führen, was heute passiert ist. Die Tatsache, dass du hiergeblieben bist, spricht Bände über deinen Charakter." Bram hielt eine Sekunde inne und fügte dann hinzu: „Ich weiß auch über die Wohnungswechsel und die Morddrohungen Bescheid."

„Wie —"

Bram unterbrach Jane. „Ich bin vielleicht kein Reporter, aber ich habe meine Quellen." Er sah zu Nikki. „Erzähl uns von dem Rest, Nikki."

Nikki wackelte mit dem Kopf. „Die Ritter wollen Jane schon seit geraumer Zeit. Ihre Berichte haben dazu beigetragen, ihre Kampagnen in den sozialen Medien zu übertönen, was ihre Dynamik stark eingeschränkt hat."

Evie sah zu Jane. „Waren es die Ritter, die dir Morddrohungen geschickt haben?"

Jane zuckte mit den Schultern. „Eine Weile, aber dann ging es nach dem Lochguard-Angriff zu Ende. Ich dachte, sie seien keine Bedrohung mehr."

Bram grunzte. „Nun, das sind sie. Bis das alles geklärt ist, bleibst du hier." Jane öffnete den Mund, doch Bram unterbrach sie. „Ich bin sicher, dass dein Chef es verstehen wird, wenn du die Gefahr erwähnst. Ich kann die Drohungen von außen größtenteils kontrollieren, wenn du auf meinem Land bist, außer bei einem Überraschungsangriff. Wenn du abreist, bevor alles erledigt ist, dann bist du auf dich allein gestellt. Und vertrau mir, Mädel, nicht mal deine Berichte können helfen, die verdammten Drachenritter abzuwehren. Du unterstützt uns, also bist du der Feind, Ende der Geschichte."

„Ich weiß", erklärte Jane. „Aber warum mir helfen? Mich auf Stonefire zu halten, wird nur deinen Clan gefährden."

Bram lächelte. „Stonefire hatte schon Feinde, solange wir hier im Lake District stationiert sind. Das ist nichts Neues."

Sie sollte es fallen lassen, aber Janes Neugier hörte nie auf. „Das beantwortet meine Frage noch immer nicht. Warum?"

Bram zuckte mit einer Schulter. „Ich habe meine Gründe. Bleib lange genug hier, um mein Vertrauen zu gewinnen, und du wirst vielleicht erfahren, was sie sind."

Nach Brams Tonfall zu urteilen, war das alles, was sie bekommen würde.

Das hieß nicht, dass sie nicht anfangen konnte, Brams Vertrauen zu gewinnen. Zweifellos kannte Bram bereits Kais Gründe, in Newcastle zu sein, aber nicht ihre. Sie musste das in Ordnung bringen.

Anstatt darüber nachzudenken, warum sie Brams Vertrauen wollte, straffte Jane ihre Schultern und fügte hinzu: „Das einzige Problem, das ich damit habe, hierzubleiben, ist, dass Kai und ich eine Spur zu den Jägern verfolgt haben, die ursprünglich ihren Sitz in Carlisle hatten. Als wir angegriffen wurden, waren wir kurz davor, den Standort der neuen Basis zu bestimmen."

Bram schüttelte den Kopf. „So dringend ich die Bastarde auch aus dem Weg haben will, ich werde weder dein Leben noch das der Mitglieder meines Clans riskieren. Da ich Nikki vorbeifliegen sah, nehme ich an, dass sie in Drachenform in der Nähe von Newcastle war. Das MDA wird wahrscheinlich bald an meinem Fall dran sein, ganz zu schweigen davon, dass die Jäger jetzt in höchster Alarmbereitschaft sind. Am besten warten und später zuschlagen, sobald sich die Lage beruhigt hat."

Jane trommelte mit den Fingern auf ihren Oberschenkel, und ihre Augen wanderten zu Nikki. Dann kam ihr eine Idee. „Ich stimme zu, aber ich habe vielleicht eine Lösung, wie wir versuchen können, die Jäger zu vernichten, während wir unter dem Radar bleiben."

Bram hob die Brauen. „Oh, aye? Wie?"

Jane hielt ihren Blick auf Nikki. „Erzähl ihnen von deinem Vorschlag."

Nikki blinzelte. „Ich dachte, wir haben darüber geredet. Du solltest das zuerst mit Kai besprechen."

Evie warf ihre Hände in die Luft. „Kai ist nicht hier, oder? Es ist mir jetzt verdammt nochmal egal, wer es mir sagt, aber jemand sollte besser etwas sagen, denn ich muss dringend pinkeln. Und du möchtest eine schwangere Frau nicht wütend machen. Vertrau mir. Bram hat diese Lektion auf die harte Tour gelernt."

Brams Stimme war trocken. „Ja, du tust am besten, was sie sagt, Nikki."

Nikki stellte sich breiter hin und umklammerte ihre Hände hinter dem Rücken. „Nun, ich dachte, es wäre eine gute Idee, inoffiziell unsere vertrauenswürdigen Kameraden der britischen Streitkräfte einzuladen, uns bei der Jagd auf die Drachenjäger zu helfen. Sie sind Menschen, aber geschickt. Sie haben so ihre Möglichkeiten, die Ritter zu überwachen, während sie unter dem Radar bleiben. Ich glaube nicht, dass selbst Simon Bourne ihre Hilfe kommen sehen würde."

Jane sprang ein. „Ich dachte, wir könnten meinen Bruder um Hilfe bitten, zusammen mit Vorschlägen von euren Beschützern. Sie könnten Informationen über die Jäger sammeln, während dein Clan und ich hierbleiben. Sobald sie die Informationen haben, die wir brauchen, könntet ihr und Lochguard einen Überraschungsangriff starten."

Bram antwortete: „Nachdem dein Bruder diesen Menschen namens Jeff empfohlen hat, bin ich etwas misstrauisch, ihm zu vertrauen."

Jane hob das Kinn. „Mein Bruder ist ein hochdekorierter Soldat, der immer Freunde und Familie an erste Stelle gesetzt hat. Wir alle machen ab und zu mal Mist, und ich bin sicher, es gibt einen Grund, warum er sich in Jeff geirrt hat. Sprich selbst mit meinem Bruder und entscheide dich dann. Das ist es doch, worum du die Menschen immer wieder bittest, nicht wahr? Mit einem Drachenwandler zu reden, bevor sie sie als Monster betrachten."

Bram musterte Jane, und sie zwang sich, nicht zu zappeln.

Der Anführer des Stonefire-Clans lächelte endlich. „Dein Rückgrat wird sich als nützlich erweisen. Verlier niemals diesen Kern aus Stahl."

Jane blinzelte. „Pardon?"

Bram winkte das mit einer Hand ab. „Ich möchte zuerst deinen Bruder befragen, und nur deinen Bruder. Dann kann ich meine Entscheidung treffen, wie du vorgeschlagen hast. Könnte er in den nächsten Tagen herkommen?"

Jane nickte. „Wahrscheinlich morgen, da hat er für gewöhnlich frei. Wenn ich einige meiner Kleine-Schwestertricks benutze, wird er nicht nein sagen können."

Einer von Brams Mundwinkeln zuckte nach oben. „Ich habe so das Gefühl, dass nicht viele Menschen Nein zu dir sagen."

Jane grinste. „Ich kann sehr überzeugend sein."

Lachend umarmte Bram seine Gefährtin fester. „Ich bin sicher, du kannst das, aber ich denke, es liegt mehr daran, dass du stur bist." Er sah zu Nikki. „Bringt sie zur Kommandozentrale, um ihren Bruder anzurufen. Such danach einen Platz für Jane, an dem sie bleiben kann, und erstatte mir dann Bericht." Bram sah zu Jane. „Wir beide werden uns später noch ein wenig unterhalten. Das Adrenalin wird bald nachlassen und du wirst wahrscheinlich erschöpft sein. Nimm dir etwas Zeit, um dich auszuruhen und zu erholen."

Jane verschränkte die Arme vor der Brust. „Ich werde duschen und mich umziehen, aber ich will Kai sehen, sobald er aus dem OP raus ist."

Sie mochte das Funkeln in Brams Augen nicht. „Ja, das glaube ich gern. Ich werde Sids Leute bitten, dich auf die Besucherliste zu setzen." Er winkte zur Tür. „Und jetzt geh. Evie versucht, nicht an meiner Seite zu zappeln, und mein Drache ist mit ihrem Unbehagen nicht zufrieden."

Nikki stellte sich neben Jane und legte eine Hand an ihren Rücken. „Ich werde berichten, sobald ich kann."

Nikki drückte gegen Janes Rücken, und sie ging gerade los, als Brams Stimme ertönte. „Gut gemacht, Nikki. Du hast wahrscheinlich Kai das Leben gerettet."

Jane blickte über ihre Schulter und sah, wie sich ein schwaches Erröten auf Nikkis Wangen zeigte. Die Drachenfrau murmelte: „Ich habe nur meine

Arbeit gemacht", bevor sie Jane schnell aus der Tür schob.

Sobald sie etwa drei Meter von Brams Cottage entfernt waren, blieb Nikki stehen und knurrte, bevor sie sagte: „Du solltest die Idee Kai vorschlagen, nicht Bram."

Jane sah ihr direkt in die Augen. „Wenn du über das hinauskommen möchtest, was du aufgrund deiner Geburt bist, musst du anfangen, dir Gehör zu verschaffen. Wie sollen die Leute sonst wissen, wie brillant du bist?"

„Ich bin noch jung und unerfahren. Kai hilft mir immer, mich zu verbessern. Ich sollte erst mit ihm über alles reden."

Jane legte eine Hand an ihre Hüfte und zeigte mit dem Finger. „Steh zu dir. Glaubst du wirklich, dass Bram einen Plan befürworten würde, der offensichtlich schiefgehen könnte?"

Nikki murmelte, „Nein."

„Also, worüber machst du dir dann Sorgen?"

Nikkis Blick wurde streng. „Die Jägerschweine haben eine meiner Kameradinnen getötet und mit mir Psychospielchen gespielt. Ich muss sicherstellen, dass jeder Plan, den ich habe, um sie auszuschalten, so fehlerlos wie möglich ist. Kais Erfahrung hätte dabei geholfen."

„Wir können später immer noch mit ihm reden, wenn er aufwacht."

„Und wie lange wird das dauern? Jeder Tag, den wir verschwenden, ist ein Tag, an dem die Jäger fliehen könnten."

„Genau, deshalb habe ich deine Idee ja auch vorgeschlagen."

Nikkis Stimme war trocken, als sie antwortete: „Versteh das nicht falsch, aber du bist nicht gerade ein Militärstratege."

Jane wedelte mit einer Hand. „Natürlich nicht, aber Rafe ist es. Bis Kai aufwacht – und glaub mir, ich werde ihn dazu bringen, so schnell wie möglich aufzuwachen, ohne seine Gesundheit zu gefährden – kannst du mit Rafe die Details aushecken. Er ist gut mit Soldatenstrategiekram."

„Wenn Bram ihm zustimmt."

„Oh, ich vermute, das wird er. Ein dekorierter Soldat, der in der Vergangenheit mit Drachenwandlern gearbeitet hat, ist ein großer Vorteil. Du akzeptierst ihn doch."

Nikki seufzte. „Gut, wie auch immer. Bringen wir dich zur Kommandozentrale, damit du deinen Bruder anrufen und die Dinge in Gang setzen kannst." Nikki ließ ihre Stimme zu einem Murmeln fallen und fügte hinzu: „Und hoffen wir, dass Kai bald aufwacht, damit du ihn stattdessen belästigen kannst."

„Das habe ich gehört."

Nikki ging los. „Es stimmt aber. Du bist wie eine gesprächige, weibliche Version von Kai."

Jane joggte, um Nikki einzuholen. „Das bezweifle ich irgendwie. Kais Sinn für Humor hab' ich noch nicht gesehen."

„Wie ich gehört habe, hatte er mal welchen."

„Was ist dann passiert?"

„Maggie Jones."

Jane runzelte die Stirn. „Wer ist das?"

Nikki drehte sich um, um ihr in die Augen zu sehen. „Das ist etwas, über das nur er reden sollte."

Damit erhöhte Nikki ihr Tempo, und Jane musste sich anstrengen, um mit ihr mitzuhalten. Vielleicht konnte sie ihre Zeit auf Stonefire nutzen, um mehr Sport zu treiben.

Während sie schweigend gingen, fragte sich Jane, wie eine Frau Kai so drastisch verändern konnte. Ihn sich mit einem Sinn für Humor vorzustellen, war ziemlich weit hergeholt.

Nicht, dass sie etwas über Maggie Jones herausfinden konnte, bis Kai aufwachte. Bis dahin musste sie sich darauf konzentrieren, Rafe zu überzeugen, nach Stonefire zu kommen. Wegen lebenslanger Übung war Jane ziemlich sicher, Rafe beeinflussen zu können, solange er nicht mürrisch war.

Dumm nur, dass ihr Bruder in letzter Zeit immer mürrischer wurde.

Jane schob die Zweifel beiseite und ging zielstrebig drauflos. Sie hatte einen Job zu erledigen. Und wenn sie dafür jeden Gefallen einfordern musste, den ihr Bruder ihr schuldete, sie würde Rafe Hartleys Arsch so schnell wie möglich nach Stonefire bringen. Sie musste die Dinge in Ordnung bringen für den Clan, der in den letzten Monaten bereit gewesen war, mit ihr zu arbeiten, selbst wenn es Jane letztendlich ihren Ruf kosten sollte. Wenn sie auf ungewisse Zeit in Stonefire lebte, würde ihr das ihre Unvoreingenommenheit nehmen.

Ihr Herz schmerzte, weil sie sich nicht als Journalistin beweisen konnte. Aber wenn sie den Stonefire-Drachen helfen und die öffentliche Meinung über sie zu ihren eigenen Bedingungen beeinflussen könnte, wäre das vielleicht nicht das Schlechteste. Und wenn sie von der BBC gefeuert wurde, konnte Jane es immer noch auf eigene Faust probieren.

Wenn sie ehrlich war, mochte sie die Idee, die Verantwortung für ihre eigenen Storys und das zu übernehmen, was sie der Öffentlichkeit erzählte.

Ideen rasten durch ihren Kopf, aber bevor sie an einer Feinabstimmung arbeiten konnte, musste sie Rafe überzeugen, nach Stonefire zu kommen.

Jane erhöhte ihr Tempo und dachte an alles, was sie verwenden könnte, um ihren Bruder zu erpressen, falls nötig, um ihn innerhalb der nächsten 24 Stunden in den Lake District zu bringen.

KAI WAR SICH VAGE BEWUSST, dass ihm etwas in den Arm pikste, aber er konnte keinen wirklichen Gedanken darüber formen. Er wusste nur, dass jede Berührung einen tiefen Schmerz durch seinen Körper sandte und es verdammt wehtat.

Die Stimme seines Tiers war schläfrig: *Weil auf uns geschossen wurde.*

Bei der Erwähnung des Schusses erinnerte sich

Kai an den stechenden Schmerz, gefolgt von einem Schlag auf den Kopf. Danach erinnerte er sich an nichts mehr. *Wenn du mit mir sprichst, dann lebe ich noch.*

Sein Tier ging in seinem Kopf auf und ab. *Öffne deine Augen und sieh nach, wo wir sind. Dann können wir herausfinden, was mit Jane passiert ist.*

Jane. Hatten die Menschen sie entführt?

Es gab nur eine Möglichkeit, das in Erfahrung zu bringen.

Kai war schon mal angeschossen worden, aber nichts hatte ihn auf das Licht, das seine Augen traf, vorbereitet, oder die tausend kleinen Schmerzensstiche, die sein Gehirn trafen. Er konnte es nicht aufhalten und stöhnte.

„Du bist wach."

Jane. Kai wollte sichergehen, dass die Frau in Sicherheit war, und zwang seine Augen auf. Nachdem er ein paarmal geblinzelt hatte, kam Janes Gesicht in seinen Fokus. Er murmelte: „Wo sind wir?"

Sein Drache knurrte. *Stell sicher, dass es ihr gut geht.*

Kai ignorierte sein Tier, starrte Jane an und deutete im Raum herum. „Wenn du dich umsiehst, wirst du erkennen, dass du in einem Krankenhauszimmer bist. Bist du wirklich der oberste Beschützer des Stonefire-Clans?"

Kai knurrte, aber stöhnte dann, als die Vibration einen Schmerz in seiner Schulter und seinem Arm auslöste. Jane stand auf und legte eine Hand auf seine Stirn. „Geht es dir gut? Dr. Sid sagte, die Wunde sei nicht schlimm, aber wenn du

Schmerzen hast, lass den Alpha-Mist und sag es mir."

„Hat dir schon mal jemand gesagt, dass du einen ganz schönen Befehlston hast?"

Jane nahm ihre Hand herunter und hob eine Augenbraue. „Das sagt der Richtige."

Zu müde, um mit dem verdammten Menschen zu streiten, kehrte Kai zu seiner ursprünglichen Frage zurück. „Ein Krankenhaus könnte überall sein. Sag mir verdammt noch mal, wo ich bin."

„Stonefire. Nikki hat uns hergebracht. Obwohl die Wunde nicht schlimm war, hast du viel Blut verloren. Sie hat dir das Leben gerettet, Kai. Bedank dich bei ihr."

Kai atmete tief durch und schaffte es, nicht mehr zu knurren. Je weniger Schmerz, desto besser. „Das musst du mir nicht sagen, Mensch. Das schaffe ich allein."

Jane antwortete: „Du musst nicht alles allein machen. Je früher du dich an diese Vorstellung gewöhnst, desto besser."

Er runzelte die Stirn. „Wovon sprichst du?"

„Ich musste Bram versprechen, es dir nicht zu sagen, also musst du ihn fragen."

„Ich mag keine Geheimnisse, Jane."

Sie zuckte die Schultern. „Sprich mit Bram. Er sollte bald hier sein. Ich habe schon den Alarmknopf gedrückt. Eine der Krankenschwestern sollte sich, während wir hier sprechen, mit ihm in Verbindung setzen."

Sein Drache warf ein: *Stell sicher, dass es ihr gut geht, bevor Bram kommt.*

Es geht ihr eindeutig gut, wenn sie streiten kann.

Sein Tier grunzte. *Frag sie.*

Um sein verdammtes Tier zum Schweigen zu bringen, musterte Kai Janes Gesicht. Aber es war die gleiche blasse, aber gesunde Haut, die sie immer hatte. Unter ihren Augen waren Ringe, die auf Schlafmangel zurückzuführen waren, also musste er einfach dafür sorgen, dass sie danach schlief.

Der Gedanke brachte ihn fast zum Blinzeln. Jane war nicht seine Sorge, vor allem nicht, wenn sie wieder auf Stonefire waren. Schließlich war die ablenkende Frau schuld daran, dass überhaupt auf ihn geschossen worden war. Nicht nur das, er müsste weiß Gott wie lange warten, bis er die Jäger wieder aufspüren konnte.

Sowohl für seine Gesundheit als auch um seines Clans willen, würde Kai so schnell wie möglich Abstand zwischen sich und Jane Hartley schaffen.

Sein Drache brüllte. *Schick sie nicht fort! Sie gehört uns. Wir müssen sie überzeugen zu bleiben.*

Nein. Was sie nach heute tut, geht mich nichts an.

Lügner. Du denkst, sie in der Nähe zu haben, ist eine Ablenkung, aber warte, bis du sie weggestoßen hast. Ich werde oft an sie denken, bis du sie anflehst, zurückzukommen.

Halt die Klappe, Drache. Wenn ich dich nach Maggie überlebt habe, kann ich das Gleiche bei Jane schaffen. Mit aller Kraft, die er noch hatte, warf Kai sein Tier in ein mentales Gefängnis und fügte hinzu, *Wir werden uns schneller erholen, wenn du ruhig bleibst. Wenn nicht, werde ich es Sid gegenüber erwähnen. Ich bin sicher, sie hat etwas, das dich für eine Weile ausschließt, damit ich heilen kann.*

Sogar eingesperrt ging sein Tier auf und ab. Gut. Nach der Drohung mit Drogen würde sein Drache vielleicht wirklich zuhören. Sie waren schon einmal betäubt worden, in der Armee, und sein Drache war tagelang still gewesen. Sosehr das verdammte Tier ihn auch irritierte, die Tage ohne es waren zu lang.

Doch den Gedanken behielt er lieber für sich. Wenn sein Drache es je erfuhr, würde er sich das für immer anhören müssen.

Janes Stimme unterbrach seine Gedanken. „Da deine Pupillen wieder rund sind, bist du endlich mit deinem Drachen fertig?"

„Ich bin mir nicht sicher, wie ich darauf antworten soll."

Jane verschränkte die Arme vor der Brust. „Ich wollte dir danken, dass du mir das Leben gerettet hast, aber wenn es zu lästig ist, dann werde ich es nicht erwähnen."

Kai vermisste es wirklich zu grunzen. „Ich wäre kein Beschützer, wenn ich zuließe, dass du in meiner Obhut entführt wirst."

„Ich wusste nicht, dass ich in deiner Obhut stehe."

„Natürlich." Er hielt eine Sekunde inne und fügte hinzu: „Und zwar immer noch, bis ich einen geeigneten Ersatz finde."

„Habe ich in dieser Angelegenheit ein Mitspracherecht?"

„Nein."

Jane verdrehte die Augen. „Wenn du anfängst, mir mit Dominanz in deiner Stimme zu kommen, wird es schwieriger, nett zu dir zu sein." Sie zwinkerte ihm zu. „Und ich habe es wirklich versucht."

„Das ist dein Versuch? Erinnere mich daran, dass ich dich nie dazu bringe, meinetwegen angepisst zu sein."

Jane grinste. „Glaub mir, das willst du wirklich nicht."

Der Anblick von Janes lächelndem Gesicht raubte ihm den Atem. Er hatte den Menschen immer attraktiv gefunden, aber ihr Zwinkern und Grinsen waren gefährlich. Sie brachten ihn dazu, sie wieder küssen zu wollen.

Und das konnte er definitiv nicht tun. Er war zu Hause. Er hatte keine Zeit für eine Frau. Nicht mal einer mit Augen, die so dunkelblau waren wie ein See im Sommer.

Verdammt! Nie zuvor in seinem Leben hatte er einen so poetischen Gedanken gehabt.

Obwohl er im Käfig war, spürte Kai das Lachen seines Drachen.

Kai räusperte sich und antwortete schließlich: „Sie haben dir nicht wehgetan, oder?"

„Nein. Obwohl ich mir nicht sicher bin, ob ich jemals wieder in den Krallen eines Drachen fliegen will."

„Nikki."

Sie nickte. „Ja. Ich hoffe nur, dass das MDA sie nicht dafür bestraft, dass sie innerhalb einer Stadt gewandelt ist."

Kai wollte schon die Schultern zucken, aber dann verzog er das Gesicht, als sein Bizeps und seine Schulter auf die Bewegung hin pochten. Nach ein paar tiefen Atemzügen fand er seine Stimme wieder. „Überlass das Evie. Sie wird das irgendwie regeln." Kai bewegte seine Beine und testete den Schmerz. Glücklicherweise tat es nicht weh, seinen Unterkörper zu bewegen, solange er vorsichtig war. Er hasste es, stillzusitzen. „Was ist mit den Männern in der Gasse passiert?"

„Wir haben sie zurückgelassen. Aber während ich hier war und darauf gewartet habe, dass du aufwachst, könnte Bram vielleicht etwas unternommen haben, um sie zu finden. Du wirst ihn selbst fragen müssen, wenn er kommt."

„Mir gefällt nicht, dass die Bedrohung für dein Leben immer noch da draußen ist."

Jane musterte ihn eine Sekunde, und Kai widerstand erneut dem Drang, seine Beine zu bewegen. Mit genügend Zeit konnte der Mensch all seine Geheimnisse aus ihm zwingen.

Er wusste nicht, ob das gut war oder schlecht.

Jane öffnete den Mund, zweifellos mit einer weiteren verdammten Frage, als Sid mit einem Klemmbrett den Raum betrat. Das Gesicht der Drachenfrau war hart, als sie ihn mit ihren braunen Augen musterte. „Du siehst gut aus. Wie fühlst du dich?" Er versuchte zu antworten, doch Sid unterbrach ihn. „Und sag mir die Wahrheit, Kai Sutherland. Ich werde nicht herumtanzen, um sie zu bekommen. Ich habe so meine Wege, dich zum Reden zu bringen. Du weißt das verdammt gut."

Sid hatte ihm einmal fünf Stunden lang seine Schmerzmittel vorenthalten, bis er ihr die Wahrheit sagte. Kai konnte erforderlichenfalls mit Schmerzen umgehen, aber das waren die längsten Stunden seines Lebens gewesen. „Mein Arm tut weh, und wenn ich ihn bewege, tut es sogar verdammt weh. Aber mit einer Schlinge und ein paar Schmerzmitteln kann ich wahrscheinlich nach Hause gehen."

Sid warf ihr Klemmbrett auf den Beistelltisch und ging zu Kais verletzter Schulter. „Lass mich das mal beurteilen."

Als Sid seine Schulter, Arme und Brust pikste, verkrampfte Kai seinen Kiefer und hielt das Gesicht stoisch. Er hatte nicht vor, sich in Janes Anwesenheit Schwäche anmerken zu lassen.

Obwohl er keine Ahnung hatte, warum das wichtig war.

JANE SAH ZU, wie Dr. Sid Kai untersuchte. Trotz der Tatsache, dass die Ärztin ihre Arbeit machte, mochte Jane die andere Frau nicht, die Kais nackte Haut berührte.

Jane trommelte mit den Fingern und musterte Kais Ausdruck, den, den sie mittlerweile als „knallhartes Beschützer-Pokerface" bezeichnen wollte. Sie fragte sich, wie der wahre Kai Sutherland unter der Maske war. Noch wichtiger: sie fragte sich, ob noch Humor tief in ihm vergraben war.

Dank Bram könnte sie vielleicht wirklich Antworten auf ihre Fragen finden und ihre Neugier auf die geheimnisvolle Maggie Jones befriedigen.

Aber Jane war etwas voreilig. Sie trommelte weiter mit den Fingern, bis Sid zurücktrat und nickte. „Wenn du meinen Anweisungen genau folgst, kannst du wahrscheinlich in der nächsten Stunde nach Hause gehen." Sid sah sie an. „Mir wurde gesagt, dass Sie sich um ihn kümmern werden."

„Was?", verlangte Kai zu erfahren.

Jane nickte und ignorierte ihn. „Bram sagte, es sei Teil meiner Pflichten, solange ich hier bin."

Sid betrachtete sie eine Sekunde lang, bevor sie in die Tasche ihres weißen Kittels griff und ein gefaltetes Stück Papier herausnahm. Sie hielt es ihr hin, und Jane nahm es, als die Ärztin sagte: „Drachenwandler sind etwas anders als Menschen. Da wir schneller heilen, sind die ersten 24 Stunden die wichtigsten, wenn es um die Behandlung von Infektionen oder anderen Komplikationen geht. Wenn wir sie nicht früh erwischen, könnte das verheerende Auswirkungen auf die Fähigkeit eines

Drachenwandlers haben, richtig zu wandeln." Sid nickte auf den Zettel und fügte hinzu: „Halten Sie Ausschau nach allem, was auf dieser Liste steht. Ich habe unten meine persönliche Handynummer aufgeschrieben. Rufen Sie mich an, wenn Sie etwas entdecken."

Kai meldete sich zu Wort: „Habe ich vielleicht auch noch etwas dazu zu sagen, Sid? Ich bin mehr als in der Lage, auf mich selbst aufzupassen. Das habe ich schon mal getan."

Sid bewegte ihren braunäugigen Blick zurück zu Kai. „Ja, aber nie, wenn die Drachenjäger in Reichweite waren. Wenn du hier rauskommen willst, dann wirst du Jane erlauben, sich um dich zu kümmern. Andernfalls werde ich Ginny das machen lassen."

Als Kai seufzte, hatte Jane das Gefühl, dass Ginny nicht jemand war, von dem man sich pflegen lassen wollte.

Kai antwortete schließlich: „Gut. Jeder ist besser als Ginny."

„Himmel, danke", murmelte Jane.

Sid sah sie an, und ein Mundwinkel zuckte hoch. „Nehmen Sie es nicht persönlich. Alle Drachenwandler-Männer verwandeln sich in große Babys, wenn sie verletzt werden. Ginny ist eine der wenigen, die nicht zu viel Mitleid haben und dann meine Befehle missachten. Sie kümmert sich um all meine Alpha-Patienten."

Jane wedelte mit dem gefalteten Stück Papier. „Ich werde mich an die Anweisungen halten. Selbst wenn Kai mit den Wimpern klimpert und mir mit einem Dackelblick kommt, werde ich nicht nachgeben."

Sid steckte die Hände in die Taschen ihres Laborkittels. „Gut. Wenn Sie das tun und noch eine andere Aufgabe brauchen, während Sie in Stonefire sind, können Sie mir hier im Krankentrakt helfen. Ich brauche alle Alpha-Frauen, die ich bekommen kann."

Kai murmelte: „Mehr Alpha-Frauen im Krankentrakt ist das Letzte, was wir brauchen."

Sid sah Kai von oben herab an, und Jane wurde fast unruhig unter dem intensiven Blick der Ärztin. „Sag das noch mal, Kai. Ginny ist im Dienst und kann sich sofort um dich kümmern."

Jane blinzelte, als Kai schmollte, wirklich schmollte, aber bevor Jane etwas dazu sagen konnte, klopfte es an der Tür.

Bram kam in den Raum und ging zum Fuß von Kais Bett. „Du lebst, wie ich sehe." Bram sah zu Sid. „Wie lange wird er außer Gefecht sein?"

Sid antwortete: „Wenn er meinen Anweisungen folgt, sollte er in fünf oder sechs Tagen wieder in der Lage sein zu wandeln. Wenn er es nicht tut, dann habe ich keine verdammte Ahnung, wie lange er weg sein wird."

Einer von Brams Mundwinkeln zuckte nach oben, als er Jane ansah. „Da Jane sich um ihn kümmert, sollte alles in Ordnung sein. Du lässt dich doch nicht von ihm herumkommandieren, oder, Mädel?"

Jane bemerkte, dass der Anführer des Stonefire-Clans von „Ms. Hartley" zu „Jane" übergegangen war, aber sie versuchte, nicht zu viel hineinzulesen. „Bisher konnte er das nicht."

Kai meldete sich zu Wort: „Ich kann vielleicht nicht wandeln, aber ich hab' immer noch meine Intelligenz und kann Befehle erteilen. Die Carlisle-Bastarde sind in Reichweite, Bram. Diese Chance sollten wir uns nicht entgehen lassen."

„Aye, ich weiß. Aber den Rest wirst du morgen hören, vorausgesetzt, du hast dich ausgeruht und getan, was Sid angeordnet hat, und Jane dabei nicht getötet."

Kai runzelte die Stirn. „Ein Tag ist eine lange Zeit, wenn der Feind wissen könnte, dass du ihm auf der Spur bist."

Bram verschränkte die Arme vor der Brust. „Ich habe Dinge angeleiert und werde morgen alle Details wissen. Bis dahin, ruh dich aus, Kai. Wir brauchen dich so bald wie möglich wieder gesund. Selbst wenn die Jäger und das Volk von Newcastle heute einen Drachen gesehen haben, bleibt noch Zeit, sie auszuschalten. Schließlich dauert es eine Weile, eine so große Gruppe wie die Carlisle-Jäger zu verlegen, vor allem mit all ihrer Ausrüstung."

Als Kai nickte, biss Jane sich auf die Lippe, um nicht zu lächeln. Ihr Drachenmann mochte es wirklich nicht, außer Gefecht zu sein. Sie bedauerte fast jede Krankenschwester, die sich nach einer schwereren Verletzung um ihn gekümmert hatte.

Sobald Rafe da war, wurde Kai vielleicht wieder

sein altes knurrendes Ich. Sie hatte so das Gefühl, dass ihr Drachenmann sich vor Fremden nicht so verhielt.

Sie blinzelte und versuchte, nicht zu viel hineinzulesen. Sie und Kai kannten einander vielleicht schon seit Monaten, aber sie hatte erst am Tag zuvor das erste richtige Gespräch mit ihm geführt. Per definitionem sollten sie als Fremde gelten.

Jane drängte den Gedanken beiseite und wandte sich Bram zu. „Gibt es da noch etwas, das du ihm sagen möchtest? Ansonsten fände ich es gut, wenn Sid und ihre Mitarbeiter ihn für die Entlassung vorbereiteten. Es war ein langer Tag, und ich bin sicher, dass Kai seine Ruhe braucht."

In Brams Augen tanzte Belustigung. „Gehst schon ganz in deiner Rolle auf, wie ich sehe. Ich könnte bald eine Wette gegen Evie verlieren."

„Eine Wette?", wiederholte Jane.

Bram wedelte mit einer Hand. „Vergiss einfach, dass ich das erwähnt habe." Er drehte sich zu Kai um. „Ich weiß, du hasst es, im Dunkeln zu tappen, aber im Moment gibt es viele Unsicherheiten, und du brauchst keinen Stress. Konzentrier dich darauf, richtig zu heilen. Ich brauche meinen obersten Beschützer so schnell wie möglich an meiner Seite."

„Ich bin in zwei Tagen wieder gesund, wenn ich das schaffe."

Sid verdrehte die Augen. „Lass mich das mal beurteilen." Sie machte eine scheuchende Geste. „Alle raus, damit meine Leute die notwendigen

Medikamente und Ausrüstung bringen können. Je früher ich Kai loswerde und er in Janes Händen ist, desto besser."

Aus irgendeinem Grund schien es, als ob jeder in ein Geheimnis eingeweiht war, von dem Jane keine Ahnung hatte.

Da sie immer noch die Außenseiterin war, beschloss sie, auf den richtigen Zeitpunkt zu warten, um nach einer Erklärung zu fragen.

Bram deutete auf die Tür, und Jane folgte. Sie erwartete, dass Bram sie über ihren Bruder befragen würde, aber alles, was er tat, war, zu lächeln und zu sagen: „Kümmere dich um Kai. Ich bin mir nicht sicher, was der Clan ohne ihn tun würde."

„Natürlich." Brams Lächeln gab ihr den nötigen Mut zu fragen: „Von was für einer Wette sprichst du da ständig?"

Bram grinste. „Ich bin mir sicher, du kommst bald selbst drauf."

Mit einem Winken ging Bram.

Jane stand in der leeren Halle und stieß einen langen Atem aus. Sich mit Drachenwandlern abzugeben war anstrengend. Sie war sich nicht sicher, wie die anderen Menschenfrauen das rund um die Uhr schafften.

Je nachdem, wie lange es dauern würde, sich um die Drachenritter zu kümmern und ihre Sicherheit zu gewährleisten, konnte Jane ihren Rat eher früher als später suchen.

Um nicht weiter über ihre Zukunft nachzudenken, öffnete Jane Sids Liste mit

Anweisungen und machte sich an die Arbeit, sie auswendig zu lernen. So wie sie Kai kannte, konnte er versuchen, die Anweisungen zu stibitzen, sie zu verbrennen und dann seine eigenen zu diktieren. Jane wollte vorbereitet sein.

Kapitel Acht

Auch wenn Kai sich erfolgreich dagegen gewehrt hatte, im Rollstuhl rausgeschoben zu werden, musste er doch die Schlinge tragen. Der Riemen juckte an seiner Haut, aber als er sich bewegte, um sie zu kratzen, räusperte Ginny sich. „Hör auf. Du bist derjenige, der unbedingt mit nacktem Oberkörper gehen wollte."

„Kann ich denn jetzt gehen?"

Die braun-grauhaarige Krankenschwester betrachtete ihn drei Sekunden lang, bevor sie zur Tür ging. „Finden wir Jane."

Sein Drache war frei in seinem Geist und sprach. *Gut. Es wird schön sein, wenn Jane sich um uns kümmert.*

Komm nicht auf dumme Ideen, Drache. Ich mache das nur, damit ich den verdammten Krankentrakt verlassen kann.

Er folgte Ginny in den Gang und sah Jane mit geschlossenen Augen auf einer Bank sitzen. Das

Seltsame war, dass der Mensch seine Lippen bewegte, ohne Geräusche zu machen.

Als sie sich näherten, öffneten sich ihre Augen, und sie stand auf. „Darf er gehen?"

„Er steht genau hier."

Jane hob die Brauen. „Du bist nicht derjenige, der deine Entlassung unterzeichnen muss."

Ginny klopfte Jane auf die Schulter. „Sie schaffen das, Ms. Hartley. Kai ist raffiniert. Ich sollte es wissen, da ich mich seit seiner Kindheit um seine Kratzer und Prellungen gekümmert habe."

Kai war kurz davor zu grunzen, aber er erinnerte sich, dass es seinen Arm reizte. „Ich sollte nach Hause gehen und mich ausruhen. Du musst dir deine peinlichen Geschichten für später aufheben."

Ginny starrte ihn mit ihren dunkelbraunen Augen an, und Kai versuchte, nicht zu zappeln, wie er es als Teenager getan hatte. „Ich habe nie gesagt, dass sie peinlich sein würden, aber jetzt, wo du es erwähnst: von solchen habe ich viele." Sie zwinkerte Jane zu. „Ich kann sie später erzählen."

Kai knirschte mit den Zähnen. „Ich habe alles getan, worum du mich gebeten hast, Ginny. Lass mich einfach gehen."

Ginny unterschrieb mit großer Geste auf dem Klemmbrett in ihrer Hand. „Geh, du Unruhestifter, und versuch, Jane nicht zu verschrecken. Ich mag sie."

„Du hast sie gerade erst kennengelernt." Ginny

starrte ihn mit ihrem typischen Blick an, voller Missbilligung und Verzweiflung, und Kai grunzte nun doch. Das war den Schmerz wert. Er sah zu Jane. „Lass uns gehen, Jane. Du siehst müde aus, und mir gefällt das nicht."

Janes Augen bewegten sich zu seinem nackten Oberkörper, und Kais Drache bemerkte es. *Zu schade, dass wir verletzt sind. Jetzt können wir unseren Menschen für ein paar Tage nicht ficken.*

Ich bin überrascht, dass du das tatsächlich einsiehst.

Sein inneres Tier knurrte. *Wenn wir nicht aufpassen, werden wir vielleicht nie wieder zum Drachen. Und wenn das passiert, werden wir beide möglicherweise verrückt.*

Das stimmte. Wenn ein Drachenwandler für immer die Fähigkeit verlor zu wandeln, verlor der Drachenmann oder die Frau manchmal den Verstand. Andere, wie Sid, hatten gelernt, sich durch reine Hartnäckigkeit damit abzufinden.

Cassidy „Sid" Jackson war vielleicht keine Beschützerin oder Clan-Anführerin, aber sie war einer der stärksten Drachenwandler, die er kannte.

Janes Stimme unterbrach seine Gedanken. „Deine Nachgiebigkeit macht mir Sorgen, aber ich werde sie nutzen. Wenn du sicher bist, nicht in der kühlen Oktoberluft zu erfrieren, dann gehen wir."

„Ich war schon bei Temperaturen unter dem Gefrierpunkt nackt. Ich denke, einen zehnminütigen Spaziergang werde ich schon überleben."

„Gut, dann geh voraus."

„Ich hätte nie erwartet, das von dir zu hören."

Jane verdrehte die Augen. „Ich war noch nie bei dir, sonst würde ich die Führung übernehmen."

Er lächelte fast. „Das klingt schon eher nach dir."

Als Jane ihn nur anstarrte, zuckte Kais Mundwinkel hoch. Aus irgendeinem Grund machte es Spaß, Jane zu necken.

Sein Drache schmunzelte. *Ja, und wir haben ein paar Tage, um es zu genießen. Am Ende wirst du sie nicht wegstoßen wollen.*

Die Worte seines Tieres waren wie kaltes Wasser, das über seinen Kopf geschüttet wurde. *Danke, dass du mich daran erinnerst, dass ich Abstand halten muss.*

Als sein Drache knurrte, verließ Kai ohne einen Blick zurück die Krankenstation.

Wäre Kai nicht verletzt gewesen, hätte Jane den verdammten Drachenmann geschlagen.

Sein halbes Lächeln hatte sie für eine Sekunde betäubt, aber dann wurde er wieder sein Arschloch-Ich und ruinierte den Moment. Es half auch nicht gerade, dass sie nichts anderes tun konnte, als ihm zu folgen.

Ein weiterer Punkt, den sie auf ihre Liste setzen sollte, war, sich das Layout einzuprägen. Dann wäre sie nicht mehr auf alle anderen angewiesen, um sich zurechtzufinden.

Sie zog ihre Strickjacke über, während sie versuchte, Kai einzuholen. Vielleicht gaben Drachenwandler zusätzliche Körperwärme ab. Nur so konnte Kai nicht erfrieren. Der Herbst in Nordengland war regnerisch, kalt und oft windig.

Als die Brise wehte, ballte Jane ihre Fäuste und versuchte, in der leichten Strickjacke, die sie sich ausgeliehen hatte, nicht zu zittern. Sie ging schneller und hoffte, die Bewegung würde sie warmhalten. Natürlich lehnte sie sich lieber an Kais Seite und absorbierte seine Hitze, aber sie wollte ihn nicht darum bitten.

Sie außerhalb seines Clans zu küssen, war eine Sache, aber Kai zu küssen oder sich gegen seine nackte Brust zu lehnen, sichtbar für jeden in Stonefire, war eine ganz andere.

Nicht, dass sie über ihren gemeinsamen Kuss nachdenken würde. Das würde sie von dem ablenken, was für den Clan und ihre zukünftige Karriere wichtiger war.

Zum einen musste Jane sich Bram beweisen. Vor allem, da sie Ideen hatte, die sie dem Clan-Anführer unterbreiten wollte, nachdem sie sich um die Drachenjäger gekümmert hatten.

Um sich selbst abzulenken, ging Jane Ideen für Storys durch, und in weniger als zehn Minuten erreichten sie ein zweistöckiges Cottage. Es war ähnlich wie der Rest, da es aus Stein war und aussah, als wäre es ein paar hundert Jahre alt, aber es gab einen großen Unterschied – das Cottage hatte Gitter vor den Fenstern und eine besonders solide aussehende Tür. Bevor sie sich selbst davon abhalten konnte, fragte Jane: „Wie viele Feinde hast du? Niemand sonst hat Gitter vor den Fenstern."

Als Kai die Haustür aufschloss, starrte er sie an. „Die Gitter wurden vor etwas mehr als zehn Jahren installiert, um mich drinnen zu halten."

Sie runzelte die Stirn. „Wovon zum Teufel sprichst du?"

Sie erwartete halb, dass er grunzen und schweigen würde, aber er murmelte: „Nicht hier draußen."

Kai verschwand in seinem Cottage, und Jane folgte ihm. Jane schloss die Tür hinter sich und drehte sich zu Kai um. „Und?"

„Es gibt nicht viel zu erzählen. Ich hatte Schwierigkeiten, meinen Drachen zu kontrollieren. Ich habe es seitdem hinter mir gelassen."

„Warum dann die Gitter dranlassen?"

„Nur für den Fall."

Jane seufzte. „Es ist, als ob du mir gerade genug gibst, um die Frage zu beantworten und meine Neugier zu wecken, aber nicht mehr. Wenn du mir keine weiteren Informationen gibst, werde ich mir weiterhin Theorien einfallen lassen, bis mich das verrückt macht."

Kai musterte sie eine Sekunde, bevor seine Pupillen zu Schlitzen aufblitzten. Ein paar Sekunden später waren sie wieder rund. Sie öffnete den Mund, um nach seinem Drachen zu fragen, aber Kai kam ihr zuvor. „Ich werde es näher erläutern, vorausgesetzt, du versprichst, keine weitere Fragen zu stellen."

„Sind wir wieder so weit, dass du Befehle diktierst? Falls du dich nicht erinnerst: Ich bin diejenige, die für dich verantwortlich ist."

„Nur Bram ist für mich verantwortlich."

„Nun, er hat mir die Verantwortung für dich übertragen, also musst du auf mich hören."

Kai sah unbeeindruckt aus. „Du kannst es versuchen."

Jane knurrte frustriert. „Was ist mit dir passiert? Kurz bevor die Männer in der Gasse waren und auf dich geschossen wurde, hast du mir gesagt, dass du mich willst. Ich dachte, wir hätten einige Fortschritte gemacht."

Kai verkrampfte den Kiefer und sagte dann: „Ich habe nicht richtig gedacht. Ich hätte jede attraktive Frau geküsst, die sich mir an den Hals geworfen hätte."

Seine Worte waren wie ein Schlag ins Gesicht. „Du bist ein richtiger Charmeur, weißt du."

„Ich habe nie gesagt, dass ich charmant bin. Ich hätte dich nie küssen, geschweige denn mehr vorschlagen sollen. Das sollten wir beide vergessen."

Jane hielt den Mund. Sie wollte Antworten vom Drachenmann, aber sie konnte warten. Schließlich saß Kai zumindest die nächsten Tage mit ihr fest.

Wenn Kai schroff und abweisend sein würde, dann müsste sie die Situation wieder zu ihren Gunsten lenken.

Jane drehte sich um und ging ins Wohnzimmer und dann in die Küche. Wie erwartet folgte Kai ihr und forderte: „Dies ist mein verdammtes Haus. Wenn du eine Tour möchtest, solltest du zuerst fragen."

„Oh, und wenn ich gefragt hätte, hättest du mit einem Lächeln eine mit mir gemacht? Ich bin zu müde, um mich zu streiten. Ich fand es leichter, mich selbst herumzuführen."

Seine Augen blitzten wieder, und dann legte Kai die Hand seines guten Arms an ihren unteren Rücken. Trotz seiner jüngsten Arschlochtour flammte die Hitze bei seiner Berührung auf.

Verflucht sei der Drachenmann.

Kai drückte sanft auf ihren Rücken. „Du musst schlafen. Ich zeige dir danach alles."

Sie sah zu ihm auf. Die Sorge in seinen Augen verwirrte sie. „Warum kümmert es dich, ob ich schlafe? Ich schätze, du willst, dass ich bei der Arbeit einschlafe, damit du dich davonschleichen kannst."

Kai runzelte die Stirn. „Das bin nicht ich, sondern mein Drache. Er mag es nicht, dass du müde aussiehst."

„Was soll das denn heißen?"

Er übte mehr Druck auf ihren unteren Rücken aus. „Ich dachte, du bist Journalistin. Du solltest wissen, wie unsere Drachen funktionieren."

„Klar, denn ihr redet ja auch so viel über eure inneren Drachen."

Einer von Kais Mundwinkeln zuckte nach oben.

„Glaub mir, die Stimme meines Drachen nicht zu hören, ist nur zum Besten."

„Das bezweifle ich irgendwie."

Kai beugte sich weiter zu ihr vor. „Wenn es nötig ist, dir etwas über meinen Drachen zu erzählen, um dich zum Einschlafen zu bringen, dann werde ich es tun. Aber erst, nachdem du ein Nickerchen gemacht hast."

Sie suchte in seinen Augen nach irgendeiner Art von Täuschung, aber es gab keine. „Gibt es so eine Art Drachenwandlerschwur, damit ich sicher bin, dass du dein Wort hältst?"

Kais Stimme war leise, als er antwortete: „Ich verspreche, ein wenig über meinen Drachen zu reden." Er lehnte sich ein paar Zentimeter näher. „Und wenn ich etwas verspreche, halte ich es immer."

In seinem Ton lag Wahrheit, aber sie brauchte etwas anderes von ihm. „Ich werde ein Nickerchen machen, wenn du außerdem versprichst zu bleiben, wo du bist. Ich möchte mir nicht Sorgen machen müssen, dass du dich wegschleichst. Bram hat mir einen Job gegeben, und ich habe vor, ihn richtig zu machen."

„Ich verspreche, dass ich mich nicht davonschleichen werde, während du schläfst."

Sie betrachtete sein Gesicht. „Du möchtest es nur nicht mit Ginny zu tun bekommen."

Kai grinste, und sie hielt den Atem an. Sein Lächeln erhellte sein ganzes Gesicht. „Da hast du mich erwischt."

Sie kämpfte gegen ein Lächeln und verlor. „Danke dafür. Jetzt habe ich etwas, das ich nutzen kann, um dich in Schach zu halten."

Er öffnete den Mund und schloss ihn sofort wieder. Sie fragte sich, was er hatte sagen wollen.

Trotzdem, so lustig es auch war, Kai Sutherland zu necken, es wurde schwierig, zu stehen und sich zu konzentrieren. Je eher sie sich ausruhte, desto besser.

Jane nickte zur Küchentür. „Bring mich in mein Zimmer." Als sie ihm ins Gesicht blickte, fügte sie hinzu: „Und weck mich in zwei Stunden. Ich muss deinen Verband überprüfen und die Wunde auf Infektionen untersuchen."

Kai drückte gegen ihren Rücken und führte sie aus der Küche. „Ich kann sogar noch was Besseres als es nur versprechen. Es gibt einen Wecker im Gästezimmer."

Jane musterte Kai. „Du wirst auch ein Nickerchen machen, nicht wahr?"

„Ich bin ja nicht blöd. Je mehr ich schlafe, desto schneller heile ich."

„Dann stell dich einfach darauf ein, dass ich dich wecken werde, um deine Wunde zu untersuchen. Selbst wenn ich einen Krug mit Eiswasser über dich kippen muss, werde ich es tun."

„Gehorsamst notiert. Und jetzt folge mir."

Kai stieg die Treppe hinauf, und es verlangte ihr einiges ab, ihre Beine dazu zu bringen, sie zu erklimmen. Einmal in ihrem Leben war sie versucht, einen Mann zu bitten, sie zu tragen.

Irgendwie widersetzte sie sich und erreichte die oberste Stufe. Kai ging nach rechts und hielt an der zweiten Tür. Er drehte den Knauf und deutete hinein.

Jane ging an ihm vorbei und betrat ein spärlich eingerichtetes Zimmer. Es gab ein Bett, einen Nachttisch, eine Uhr und einen Schrank. Der Anstrich war weiß, und an den Wänden mangelte es an Dekoration. Sie vermutete, dass Kai nicht viele Besucher oder Übernachtungsgäste hatte.

Sie drehte sich um, um ihn anzusehen. Sie zeigte mit einem Finger auf ihn und kniff die Augen zusammen. „Kein Abhauen, während ich schlafe."

Er legte eine Hand über sein Herz. „Würde mir nicht im Traum einfallen."

Als sie sah, wie Kai versuchte, sie zu besänftigen, lächelte Jane. „Mir gefällt, wie viel entspannter du in deinem eigenen Cottage bist."

Kais Gesicht verschloss sich, und er zeigte auf das Bett. „Geh einfach schlafen."

So viel dazu, Kais Sinn für Humor herauszulocken. Sie wollte glauben, er sei irgendwo in ihm.

Mit einem Seufzer bedeutete Jane ihm zu gehen. „Ich seh' dich dann gleich."

Überraschenderweise nickte Kai, drehte sich um und schloss die Tür hinter sich. Die Tatsache, dass er keinen Befehl und keine Forderung gestellt hatte, sagte ihr, dass auch er müde war, auch wenn er versuchte, es nicht zu zeigen.

Während sie mit dem Wecker herumfummelte, schob Jane die Gedanken beiseite, warum Kai sie in einem Moment fast neckte und im nächsten so kalt war. Es war beinahe so, als wollte der Drachenmann keine extremen Emotionen ausdrücken.

Es musste einen Grund dafür geben.

Dennoch war ihr Verstand verschwommen, und Jane wusste, dass das Nachdenken über die Möglichkeiten für Kais Verhalten warten musste.

Als der Wecker gestellt war, ließ Jane sich auf das Bett fallen. Etwa fünf Sekunden, nachdem ihr Kopf auf das Kissen gesunken war, schlief sie.

Kai lag auf seinem Bett, starrte an die Decke und versuchte, seinen Kopf so zu beruhigen, dass er einschlafen konnte.

Doch nach fast zwei Stunden war er noch hellwach. Sein Drache meldete sich zu Wort. *Das liegt daran, dass du die Minuten herunterzählst, bis Janes weiche Hände unsere Haut berühren.*

Nein. Nachdem sie meinen Verband gewechselt hat, bedeutet das, dass ich mehr Pillen bekomme, um die Schmerzen zu lindern und Infektionen zu verhindern.

Richtig. Red dir das nur weiter ein.

Das ständige Pochen in seinem Arm ließ ihn fast die Wahrheit zugeben. Obwohl es das Beste für seinen Clan und seine Karriere wäre, Jane wegzustoßen und sie zu vergessen, fiel es sowohl Mensch als auch Tier schwer.

Ihre Frage nach den Gittern an den Fenstern erinnerte ihn an das letzte Mal, als er versucht hatte, sich von einer Frau fernzuhalten.

Sein Drache schnaubte. *Das war anders. Die hier will uns.*

Du scheinst dir ziemlich sicher zu sein.

Du hast gesehen, wie enttäuscht sie war, als du wieder angefangen hast, dich wie ein Arsch aufzuführen. Du solltest ihr die Wahrheit über die Gitter sagen. Es ist an der Zeit, die Vergangenheit ruhen zu lassen.

Da ist aber jemand heute ein ganz schöner Psychologe.

Sein inneres Tier knurrte. *Ich versuche nur zu helfen.*

Richtig, nur damit unsere Chancen, Jane zu ficken, Realität werden.

Fick dich. Knurrend und ohne ein weiteres Wort tauchte der Drache in seinen Hinterkopf. Nur durch jahrelange Übung wusste Kai, dass er das Verhalten seines Drachen nicht als Wutanfall bezeichnen sollte.

Als Kai auf die Uhr sah, bemerkte er, dass Jane in ein paar Minuten aufstehen sollte. Da es Zeitverschwendung wäre, jetzt einzuschlafen, beschloss er, aufzustehen und etwas zu tun, wonach er sich jahrelang heimlich gesehnt hatte – eine hübsche Frau in seinem Cottage aufwachen zu sehen.

Es hatte mal eine Zeit gegeben, da hatte Kai nur neben seiner wahren Gefährtin und vielleicht einem Kind aufwachen wollen, aber Maggies Entscheidung hatte all das zunichtegemacht. Vor langer Zeit hatte er akzeptiert, dass er für den Rest seines Lebens allein sein würde; nur wenige Drachenwandlerinnen wollten einen Mann, der seine wahre Gefährtin gefunden hatte, sie aber nicht hatte haben können. Wenn der Mann nicht stark genug war, würde er vielleicht gehen, wenn eine wahre Gefährtin auftauchte, die ihn wollte.

Doch selbst wenn er seine Zukunft akzeptierte, konnte es seine einzige Chance sein, einen Blick darauf zu erhaschen, wie sein Leben hätte sein können, wenn er sah, wie Janes schlafendes Gesicht aufwachte.

Kai stand auf und ging lautlos aus seinem Zimmer und den Flur runter. Er wollte eine Erinnerung, auf die er für den Rest seines Lebens zurückgreifen konnte.

Als er Janes Tür erreichte, drehte er den Türknauf zentimeterweise, bis er klickte. Er schob sie auf.

Als die Öffnung breit genug war, senkte er den Blick auf Janes schlafende Gestalt.

Seine Menschenfrau schlief auf der Seite mit leicht geöffnetem Mund. Ihr Gesichtsausdruck war ruhig und entspannt, als hätte sie keine Sorge in der Welt. Obwohl er ihr Feuer und ihre Frechheit vorzog, erinnerte ihn Janes sanfter Ausdruck an die Tatsache, dass sie ein verletzlicher Mensch war.

In der Gasse in Newcastle hatte er schreckliche Angst gehabt, ihr könnte etwas zustoßen. Als der feindliche Mensch vor ihn gesprungen war, hatte der Schrecken Kais Herz erfasst. Eine verirrte

Kugel könnte Janes Leben für immer nehmen; sie würde ihn nie mehr necken oder ihn wegen seiner Scheiße zurechtweisen.

Und sie konnte nie die Storys erzählen, die sie erzählen wollte.

Obwohl er nicht wusste, warum ihm das wichtig war. Er hatte sie zweimal geküsst. Es war nicht so, als gehörte sie ihm auch nur ansatzweise.

Sein Tier kam in den Vordergrund seines Geistes zurück und knurrte. *Du weißt, warum es wichtig ist. Hör auf, so verdammt stur zu sein.*

Ich darf den Clan nicht im Stich lassen.

Hör auf, das als Ausrede zu benutzen. Sogar Bram spürt etwas zwischen uns und dem Menschen. Wenn er etwas dagegen hätte, hätte er Jane nie die Verantwortung für uns übertragen.

Sein Drache hatte da einen Punkt. Wenn Bram wollte, dass Jane verschwand, würde sie nicht in Kais Cottage schlafen. *Sie bleiben zu lassen, damit wir sie beschützen können, ist eine Sache. Dass wir sie vögeln oder mehr, eine ganz andere.*

Bram möchte nur, dass du glücklich bist. Hab keine Angst, es dir zu nehmen.

Kai lachte bitter in seinem Kopf. *Ich habe nicht die beste Erfolgsbilanz bei Frauen.*

Hör auf zu jammern. Du jagst alles andere, was du willst, warum nicht das?

Er starrte auf Janes rosa Lippen und dann die dunklen Wimpern auf ihrer Haut. Sie war schön, das stimmte, aber er wollte sie für viel mehr als nur für ihre Schönheit.

Sein Drachenton war selbstgefällig, als er sagte, *Du hast gerade zugegeben, dass du sie willst.*

Jane kuschelte sich in ihr Kissen, und Kais Herz erwärmte sich bei dem Anblick. Ein Teil von ihm wollte sie hierbehalten, damit er sie immer beschützen konnte. Die Drachenritter waren unberechenbar. Wenn Jane Stonefire verließ, würde sie sich umblicken müssen, solange die Ritter existierten.

Sein Drache meldete sich wieder zu Wort. *Hör auf, ein Wischi-waschi-Arschloch zu sein, und sie könnte bleiben.*

Und ihre Karriere aufgeben? Das bezweifle ich.

Sie ist clever. Ich wette, sie wird einen Kompromiss finden. Sie ist unsere zweite Chance. Schieb sie nicht fort. Versuch wenigstens, sie zu gewinnen.

Kai hielt kurz inne und antwortete dann, *Vielleicht sagt sie nein.*

Wir werden es nicht wissen, bis wir es versuchen, sagte sein Drache.

Kai war sich nicht sicher, ob es die ständigen pochenden Schmerzen in seinem Arm, die Medikamente oder die Schwäche des Augenblicks waren, aber er war es leid, gegen sein Tier zu kämpfen.

Vielleicht sollte er es mit Jane versuchen und sehen, was passierte. Das Schlimmste, was sie tun konnte, war schließlich wegzulaufen. Und wenn das passierte, könnte er sich wieder ausschließlich auf seine Arbeit konzentrieren.

Sein Tier brüllte vor Aufregung und antwortete

Ich werde dich nicht vergessen lassen, was du gerade gedacht hast.

Als Kai versuchte, sich noch Gedanken darüber zu machen, was er seinem Drachen sagen sollte, piepte der Wecker auf der anderen Seite des Zimmers. Jane drehte sich mit einem Stöhnen um und schaltete ihn aus.

In diesem Moment wollte Kai den Wecker aus der Haustür treten, weil er seinen Menschen geweckt hatte. Sie musste sich ausruhen.

Kai ignorierte das Lächeln seines Drachen und sagte: „Ich bin wach, also musst du mich nicht mit Wasser übergießen."

Jane drehte sich langsam um und rieb sich die Augen. „Warum stehst du in der Tür? Einem Gast beim Schlafen zuzusehen, ist etwas unheimlich."

Er wünschte wirklich, er hätte die Schultern zucken können. „Für mich war es eher ein Wachen, um dich zu beschützen."

Jane blinzelte und kniff dann die Augen zusammen. „Wenn du versuchst, mir Honig um den Bart zu schmieren, damit ich mir deine Wunde nicht ansehe, wird das nicht funktionieren."

Kai fand, Ehrlichkeit sei die beste Politik. „Du hattest recht vorhin, dass ich mich in ein Arschloch verwandelt habe. Ich wollte dich in der Gasse küssen, und das tue ich immer noch. Ich werde nie die Chance haben, wenn dir etwas zustößt."

Jane setzte sich auf und rieb sich die Augen mit den Armen. „Träume ich noch?"

Einer seiner Mundwinkel hob sich. „Nein."

„Was ist in den zwei Stunden passiert, während ich geschlafen hab'?"

„Mein Drache."

„Wieder nur Minimum. Erklärst du jemals etwas ausführlich? Du weißt schon, nur so zum Spaß?"

Da lächelte Kai. „Vielleicht."

Jane schüttelte den Kopf und setzte sich im Schneidersitz aufs Bett. „Lass uns noch einmal auf den Teil zurückkommen, als du mich immer noch küssen wolltest. Angenommen, du sagst die Wahrheit, woher weiß ich, dass du nicht fünf Minuten später wieder in den ,Arschloch-Modus' wechseln wirst? Ich verstehe ja, dass du es gewohnt bist, Befehle zu erteilen, aber ich werde mich nur begrenzt mit deinem Mist abfinden."

Sein Drache summte. *Sie ist fantastisch.*

Kai ging einen Schritt auf das Bett zu. „Gib mir Zeit, und ich werde es dir zeigen."

Jane verschränkte die Arme vor der Brust und schüttelte den Kopf. „Ich brauche mehr."

Er ging einen weiteren Schritt. „Ich habe Angst zu fragen, aber was würde dich davon überzeugen, dass es mir ernst ist?"

Jane musterte ihn eine Sekunde lang. „Ich möchte, dass du eine ehrliche und vollständige Antwort gibst, ohne das Thema zu wechseln."

„Immer die Reporterin."

Sie setzte sich ein wenig aufrechter hin. „Natürlich. Jetzt hör auf, es hinauszuzögern. Machst du's?"

Jane die Freiheit zu geben, ihn alles zu fragen,

war gefährlich. Sein Drache meldete sich. *Es könnte
unsere einzige Chance sein. Jane Informationen zu geben, ist
so, als ob man einer anderen Frau Blumen schenkt.*

Sein Drache hatte da einen Punkt. „Gut, was
möchtest du wissen?"

Jane sah ihm in die Augen. „Sag mir, wer
Maggie Jones ist und was zum Teufel sie dir angetan
hat?"

Kapitel Neun

Janes Herz pochte in ihrer Brust, während sie den Atem anhielt und wartete, bis Kai ihre Frage nach Maggie Jones beantwortete. Bis dahin würde sie sich keine Hoffnungen machen. Zu hören, dass der Drachenmann sie küssen wollte, hatte ihr ein Kribbeln durch den Körper geschickt, aber sie wollte kein Leben, in dem er mal nett war und in der nächsten Minute ein Arschloch. So schwer es auch wäre, wegzugehen, sie würde es tun, wenn Kai diesen Test nicht bestand.

Kai schwieg weiter, während seine Pupillen zu Schlitzen und wieder zurück blitzten. Sie wünschte wirklich, sie könnte hören, was Kais Drache gerade zu ihm sagte.

Nach einer vollen Minute füllte Kais leise Stimme den Raum. „Maggie Jones war meine wahre Gefährtin."

Jane stieß den Atem aus, den sie angehalten hatte. „War, heißt: Es gibt sie nicht mehr?"

Sein Kiefer verkrampfte sich eine Sekunde, bevor er antwortete: „Sie lebt noch. Sie hat sich jedoch für einen anderen entschieden."

„Warte mal, wie ist das möglich? Ich dachte, sobald ein Drachenwandler seinen wahren Gefährten gefunden hat, geraten sie in einen Rausch?"

Kai ging zum Rand ihres Bettes und setzte sich. Das erinnerte sie daran, dass erst vor ein paar Stunden auf ihren Drachenmann geschossen worden war und er nicht bei voller Kraft war.

Aber wenn Kai Schmerzen hatte oder müde war, konnte sie es nicht erkennen. Er war wirklich ein Meister der Selbstkontrolle in allen Bereichen.

Nun ja, es sei denn, es ging um sie.

Kais tiefe Stimme erfüllte erneut den Raum. „Während ein männlicher Drachenwandler oft seinen wahren Gefährten erkennt, wenn er ihn oder sie sieht, ist es in der Regel ihr erster Kuss, der den Rausch auslöst." Kais stechender blauer Blick bewegte sich nicht von ihrem. „Maggie hat mich sie nie küssen lassen."

Jane verkrallte sich in die Laken auf dem Bett. „Also, was hat sie dann getan? Dich geneckt und an der langen Leine zappeln lassen? Brauchtest du deshalb die Gitter an den Fenstern? Damit du ihr nicht nachstellst?"

„Woher weißt du, dass ich nicht derjenige war, der weglief?"

Sie hob die Brauen. „Das widerspricht allem, was ich über dich weiß."

„Das alles geschah vor elf Jahren, als ich einundzwanzig war. Junge Drachenwandler-Männer kämpfen in den frühen Zwanzigern mit dem Bedürfnis ihres Drachen nach Sex. In gewisser Weise hatte Maggie recht, vorsichtig zu sein."

„Selbst mit Hormonen, die durch deinen Körper toben, sehe ich nicht, dass du jemanden zwingen würdest. Hör auf zu zögern und erzähl mir den Rest deiner Geschichte."

Kai starrte sie an, aber Jane blickte nicht weg. Er sagte: „Das werde ich, wenn du still bleibst." Jane gestikulierte, und Kai fuhr fort: „Die Gitter kamen später, also lass uns etwas zurückgehen." Kai drehte sich ein wenig weiter zu ihr. „Ich traf Maggie, als ich meine Mutter besuchte, die beim walisischen Drachen-Clan Snowridge lebt."

Jane runzelte die Stirn, aber er musste ihr ihre Frage angesehen haben, denn Kai antwortete: „Ich wurde auf Stonefire großgezogen, aber meine Mutter zog nach dem Tod meines Vaters dorthin, nachdem sie ihren zweiten − und wahren − Gefährten getroffen hatte, und bekam später meine Halbschwester. Da ich sechzehn war, als sie ihren neuen Gefährten traf, beschloss ich, hier bei meinem Onkel zu bleiben. Ich habe sie jedoch ab und zu besucht."

Als Kai innehielt, speicherte Jane die Informationen über Kais Mutter für später und wartete geduldig. Ihrer Erfahrung nach, wenn man eine Geschichte an einem emotionalen Punkt unterbrach, zerstörte man manchmal den Zauber, und der andere erzählte nicht weiter.

Ihr Schweigen zahlte sich aus, als Kai wieder sprach. „Ein paar Jahre nach der Geburt meiner Schwester besuchte ich sie und bemerkte Maggie zum ersten Mal. Mit ihren kurzen dunklen Haaren und braunen Augen wusste mein Drache sofort, dass sie für uns bestimmt war.

Ich war noch dabei zu lernen, meinen Drachen zu kontrollieren. Damals hat mich mein Tier oft zu seinen Entscheidungen gezwungen. Als er also verlangte, sie zu verfolgen, habe ich nicht gegen ihn gekämpft.

Ich war damals einundzwanzig, aber Maggie war ein paar Jahre jünger als ich und unerfahren mit Männern. Während Drachenwandler beim Sex viel weniger prüde sind als Menschen, gibt es immer noch eine unangenehme Phase wie bei menschlichen Jugendlichen." Kai wandte den Blick ab und starrte zum Fenster hinaus. „Ich beschloss, ehrlich zu ihr zu sein, und sagte ihr, sie sei meine wahre Gefährtin. Zuerst rannte sie davon und ging mir aus dem Weg. Aber nach ein paar Tagen fing sie an, mich zu suchen. Wir machten lange Spaziergänge und flogen über die Berge. Es wurde schnell ein Spiel für mich und meinen Drachen, sie zum Lachen zu bringen.

Ich dachte, ich hätte Glück, so früh meine wahre Gefährtin gefunden zu haben." Er sah wieder zu Jane. „Wenn wir unseren wahren Gefährten überhaupt finden, ist es normalerweise etwas später."

Jane streckte die Hand aus, um Kais unverletzte Schulter zu berühren, zog sich dann aber zurück, um den Zauber nicht zu brechen. „Was ist dann passiert?"

Er lächelte sie bittersüß an. „Ich hatte meine Mutter beim Clan Snowridge nur besucht, weil ich für zwei Jahre in die britische Armee eintreten wollte. Ich wollte immer Beschützer werden wie mein Onkel. Aber ich brauchte die militärische Ausbildung und Erfahrung, bevor ich mich auch nur bewerben konnte.

Ich hatte darüber nachgedacht, es für Maggie aufzugeben, aber sie ermutigte mich zu gehen. Sie brauchte Zeit, um zu verdauen, was der Paarungsrausch bedeuten würde, und die zwei Jahre sollten uns beiden Zeit geben, ein wenig mehr erwachsen zu werden. Obwohl ich sie nicht verlassen wollte, dachte ich, sie zwei Jahre später zu haben, wäre besser, als sie überhaupt nicht zu haben.

Also bin ich gegangen. Die Armee passte zu mir. Ich hatte immer einen Ort, einen Zeitplan und eine Aufgabe. Ich habe bei meinem Training alle übertroffen und schließlich gelernt, meinen Drachen zu kontrollieren, damit ich in den härtesten Umgebungen kämpfen konnte, wie in Kampfzonen. Auch wenn es schwer war, von

Maggie getrennt zu sein, wusste ich, dass ich die richtige Wahl getroffen hatte. Zumindest dachte ich das, bis ich meinen Dienst beendet hatte und zum Clan Snowridge zurückgekehrt bin, um sie, meine Mutter und meine kleine Schwester zu besuchen."

Kai hielt inne, und Jane wartete mit angehaltenem Atem. Sie hatte das Gefühl, dass das, was als Nächstes geschehen war, den jungen Drachenmann, der lange Spaziergänge mochte und eine junge Frau zum Lachen brachte, in den stoischen Workaholic, der neben ihr saß, verwandelt hatte.

Mit einem Seufzer füllte Kais Stimme erneut den Raum. „Als ich gelandet bin, war meine Mutter da, um mich mit einem Blick zu begrüßen, der mir sagte, dass etwas nicht stimmte. Als ich meiner Mom endlich die Informationen entlockte, fand ich heraus, dass Maggie sich kurz vorher mit einem Buchhalter des Clans gepaart hatte, einem schüchternen Mann, der den Boden verehrte, auf dem sie ging. Zu sagen, dass ich verärgert war, würde es zu milde ausdrücken."

Jane runzelte die Stirn. Etwas fehlte in seiner Geschichte. „Warte mal. Wenn du mit Maggie in Kontakt geblieben bist, warum wusstest du dann nicht, dass etwas nicht stimmte?"

Kai zuckte mit seiner gesunden Schulter und verzog das Gesicht. „Später fand ich heraus, dass sie Angst gehabt hatte, ich würde zurückgerannt kommen, einen Kuss erzwingen, und dann würde sie unter dem Zauber des Paarungsrausches stehen.

Stattdessen hielt sie es für eine bessere Idee, so zu tun, als wäre alles in Ordnung. Vor allem, weil, wenn ich ihren Gefährten herausgefordert oder versucht hätte, ihn zu töten, um Maggie zu beanspruchen, das einen Krieg zwischen Stonefire und Snowridge hätte auslösen können. Und sie wusste, dass ich das nicht gewollt hätte, sonst würde ich meine Mutter oder Schwester nie wiedersehen."

„Unsinn. Ich kann mir nicht vorstellen, dass du jemals eine Frau zwingen würdest, nicht einmal in deiner Jugend."

Kai schüttelte den Kopf. „Das würde ich tatsächlich nie tun. Aber manchmal geht der Paarungsrausch schief, und Maggies Cousine hatte so einen erlitten. Anstatt über ihre Ängste zu reden, rannte Maggie vor ihnen weg.

Um ehrlich zu sein, habe ich das Gleiche mit meiner Wut getan. Ich kam zurück nach Stonefire und beschimpfte den früheren Clanführer Victor Holmes. Obwohl Victor anders war als Bram, war er ein guter Anführer. Er gab mir zwei Möglichkeiten: In Stonefire zu bleiben und meinen Drachen in den Griff zu bekommen, oder den Clan zu verlassen, bis ich es konnte."

„Nach den Gittern zu urteilen, schätze ich, dass du geblieben bist."

„Ja." Kai sah ihr in die Augen, und sie wünschte, sie könnte seinen Gesichtsausdruck lesen. „Obwohl ich manchmal denke, es wäre einfacher gewesen, wenn ich gegangen wäre."

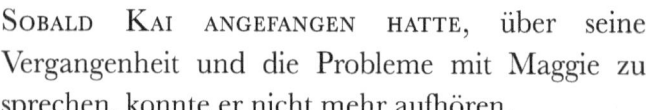

Sobald Kai angefangen hatte, über seine Vergangenheit und die Probleme mit Maggie zu sprechen, konnte er nicht mehr aufhören.

Nicht einmal Bram hatte so viel aus ihm rausbekommen können. Der alte Clanführer vor Bram hatte es natürlich gewusst, aber Kai wollte einen Neuanfang mit Bram. Während Bram die Grundzüge kannte und Kai in den schlimmsten drei Wochen seines Lebens ein paar Mal gesehen hatte, hatte sich der derzeitige Anführer von Stonefire nie wirklich mit diesem Thema beschäftigt. Manchmal fragte er sich, warum Bram ihm vertraute; es bestand immer eine kleine Chance, dass Kai einen Rückfall hätte und Maggie verfolgen könnte, wenn er sie wiedersehen würde.

Kai verdrängte die Gedanken an Bram und musterte Janes Gesicht. Jane auch nur einen kleinen Teil seiner Vergangenheit zu erzählen, brachte ihn dazu, sich leichter zu fühlen. Vor allem, da seine Menschenfrau ihn mit Neugier und nicht mit Mitleid ansah.

Sein Drache meldete sich zu Wort. *Jane will nur die Story. Noch ein Grund, warum sie perfekt für uns ist.*

Du himmelst sie wirklich an, nicht wahr, Kumpel?

Natürlich. Ich werde sie nie nackt sehen, wenn ich es nicht tue. Du bist zu stur und gehst nie dem nach, was du willst.

Janes Stimme schnitt in seine Gedanken. „Du

kannst nicht einfach da aufhören. Zwischen damals und heute muss etwas passiert sein, sonst hättest du nie zugegeben, mich küssen zu wollen."

Seine Augen zuckten zu Janes Mund, und er verweilte auf ihrer prallen Unterlippe. Trotz des Schmerzes und seiner Erschöpfung brannte er danach, sie wieder zu küssen.

Jane räusperte sich, und er begegnete ihrem blauen Blick. Er musste unwillkürlich lächeln, als er ihre schwache Errötung auf den Wangen sah.

„Beende die Geschichte, damit ich mir deine Wunde ansehen kann", befahl Jane.

Das Bild von Janes Händen an seiner Haut brachte Kai dazu, seine Position zu verändern. Sein Drache meldete sich. *Ich will ihre weichen Finger spüren. Beeil dich!*

Zu müde, um mit seinem Tier zu streiten, hob Kai eine Augenbraue in Janes Richtung. „Ja, Ma'am."

Ihr Lächeln wärmte sein Herz. „Freut mich, dass du endlich erkennst, dass ich für dich verantwortlich bin, bis es dir besser geht."

„Ich würde nicht sagen verantwortlich, aber wenn das bedeutet, dass ich dich dazu bringen kann, mich anzufassen, dann ist das ein kleiner Preis." Jane schüttelte kaum merklich den Kopf und lächelte, als er fortfuhr: „Gut. Obwohl, wenn du auf ein Happy End wartest, wird das nicht passieren."

Jane neigte den Kopf. „Ich möchte nur die Tatsachen."

Sein Drache schnurrte. *Sie ist perfekt.*

Kai erwiderte: „Nun, ich war jung, und mein Drache nahm es nicht gut auf. Er brüllte und kratzte sich aus jedem mentalen Gefängnis, das ich baute. Er wollte nur Maggie.

Ich verbrachte drei Wochen eingesperrt in diesem Cottage. Eine Wache war immer in der Nähe meines Hauses postiert, und der alte Clanführer hat jeden Tag nach mir gesehen. Bram hat auch nach mir gesehen, da er mit mir zur Schule gegangen und besorgt um mich war. Bram hat sich immer um den Clan gekümmert, sogar, bevor er Anführer war.

Wie auch immer, nach drei Wochen, nachdem ich wieder mehrere Stunden lang die Kontrolle über meinen Drachen behalten konnte, setzte sich Victor mit mir hin und erzählte mir von seinem Bruder, der die gleiche Erfahrung gemacht hatte, als seine wahre Gefährtin ihn ablehnte. Damals war es eines der menschlichen Opfer gewesen, die weglief und ihr Kind zurückließ. Du kennst das Kind übrigens. Es war Nikki. Das erste Kind eines menschlichen Opfers zu sein, war viel schwieriger, als man sich vorstellen kann.''

Jane nickte und wartete, bis er weitersprach. Er mochte es, dass sie ruhig bleiben konnte, wenn eine Situation es erforderte. Nicht, dass er ihre Schlagfertigkeit seines Menschen nicht liebte, aber es zeigte sie in einem neuen Licht – in einem, in dem er sich vorstellen konnte, wie sie ihm bei seinen Beschützerpflichten half.

Darauf hielt er inne. Er hatte den Menschen kaum geküsst. Es war etwas früh, um an eine Zukunft mit ihr zu denken.

Er schob diesen Gedanken beiseite und machte weiter mit seiner Geschichte. „Victors Bruder fand schließlich jemanden im Clan, den er lieben konnte, und ist mit ihr bis heute zusammen. Zu wissen, dass es möglich war, die Ablehnung eines wahren Gefährten zu überleben, war das fehlende Stück, das ich brauchte, um mein Leben in den Griff zu bekommen. Danach konzentrierte ich meine ganze Energie auf meine Arbeit. Kurz nachdem Bram den Clan übernommen hatte, wurde ich oberster Beschützer, und der Rest ist Geschichte."

Jane schwieg eine Minute lang. Sie näherte sich ihm und legte eine Hand an seine Wange. „Du bist weit mehr als eine muskelbepackte Kampfmaschine. Du bist innen und außen stark."

Sein Drache meldete sich. *Ich war geduldig, aber sie soll unsere Wunde heilen und uns berühren. Frag sie.*

Wir müssen uns ausruhen, also wenn du andeutest, dass sie unseren Schwanz berührt, wird das nicht passieren.

Sein Drache knurrte. *Ich bin doch nicht blöd. Wenn du nicht gesund wirst, werde ich vielleicht nie mehr in meine wahre Form wechseln können.*

Bei dir bin ich mir da nie sicher.

Mit einem Schnauben verblasste sein Tier in seinen Hinterkopf. Gut. Kai konnte sich auf Jane konzentrieren, ohne dass sein Drache nach einem Kuss oder mehr drängte.

Für den Bruchteil einer Sekunde fragte er sich,

was zum Teufel er da tat. Jane hatte große Pläne für ihre Zukunft, genau wie Kai für seinen Clan. Er sollte sie zuerst nach ihnen fragen und sicherstellen, dass sie wusste, was es bedeutete, sich mit ihm einzulassen. Aber als sie ihren Daumen über seine Wange streichelte, vertraute Kai darauf, dass sie wusste, was sie tat. Jane war clever. Sie würde nie etwas tun, ohne die Konsequenzen zu verstehen.

Na ja, fast alles. Es war dumm von ihr gewesen, allein in den Pub in Newcastle zu gehen, bewaffnet mit nichts als einer Dose mit illegalem Pfefferspray.

Er wollte nicht einmal wissen, wo sie das herhatte. Die Frau war zu stur und entschlossen für ihr eigenes Wohl.

Schade, dass er sie deshalb mochte.

Kai traf seine Entscheidung, hob die Hand seines unverletzten Arms und legte sie über Janes Hand. Sie begegnete seinem Blick, und er knurrte fast über das Verlangen in ihren Augen. „Du neckst mich absichtlich mit etwas, das nicht haben kann, oder?"

Sie beugte sich vor, und ihr Atem kitzelte seine Wange. „Nein, ich versuche, dich zu ermutigen, schneller zu heilen, damit du mich haben kannst."

Er blinzelte. „Einfach so?"

Jane lächelte. „Du hast mir von deiner Vergangenheit erzählt, obwohl es schmerzhaft war. Wenn du das kannst, dann denke ich, kannst du aufhören, mir gegenüber ein Arschloch zu sein. Ich habe so das Gefühl, du tust das, um die Menschen wegzustoßen, damit sie keine Fragen stellen." Sie sah ihm in die Augen. „Aber lass uns jetzt eines klarstellen: Ich bin nicht Maggie Jones. Ich werde dich nicht necken und dann in die Arme eines anderen Mannes laufen, vorausgesetzt, du treibst mich nicht weg. Und vor allem habe ich keine Angst vor dir oder deinem Drachen. Ich kann mit allem umgehen, was du mir entgegenwirfst."

Kai knurrte und bemerkte kaum den Schmerz in seiner Schulter, als Janes Geruch ihn umgab. „Du sagst besser die Wahrheit, Jane Hartley, denn sobald es mir wieder gut geht, wird mich nichts davon abhalten, dir die Scheiße aus dem Leib zu küssen, bevor ich dir alle Kleider herunterreiße."

Janes Schauer erfüllte Kais Körper mit Stolz. Sogar sein verdammter Drache war selbstgefällig. *Sie ist anders als die andere. Sie gehört uns.*

～

JANE LIEBTE das Gefühl von Kais späten Bartstoppeln unter ihrer Hand. In Kombination mit seinem Knurren und dem hungrigen Blick, hätte sie ihm fast vorgeschlagen, sich aufs Bett zu legen, während sie ihn ritt.

Hör auf, Hartley. Laut Dr. Sids Liste war Kai zumindest in den ersten vierundzwanzig Stunden keinerlei körperliche Anstrengung gestattet. Die Ärztin hatte auch „KEINEN SEX" mit drei Linien unterstrichen.

Trotzdem bedeutete das nicht, dass Jane Kai nicht ein wenig necken konnte. Sie hatte sich entschlossen, Kai eine Chance zu geben, und sobald Jane sich entschieden hatte, gab sie alle Zweifel auf und akzeptierte die Entscheidung.

Manchmal funktionierte es nicht. Aber wenn sie immer auf Nummer sicher ginge und nie ein Risiko eingehen würde, hätte sie sich nie freiwillig für die Drachenwandler gemeldet.

Und sie wäre nicht hier, mit einem heißen, sturen Drachenmann, dessen Blick allein sie zittern lassen konnte.

Sie stellte sich hinter ihn und strich über den Rand seiner Schlinge. „Nimm die ab, damit ich deine Wunde untersuchen kann."

„Ich habe hier kein Verbandsmaterial."

Sie strich über die Haut am Rand seiner Schulter und antwortete: „Ich habe einiges mitbekommen, wie du vielleicht noch weißt."

Kai blieb eine Sekunde still, bevor seine tiefe Stimme ihre Ohren streichelte. „Ich brauche deine Hilfe beim Abnehmen der Schlinge."

Jane biss sich auf die Lippe und sagte dann: „An einem Tag so viel um Hilfe zu bitten, muss schwer für dich sein."

Er drehte den Kopf, um ihr in die Augen zu sehen. „Solltest du nicht nett zu mir sein?"

Sie tippte sich ans Kinn. „Das stand nicht auf Sids Liste, also nein."

„Es wird mir helfen, schneller zu heilen."

„Ach so? Wie genau? Legen deine Drachenwandler-Super-Heilfähigkeiten den

Turbogang ein, wenn jemand etwas Nettes sagt oder tut?"

Kai grunzte. „Sei nicht albern."

Sie grinste und dachte, Kai hatte genug gelitten, also half sie, die Schlinge abzunehmen, und warf sie aufs Bett. Dann stellte sie sich vor ihn, zwischen seine Beine. Sie machte sich an die Arbeit und entfernte den Verband, während sie Kais Blick auf ihre Brüste spürte. Als sie hinsah, waren seine Augen genau auf einer Höhe mit ihren Brustwarzen.

Bei der Intensität seines Blicks verwandelten sich ihre Nippel in harte Punkte.

Er grinste, und Janes Stimme war trocken, als sie fragte: „Amüsierst du dich?"

Er grinste weiter. Das Funkeln in seinen blauen Augen ließ ihr Herz einen Schlag aussetzen. „Immens. Vielleicht ist es diesmal nicht so schlimm, gehandicapt zu sein."

„Macht mich das also besser als Ginny?"

„Zu früh, um das zu sagen."

Jane verdrehte die Augen und machte sich wieder daran, den Verband zu entfernen und seine Wunde freizulegen. Kais Haut hatte bereits begonnen, sich wieder zu schließen. „Drachenwandler heilen wirklich schnell."

„Ja. Gern geschehen."

„Was?"

„Ich merke, dass du mich willst. Wenn ich ein Mensch wäre, müsstest du eine Woche oder länger warten. Bei mir dauert es ein oder zwei Tage."

„Werd noch nicht überheblich. Ich muss nach einer Infektion suchen und dir eine Spritze geben."

„Dann beeil dich. Meine Schmerzmittel lassen nach."

Sie schüttelte den Kopf, bevor sie seine Wunde musterte. „Wenn du nicht auf meine Brustwarzen gestarrt hättest, wäre ich längst fertig." Sanft überprüfte sie die Nähte und testete die Temperatur seiner Haut. „Die gute Nachricht ist, dass deine Haut nicht übermäßig heiß oder geschwollen ist. Ich sehe auch keinen Eiter oder dass es nässt." Sie blickte zu Kai, nur um zu sehen, dass er wieder auf ihre Brüste starrte. „Kai Sutherland, kannst du damit aufhören?"

„Hmm?"

Sie murmelte „Männer", bevor sie zurücktrat und sich zur Kommode drehte.

Jane versuchte, nicht daran zu denken, wie sie Kais Hitze vermisste oder von seinem maskulinen Duft umgeben zu sein, als sie sich das Verbandsmaterial holte. Den wunderbaren Mann ein oder zwei Tage nicht anzufassen, wäre verdammt schwierig, jetzt, wo sie wusste, dass sie ihn haben konnte.

Sie schob ihre lustvollen Gedanken beiseite, den Drachenmann auszuziehen und zu sehen, wie seine Kontrolle zerbrach, reinigte Kais Wunde mit Antiseptikum, ersetzte seinen Verband und nahm die Fertigspritze heraus. Sie entfernte den Stopfen an der Nadel, klopfte an die Seite und drückte den Kolben einen Bruchteil, um sicherzustellen, dass sich keine Luft in der Nadel befand, bevor sie Kai erneut anblickte. „Du musst aufstehen und deine Boxershorts runterziehen, damit ich dir eine Spritze in den Hintern geben kann."

Nachdem sie drei Schritte zurückgegangen war, stand Kai auf. „Ich habe nur einen guten Arm." Sein Blick erhitzte sich. „Wirst du mir helfen?"

„Ich glaube, du machst das absichtlich. Du hast deine Hose vorhin ganz offensichtlich selbst ausgezogen."

„Und ich hätte mir fast die Nähte aufgerissen." Er legte die Hand seines guten Arms über sein Herz. „Ich versuche doch nur, ein guter Patient zu sein."

Jane schnaubte und hielt die Spritze hin. „Nimm die." Das tat er, und sie trat näher. „Und sei dir dessen bewusst, dass du dir das selbst zuzuschreiben hast."

KAI SAH JANE ZU, wie sie mit ihrer Hand an seiner Seite hinunterlief und einen Finger in den Saum seiner Boxershorts steckte. Die leichte Berührung brandmarkte seine Haut, und er fragte sich, wie es sich anfühlen würde, wenn ihre langen Finger seinen Schwanz packen würden.

Sein Drache knurrte. *Du willst mich necken. Hör auf.*

Du wolltest doch die Weichheit ihrer Haut spüren.

Ja, aber jetzt ist sie in der Nähe unseres Schwanzes, und es tut weh, sie nicht anzufassen.

In dem Punkt musste Kai zustimmen. Sein Schwanz war heiß und schwer, drückte gegen seine Boxershorts. Er war sich auch ziemlich sicher, dass Jane wusste, dass er erregt war.

Nicht, dass es ihm peinlich gewesen wäre. Menschen versuchten, ihre Wünsche und Sexualität zu verbergen. Kai war ein Drachenwandler. Er hatte vielleicht nicht viel Erfahrung damit, Frauen den Hof zu machen, aber er wollte Jane und würde alles tun, um sie zu haben.

Sicher, seine Verletzung hinderte ihn daran, seine Frau aufs Bett zu werfen und sie dazu zu bringen, seinen Namen zu schreien, während sie kam, aber er würde das so schnell wie möglich korrigieren.

Jane zog den Saum seiner Shorts hinunter. Ihre weiche Haut an seiner Hüfte ließ seinen Schwanz härter werden.

Sein Drache grunzte. *Heil so schnell wie möglich.*

Jane streckte eine Hand aus und sah ihm in die Augen. Sie wusste genau, wie sich ihre Berührung auf ihn auswirkte, und sie genoss es. „Spritze."

Er wartete einen Herzschlag lang, um Janes Geruch von Vanille und Frau in Erinnerung zu behalten, bevor er ihr die Spritze gab. „Mach schnell."

Sie hob eine Braue. „Hat da jemand Angst vor Nadeln?"

„Sei nicht albern."

Sie grinste und sah zurück auf den freiliegenden oberen Teil seines Pos. „Gut." Sie pikste ihn, stieß ihm die Medizin in den Körper und entfernte die Nadel. Dann tätschelte sie sein Hinterteil. „Braver Junge."

Er runzelte die Stirn. „Ich bin kein Junge."

Jane wandte den Blick von seinen Augen zu seinem Schwanz, der gegen seine Boxershorts drückte und wieder zurück. „Denke ich auch."

Sein Drache meldete sich zu Wort. *Wir müssen uns überlegen, wie wir sie am besten necken können, wenn es uns wieder gut geht. Wir haben noch etwas Zeit, darüber nachzudenken.*

Ja, und das werden die längsten Stunden unseres Lebens sein.

Schön, dass du nicht leugnest, sie zu wollen.

Sie weiß von Maggie und hat nicht mit der Wimper gezuckt. Ich will Zeit, um auch ihre Geheimnisse zu erfahren. Ich weiß, dass sie verdammt nochmal welche hat.

Dann sorg dafür, dass sie nicht verschreckt wird. Sie gehört uns.

Jane griff um ihn herum zu ihrer Tasche mit der Medizin. „Hier sind deine Schmerztabletten in Drachenwandlerstärke. Nimm sie, und dann leg dich schlafen."

Er nahm die Tabletten und schluckte. „Ich hab' auch Hunger."

„Dann hoffe ich, du hast etwas Einfaches da, denn ich nicht gerade eine gute Köchin."

Das Bild von Jane in seiner Küche, wie sie ihren jüngsten Versuch, Frühstück zuzubereiten, verbrannte, brachte ihn zum Lächeln. „Ich kann kochen, aber ich bin zu müde, um es zu tun. Sid wusste das wahrscheinlich. Sieh mal in der Medizintasche nach. Normalerweise packt sie mir Proteinriegel ein."

Jane wühlte darin herum, bis sie zwei sorgfältig verpackte Proteinriegel herausholte. Sie schnupperte an ihnen und schüttelte den Kopf. „Sie sind nicht vergiftet, wenn es das ist, worüber du dir Sorgen machst."

„Sei nicht albern. Ich versuche herauszufinden, ob sie menschenfreundlich sind. Das Letzte, was ich brauche, ist, etwas zu essen, das eine Milliarde Kalorien hat."

„Eine Milliarde, was? Du weißt offensichtlich nichts über den Drachenwandler-Stoffwechsel."

Jane starrte finster. „Habe ich auch nie behauptet." Sie schüttelte ihre Hand mit den Riegeln. „Wenn du einen willst, sag mir, ob ich auch einen essen kann. Ich komme um vor Hunger."

Sein Drache knurrte. *Unsere Frau sollte nie hungrig sein. Füttere sie.*

Ich mag es, sie zuerst zu necken.

Nicht dieses Mal. Je früher wir schlafen, desto schneller heilen wir.

Richtig, und dann kannst du Jane nackt haben.

Genau.

Kai schüttelte mental den Kopf über sein Tier und konzentrierte sich wieder auf Jane. „Sie entsprechen einer menschlichen Mahlzeit. Kann ich jetzt einen haben?"

Seine Frage löste Janes Stirnrunzeln. „Deine Höflichkeit beunruhigt mich."

Er knurrte: „Du wolltest nicht, dass ich ein Arschloch bin, also versuche ich es. Entscheide dich, Janey."

Niemand hatte sie Janey genannt, seit sie ein Kind war. Aber aus welchem Grund auch immer, sie mochte es, wenn Kai es sagte.

Mit einem Lächeln gab sie ihm einen der Proteinriegel. „Gut. Ich wollte nur sichergehen."

Er murmelte „verdammte Frau", bevor er die Verpackung abriss und einen Bissen nahm.

Jane machte das Gleiche und verzog das Gesicht. „Welche Geschmacksrichtung ist das denn?"

„Roastbeef."

Er wartete, bis Jane noch einen Bissen nahm, bevor er das Gleiche tat. Während sie schweigend aßen, war Kai so entspannt, wie er sich seit über einem Jahrzehnt nicht mehr gefühlt hatte. So lange hatte er nicht erwartet, einen ruhigen, banalen Moment mit einer Frau zu teilen.

Er wollte nicht, dass es endete.

Kai hatte Angst, dass, wenn er Jane aus den Augen lassen würde, die Leichtigkeit und Verspieltheit verschwinden würden. Er wusste, dass es beschissen war, aber nach dem, was passiert war, als er das letzte Mal eine Frau im Visier hatte, befürchtete er, auch Jane würde weglaufen.

Nachdem er mit seinem Proteinriegel fertig war, warf Kai die Verpackung beiseite und legte eine

Hand an Janes Wange. Als sie sich in seine Berührung lehnte, summten sowohl Mensch als auch Tier zufrieden. Er murmelte: „Du bist gefüttert, aber du siehst immer noch erschöpft aus. Wie wäre es, wenn du dich mit mir hinlegtest?"

„Ich bin mir nicht sicher, dass das eine gute Idee ist."

Kai war niemand, der die Wahrheit auf Zehenspitzen umging. „Weil du das nicht willst?"

„Nein, weil es zu sehr verlockend sein könnte."

„Für wen? Dich oder mich?"

Sie zögerte nicht. „Uns beide."

Ihre Antwort streichelte sein Ego. „Nur zum Schlafen. Der Klang deiner Stimme hat mir monatelang geholfen, mich zu entspannen. Deine Wärme und dein Duft sollten noch besser sein."

Sie sah ihm in die Augen. „Was meinst du damit, meine Stimme hat dir geholfen, dich zu entspannen? Wir haben vor gestern kaum miteinander gesprochen."

Sein Drache knurrte. *Sag ihr die Wahrheit.*

Kai rieb seinen Daumen gegen ihre Wange und dachte sich: was zum Teufel. Sie kannte sein größtes Geheimnis bereits. „Ich habe mir all deine Nachrichtenberichte angehört. Und die meisten mehr als einmal."

Ihre Augenbrauen zogen sich zusammen. „Aber warum? Du hast immer so getan, als ob du mich hasst."

„Es war kein Hass. Ich habe versucht, Distanz zu wahren. Du bist mir gleich am ersten Tag ins

Auge gefallen, als du deine Interviews geführt hast. Du bist die erste Frau, die ich seit sehr langer Zeit will."

„Wie lange genau?", fragte sie.

„Jahre. Aber selbst die Frauen, mit denen ich in der Vergangenheit geschlafen habe, waren nichts im Vergleich dazu, wie sehr ich dich jetzt will."

„Und wie sehr ist das?"

Kai senkte seine Stimme. „So sehr, dass ich versucht bin, dich jetzt zu nehmen, auch wenn es bedeutet, dass ich mich nie wieder in einen Drachen verwandeln kann."

Janes Ausdruck wurde weicher. „Es steckt so viel mehr in dir, als man auf den ersten Blick sieht."

Bevor er darüber nachdenken konnte, zwinkerte Kai. „Und du hast kaum an der Oberfläche gekratzt."

Jane lachte und erwiderte: „Ich bin sicher, dass ich bald viel kratzen werde."

Er bewegte seine Hand und tätschelte ihren Po. „Schäker." Er drückte besitzergreifend ihre Pobacke und fragte: „Also, wirst du mit mir schlafen?"

Sie hielt seinen Blick für ein paar Sekunden und schüttelte dann einen Finger in seine Richtung. „Keine Dummheiten! Wenn du versuchst, mich zu begrapschen oder Schlimmeres, schmeiße ich dich aus meinem Bett."

„Dein Bett, was? Meins ist größer."

„Größer ist nicht unbedingt besser."

Einer seiner Mundwinkel hob sich. „Du wirst bald ein anderes Lied singen."

Als ihr Atem stockte, strömte Wärme durch seinen Körper. Nach all den Jahren hatte er vielleicht endlich eine Frau, die er wollte, und die ihn auch für mehr als nur einen schnellen Fick wollte.

Kai drehte sie zum Bett, ließ widerwillig Janes weichen Po los und zog die Bettdecke herunter. „Nach dir."

„Nein, ich schlafe auf dieser Seite, also gehst du zuerst."

Er starrte sie an. „Das ist meine Seite des Bettes."

Sie hob eine Braue. „Wenn du in mein Bett willst, dann schläfst du auf der anderen Seite."

Mit einem übertriebenen Seufzer ging er auf die andere Seite des Bettes und legte sich vorsichtig hin. „Diesmal gewinnst du, aber der Krieg hat gerade erst begonnen."

Jane kuschelte sich neben ihn und legte ihren Kopf auf seine gute Schulter. Kai fragte sich, ob sie diese Seite des Bettes absichtlich gewählt hatte, damit sie so neben ihm liegen konnte.

Ihre Stimme klang an seiner Haut erstickt. „Ich bin nachsichtig mit dir, weil du verletzt bist. Sobald es dir gut geht, werde ich dich nicht mehr mit Samthandschuhen anfassen."

Lächelnd drehte Kai den Kopf und atmete Janes Geruch ein. „Wir werden sehen, ob ein Mensch gegen einen Mann und seinen Drachen gewinnen kann."

„Das hättest du nicht sagen sollen,

Drachenmann, das hättest du nicht sagen sollen",
murmelte Jane.

Als er die Erschöpfung in der Stimme seiner
Frau hörte, lehnte Kai sich gegen Jane und wartete,
bis ihre Atmung ruhiger wurde. Zufrieden, dass
seine Frau schlief, driftete Kai in einen entspannten
Schlaf. Einen, wie er ihn seit Jahren nicht gehabt
hatte.

Kapitel Zehn

A ls Jane langsam aus dem Vergessen erwachte, kuschelte sie sich in die feste Wärme an ihrer Seite. Nach ein paar Sekunden rieb eine große, warme Hand ihren Rücken auf und ab, und Jane öffnete die Augen, um Kais breite Brust vor sich zu sehen.

Sie hatte fast erwartet, aus einem Traum aufzuwachen, aber als sie Kai in die Augen sah, lächelte er, und das Grollen seiner Stimme unter ihren Handflächen sagte ihr, dass sie wach war. „Guten Morgen, Janey."

Sie runzelte die Stirn. „Morgen?" Sie sprang auf und schlug ihm sanft auf die Brust. „Ich sollte schon vor Stunden nach deiner Wunde sehen und dir mehr Schmerzmittel geben. Warum hast du mich nicht geweckt?"

„Mir geht es gut und du brauchtest deinen Schlaf." Jane verdrehte die Augen und versuchte, sich vom Bett zu bewegen, aber Kai hielt sie an der Taille fest. „Du machst dir zu viele Sorgen."

Jane seufzte. „Himmel, warum sollte ich mir Sorgen machen? Wenn sich deine Wunde infiziert und der Stonefire-Clan seinen obersten Beschützer verliert, wird das alles meinetwegen so sein. Ich bin mir sicher, darüber muss man sich keine Sorgen machen."

Der verdammte Drachenmann lächelte, und Jane wollte ihn schlagen. Das Funkeln in seinen Augen brachte jedoch ihr Herz ein wenig zum Schmelzen, als er antwortete: „Du bist morgens etwas temperamentvoll und sarkastisch. Das gefällt mir."

„Nur, weil ich dich jetzt nicht schlagen kann, weil du verletzt bist. Glaub mir, ohne meinen Morgentee willst du dich nicht mit mir anlegen."

Kais Blick fiel auf ihre Brüste, und die Hitze breitete sich über ihren Körper aus. „Ich bin mir sicher, dass ich einen Weg finde, wie du deine Tasse Tee vergessen kannst."

„Kai, hör auf."

Grinsend sah er zurück in ihr Gesicht. Trotz der Schwierigkeiten, die er ihr bereitete, erwärmte der Anblick des steinharten Beschützers, der sie anlächelte, Janes Herz. Kai hatte jahrelang gelitten, während er sein Bestes tat, um seinen Clan zu beschützen.

Er hatte ein Stück Glück verdient.

Vielleicht, wenn er sie nicht vorher in den

Wahnsinn trieb, könnte sie versuchen, es ihm zu geben.

Im Moment musste Jane jedoch sicherstellen, dass Kai okay war. Vor allem, da Rafe bald eintreffen würde und ihr Drachenmann seine Kraft bräuchte, um mit ihrem älteren Bruder fertig zu werden.

Ihren Alpha-Bruder und ihren Alpha-Drachenmann im selben Raum zu haben, wäre, gelinde gesagt, interessant.

Aber sie war etwas voreilig. Sie setzte ein möglichst strenges Gesicht auf und wackelte mit dem Finger. „Ich möchte aufstehen. Je eher ich deine Verletzung untersucht habe und die Checkliste durchgegangen bin, desto schneller können wir uns fertigmachen und zu Bram gehen."

„Beinhaltet das Fertigmachen, dass ich dir unter der Dusche helfe?"

Das Bild, wie Kai ihren Körper langsam mit einem nassen Tuch streichelte, kam ihr in den Sinn. Er würde wahrscheinlich an ihren Brüsten verharren, ihrem Bauch, und dann schließlich zwischen ihre Schenkel greifen.

Jane änderte ihre Position, in der Hoffnung, dass ihr Drachenmann ihre Erregung nicht riechen könnte.

Als seine Pupillen zu Schlitzen und zurück blitzten, wusste sie, dass die Hoffnung vergeblich war.

Kais Stimme war rau, als er sagte: „Ich kann

mich benehmen, wenn es das ist, worüber du dir Sorgen machst."

„Auch wenn man die Tatsache beiseitelässt, dass du vierundzwanzig Stunden nach der Operation noch nicht duschen solltest, bleibt keine Zeit für eine lange Dusche." Sie sah vielsagend auf seine Hand hinab. „Ich möchte aufstehen."

Sie schwor, sie sah Enttäuschung in Kais Augen, als er den Griff an ihrer Taille lockerte. Bevor er sich vollständig zurückzog, nahm Jane seine Hand und sah Kai direkt in die Augen. „Ich werde dich nicht ewig hinhalten, Kai Sutherland, aber ich werde Sid oder Bram nicht enttäuschen, indem ich deinen Zustand verschlimmere. Und du weißt, Sex würde das machen."

„Wie wäre es dann, wenn ich einfach hier liege und du mir einen Kuss gibst?"

Sie hob eine Braue. „Du gibst nicht auf, oder?"

Er festigte seine Hand um ihre. „Du weißt bereits, dass ich stur bin, und wenn ich mich zu etwas entscheide, ziehe ich es durch. Ich habe das vielleicht als junger Drachenmann nicht getan, aber jetzt schon. Ich will dich, Jane. Küss mich."

Die Aufrichtigkeit und der Hunger in seiner Stimme schossen direkt in ihr Herz. „Nur einen kurzen und keine Tricks, oder ich stoße dir aus Versehen den Arm an."

„Dann beeil dich, Janey. Dein Kuss wird mir helfen, schneller zu heilen."

Sie verdrehte die Augen und lehnte sich nach

unten. „Sid hat nichts von Küssen erwähnt, die dir helfen zu heilen."

„Es darf auch nicht irgendein Kuss sein, Mensch. Nur deiner."

Jane schmolz bei seinen Worten und bewegte sich, bis sie nur noch einen Hauch von Kais Lippen entfernt war. „Du kannst ja richtig charmant sein, wenn du es versuchst."

Er öffnete den Mund, um zu antworten, aber Jane brachte ihn mit einem Kuss zum Schweigen.

KAIS DRACHE SUMMTE, als Janes Gesicht sich zu seinem senkte. *Lass sie wissen, dass wir sie wollen.*

Gib mir eine verdammte Chance.

Sobald Janes Lippen seine berührten, hob Kai seine gute Hand und schob sie in ihr Haar. Jane verschwendete keine Zeit und schob die Zunge zwischen seine Lippen in seinen Mund.

Er stand ihr in nichts nach und strich weiter seine Finger durch ihr Haar. Als sie stöhnte, schoss das Geräusch direkt in seinen Schwanz.

Kai hatte während einer Trainingsübung acht Stunden lang ohne Pause Fliegen und zwei Tage lang ohne Essen überlebt. Aber seinen Menschen nicht auf der Stelle zu nehmen, war bei Weitem das Schwerste, was er je getan hatte.

Außer vielleicht, Maggies Gefährten nicht zu töten, als er von ihm erfuhr.

Nein. Er wollte an niemanden als den Menschen

vor sich denken. Kai konzentrierte sich auf Janes Geschmack, die Hitze ihrer Zunge und ihren Duft, der ihn sie mehr, viel mehr begehren ließ.

Zu früh schon zog Jane sich zurück. Sie lächelte, und der Unfug in ihren Augen ließ seinen Magen kribbeln. Das Leben wäre nie langweilig mit Jane Hartley.

Er musste nur dafür sorgen, dass sie blieb.

Jane murmelte: „Ich habe dich geküsst, also erwarte ich, dass du deinen Arsch hochbekommst und keinen Aufstand machst."

„Ich mache nie einen Aufstand."

Sie schmunzelte. „Sid hatte recht, dass Alpha-Drachenmänner sich bei Krankheit oder Verletzung in große Babys verwandeln."

Kai zog sanft an Janes Haar. „Denk daran, dass, wenn Sid mir grünes Licht gibt, eine Menge Rache auf dich zukommt."

„Ach, ist das so?" Jane setzte sich auf, und er ließ ihre Haare los. „Ich sollte wahrscheinlich etwas Cleveres sagen, aber ich freue mich zu sehr darauf."

Kais Drache meldete sich zu Wort. *Wir sollten besser noch heute für geheilt erklärt werden.*

Und wenn nicht?

Dann werden wir kreative Wege finden, Sids Regeln zu umgehen.

Ausnahmsweise, Drache, mag ich deine Art zu denken.

Jane schnippte mit den Fingern und deutete nach oben. „Hör auf zu trödeln. Heute gibt es eine Menge zu tun." Er öffnete den Mund, um zu fragen, was das sei, doch Jane kam ihm zuvor. „Je früher du kooperierst, desto schneller können wir mit Bram sprechen.”

Sie stand vom Bett auf und holte ihre medizinische Ausrüstung, als Kai sich aufsetzte. Jede Bewegung verursachte einen Schmerz, der ihm in den Arm und über die Schulter schoss, aber er bereute es nicht, Jane ruhen gelassen zu haben. Seine Menschenfrau an seiner Seite zusammengerollt zu wissen, hatte Kai den besten Schlaf seit Jahren beschert. Wenn er das jede Nacht haben könnte, mit Jane neben sich, wäre er ein glücklicher Drachenmann.

Sein Tier meldete sich zu Wort. *Sorg nur dafür, dass sie bleibt.*

Ich werde es versuchen, aber ich bin nicht sicher, ob ich Jane zu irgendetwas zwingen kann.

Sobald sie nackt ist, wird sich das ändern.

Jane reichte ihm seine Schmerzmittel. Nachdem er die Pillen geschluckt hatte, stellte sie sich vor ihn und entfernte seinen Verband. Als ihre weichen Finger seine Haut streiften, starrte er auf ihre Brüste. Die Versuchung, sich nach vorn zu lehnen und eine ihrer harten Brustwarzen durch ihr Hemd zu saugen, war stark. Er wettete, dass, wenn er knabberte, Jane stöhnen und ihre Finger durch sein Haar schieben würde.

Da es zu früh sein konnte, an ihren Brustwarzen zu saugen, hob Kai einen Finger und strich vorsichtig über den gespannten Gipfel. Jane sog den Atem ein und stieß ihn dann wieder aus. Als sie „Kai” murmelte, sah er in ihre Augen auf.

Er hörte nicht auf, ihre Brustwarzen zu streicheln, und beobachtete, wie Janes Pupillen sich erweiterten. Er erwartete halb, dass sie ihn beschimpfen würde, aber sie legte eine Hand auf seine gute Schulter und lehnte sich in seine Berührung.

Das nahm er als Ermutigung und schob seine Hand über ihren Bauch bis zum Bund ihrer Hose. Er verfolgte ihre Haut unter dem Taillenbund und flüsterte: „Knöpfe sie auf.”

Der Duft von Janes Erregung wurde stärker, und sein Drache brüllte. *Reiß sie runter. Sie will uns. Wir lassen sie auf unseren Fingern kommen.*

Kai wartete, um zu sehen, was seine Menschenfrau tun würde. Nach einigen Sekunden antwortete sie: „Wir sollten das nicht.”

Er hob eine Braue. „Steht irgendwo in deiner Liste mit Anweisungen, dass ich dich nicht berühren darf?” Er rieb seine Hand unter ihr Oberteil und wieder zurück. „Wir werden uns danach beide besser konzentrieren.”

„Ich schon. Aber ich kann mir nicht vorstellen, dass ein Treffen mit einem Ständer dir helfen kann.”

Kai grinste. „Oh, deinen süßen Honig von meinen Fingern zu probieren reicht fürs Erste. Nicht einmal ich werde Sids Zorn riskieren, indem ich ihren Befehlen nicht folge.” Er schob seine Hand höher und umfasste ihre Brust durch den BH. Er drückte sanft und ein kleines Stöhnen entkam Janes Mund. „Ich will dich kommen lassen,

Janey. Das wird meinen Drachen glücklich machen."

Einer ihrer Mundwinkel hob sich. „Und lass mich raten: Ein glücklicher Drache bedeutet, dass du schneller heilst?"

„Aber natürlich."

Jane lachte, und der Klang erwärmte Mensch und Tier. Sein Drache knurrte: *Reiß ihr die Hose runter. Ich will spüren, wie heiß und feucht sie für uns ist.*

Erst, wenn sie Ja sagt.

Sein Tier ging auf und ab, aber kämpfte nicht gegen ihn. Tief im Innern wusste sogar sein Drache, wie wichtig dieser Moment war. Keiner von ihnen würde es erzwingen.

Jane strich über das gezackte Flammentattoo auf seinem linken Arm, und das Flüstern ihrer Berührung ließ seinen Schwanz pulsieren. Als seine Menschenfrau sprach, war ihre Stimme rau. „Wenn dir eine glaubwürdige Ausrede für Bram einfällt, warum wir so spät zu ihm kommen, dann mach schnell."

„Was soll ich machen, mein kleiner Mensch?"

„Ich bin über eins achtzig groß. Ich bin nicht gerade klein."

Er massierte ihre Brust, und Jane biss sich auf die Lippe. „Okay, mein ziemlich großer Mensch, sag mir, was du willst."

Ihre Augen wurden noch hitziger. „Ich möchte, dass du mich mit deinen Fingern fickst."

Sein Drache brüllte. *Tu es. Jetzt.*

Kai zog seine Hand zurück. „Zieh deine Hose und die Unterwäsche aus."

Sie wandte ihre blauen Augen nicht von seinen, knöpfte die Hose auf und ließ sie langsam über ihre Beine gleiten. Als sie sie beiseitetrat, steckte sie die Daumen in das Bündchen ihrer Unterwäsche, und Kai sah zu, wie sie sie langsam hinunterschob, um dunkle Haare zwischen ihren langen, formschönen Beinen zu enthüllen.

Meine.

Kai wusste nicht, ob er oder sein Drache das gesagt hatte, aber es war ihm egal.

Er sah Jane in die Augen und befahl „Komm her!"

JANES HERZ POCHTE in ihrer Brust. Ein Teil von ihr wusste, dass sie das nicht tun sollte, aber Kai hatte recht. Nichts auf Sids Liste sagte, dass er sie nicht anfassen dürfe. Finger und Hand zu bewegen, würde mit Sicherheit nicht als intensive körperliche Aktivität gelten.

Und um ehrlich zu sein, sie könnte eine Erlösung gebrauchen. Sie brauchte einen klaren Kopf, um Bram und Rafe gegenüberzutreten.

Kais tiefe Stimme befahl „Komm her", und ausnahmsweise hatte sie keine Lust, ihn herauszufordern.

Jeder Schritt, den sie auf ihren Drachenmann

zuging, mit seinen blitzenden Pupillen und seinem erhitzten Aussehen, machte sie nur feuchter. Sie hätte nie gedacht, dass sie wegen ihrer Karriere mit einem Drachenwandler zusammen sein würde. Aber da ihr Ruf bereits geschädigt war und Jane eigene Pläne hatte, wollte sie ihren Drachenmann mehr als alles, was sie sich schon lange gewünscht hatte.

Und nicht nur, weil sie als Team gut zusammenarbeiteten, was für den Erfolg ihrer Pläne nützlich wäre. Kai war der einzige Mann, der ihr Herz rasen und ihre Brüste mit nur einem Blick kribbeln lassen konnte. Mit etwas mehr Zeit konnte sie vielleicht sogar den Rest seines Humors herauslocken. Sie liebte es, wenn er lachte.

Sie erreichte Kai, legte eine Hand an seine Wange und streichelte seine Haut. „Mach was draus, Drachenmann. Wenn du mich nicht kommen lassen kannst, dann muss ich vielleicht die ganze Sache mit dem Aufenthalt bei dir überdenken."

Kai knurrte und legte eine besitzergreifende Hand auf ihren Po. „Du bleibst bei mir."

Sie senkte ihre Augenlider auf halbmast und flüsterte: „Dann überzeuge mich, dass ich es tun sollte."

Statt Worten bewegte Kai seine Hand von ihrem Po auf ihre Hüfte und schließlich auf ihren Unterleib. Als er seinen Daumen einen Zentimeter über ihre Klitoris strich, bewegte Jane ihre Hand von seinem Gesicht auf seine gute Schulter. Sie grub ihre Nägel hinein und verlangte: „Hör auf, mich zu necken."

Er hielt seinen Daumen still. „Ich habe dir doch gesagt, dass die Rache kommen wird."

Sie öffnete den Mund, aber er schob einen Finger zwischen ihre Falten, und seine Berührung schickte einen Hitzeschub durch ihren Körper. Ihre Pussy pulsierte bei jedem Fingerschlag. Ohne nachzudenken, spreizte sie die Beine, um ihm einen besseren Zugang zu ermöglichen.

Kai schmunzelte. „Wer ist denn da so ungeduldig?"

Sie knurrte. „Wir haben einen Termin—"

Er stieß seinen Finger in sie, und sie vergaß, was sie sagen wollte.

Kai zog sich zurück und stieß wieder zu. Als er in gleichmäßigem Tempo weitermachte, wurde es für sie schwieriger zu stehen. Ohne ihren Griff an seiner Schulter wäre sie umgefallen.

Ihr Drachenmann hörte plötzlich auf, sich zu bewegen, und sie grub ihre Nägel hinein. „Hör nicht auf."

Sein Blick lag auf ihren Brüsten, die vor seinem Gesicht waren. „Ich möchte zuerst deine hübschen Brustwarzen probieren. Gib mir eine."

Als er seine Lippen leckte, wurden ihre Brüste schwerer. In jeder anderen Situation hätte sie ihm gesagt, er solle sie nicht herumkommandieren. Aber in dem Moment wollte sie nichts mehr, als seinen feuchten Mund um ihr empfindliches Fleisch zu spüren.

Mit ihrer freien Hand zog Jane ihr Oberteil unters Kinn und hielt es, während sie ihren BH über ihre Brüste zog. Im nächsten Atemzug saugte Kai einen Nippel tief in seinen Mund und drehte die Knospe mit seiner Zunge. Sie stöhnte, und Kai bewegte seine Finger wieder in ihre Pussy. Er knabberte an ihrem Nippel und fickte sie mit dem Finger, und ihr Körper wollte mehr, also begann Jane, sich mit Kai zu bewegen.

Die Vibrationen von Kais Knurren um ihre Brustwarze schossen direkt zwischen ihre Beine. In der nächsten Sekunde ließ Kai ihren Nippel mit einem Plopp frei. Seine Pupillen waren Schlitze, als er bellte: „Küss mich. Jetzt."

Jane küsste ihn ohne Zögern und schob ihre Finger durch sein Haar. Sein Geschmack brachte sie dazu, mehr tun zu wollen, als dazustehen und sich von seinen Fingern ficken zu lassen. Sie wollte spüren, wie sein langer, harter Schwanz in ihr war.

Aber als sich ihr Drachenmann wieder in ihr bewegte und einen zweiten Finger hinzufügte, stöhnte Jane. Der Mann hatte ihren G-Punkt gefunden.

Kai verlangsamte seine Bewegungen, klopfte an ihre Klitoris, und ihre Knie gaben fast nach. Sie liebte die Reibung seiner rauen Haut gegen ihr Nervenbündel. Doch jeder Zug verwandelte ihre Knochen um einen Bruchteil mehr in Gelee.

Als er anfing, ihren Knoten in langsamen Kreisen zu reiben, flüsterte sie: „Bitte, Kai. Ich bin nah dran."

Er hielt seinen Daumen still, und Jane schrie. „Was machst du denn?"

Anstatt mit Worten zu reagieren, spreizte Kai ihre Beine weiter, und Jane hatte keine andere Wahl, als mit offenen Beinen auf seinen Schenkeln zu sitzen.

Kai unterbrach den Kuss und starrte ihr in die Augen. „Sieh nicht weg. Ich will dich kommen sehen."

Als der Puls zwischen ihren Beinen zunahm, nickte Jane nur.

Kais Augen blitzten wieder, und er knurrte, bevor er „gut" sagte.

Er hörte auf, ihre Pussy mit den Fingern zu ficken und konzentrierte sich mit dem Daumen auf ihre Klitoris.

Jane grub ihre Nägel in seine gute Schulter, und Kais kreisförmige Bewegungen wurden schneller und rauer.

Irgendwie wusste der Mann bereits, wie sie es mochte.

Dann kniff er ihre Klitoris, und Jane schloss die Augen, als sie alle zusammenhängenden Gedanken verlor. Wenn er sie noch einmal kneifen würde, würde sie endlich ihre Erlösung haben.

Kai hielt inne. „Sieh mich an."

Kurz davor zu wimmern, tat Jane, was er sagte. In der Sekunde, in der ihre Augen seinen begegneten, drückte er zu und verdrehte ihren sensiblen Knoten.

Jane schrie auf, als Flecken vor ihren Augen tanzten und Freude durch ihren Körper strömte. Jeder Krampf erschwerte es ihr, die Augen offenzuhalten, aber sie wollte nicht, dass Kai aufhörte, ihre Klitoris zu reiben. Die Kombination aus Orgasmus und Berührung war Freude, bis hin zu fast Schmerzen.

Als der letzte Krampf ihren Körper umklammerte, lächelte Kai, nahm seine Finger fort und leckte sie langsam ab.

Trotz ihres gerade erst zurückliegenden Orgasmus ließ der Anblick Janes Pussy in Erwartung wieder pulsieren.

Nach gut zwanzig Sekunden und ohne den Augenkontakt zu brechen, nahm Kai seine Finger heraus und leckte sich die Lippen. Zusammen mit dem echten Hunger in seinen Augen wollte Jane verzweifelt seine Zunge und seinen Mund zwischen ihren Beinen spüren.

Kai beugte sich vor und küsste sie. Er nahm sich Zeit, ihren Mund zu erforschen und an ihren Lippen zu knabbern. Jedes langsame Streicheln ließ sie nach mehr als seiner Zunge hungern.

Als er sich schließlich zurückzog, flüsterte er: „Du bleibst bei mir."

Sie neigte den Kopf und tippte sich ans Kinn. „Ich weiß nicht. Ich brauche vielleicht noch ein oder zwei Orgasmen, um überzeugt zu werden."

Mit seiner guten Hand an ihrem Rücken drückte er sie gegen sich, bis sie seinen harten Schwanz zwischen ihren Beinen spürte. „Wenn Sid mich heute freigibt, dann werde ich dich ficken, bis du nicht mehr geradeaus laufen kannst. Du gehörst mir."

Sie verschränkte die Hände hinter seinem Nacken. Sie tanzte mit den Fingern gegen seine kurzen Haare, bewegte ihre Hüften und rieb sich an dem Schwanz ihres Drachenmanns.

Kai zischte. „Du bringst mich noch um, Janey."

Jane lächelte. „Wenn du heute grünes Licht bekommst, dann habe ich auch ein paar Tricks. Ich könnte dich erschöpfen, bevor du mich hart genug ficken kannst, um deine Drohung wahrzumachen."

„Mach nur, Mensch. Damit werde ich gewinnen."

„Wir werden sehen, Drachenmann, wir werden sehen." So gern sie auch den ganzen Tag auf Kais Schoß bleiben wollte, die Vernunft kehrte allmählich in ihr Gehirn zurück. Bram fragte sich wahrscheinlich, wo sie waren.

Jane versuchte aufzustehen, aber Kai hielt sie nur noch fester. Sie runzelte die Stirn. „Wir sind bereits spät dran. Wir können Bram nicht ewig warten lassen."

„Bram wird es verstehen."

Sie hob eine Braue. „Der andere heute fällige Besucher wird es nicht tun. Vertrau mir."

Er zog Kreise auf ihrem Rücken und murmelte: „Es ist mir egal, ob es der verdammte Premierminister ist. Sie können alle warten."

Seine Worte waren süß, und sie lehnte sich fast nach unten, um ihn zu küssen. Aber der Gedanke, ihrem älteren Bruder zu erklären, dass sie sich verspätet hatte, weil sie mit Kai rumgemacht hatte, gab ihr die Kraft zu widerstehen. Sie schüttelte den

Kopf. „Nein. Lass mich aufstehen, damit ich mich frisch machen kann und wir gehen können. Dein Clan braucht dich, Kai. Das Treffen mit Bram ist wichtig."

Er sah kurz in ihre Augen, bevor seine Hand sie losließ. „Wenn du das sagst, dann vertraue ich dir."

Sie wusste, dass seine Worte eine wichtige Veränderung in ihrer Beziehung signalisierten, aber sie schob sie beiseite. Sie würde sich später um alles kümmern, nachdem sie sich mit ihrem Bruder befasst hatte.

Rafe nach Stonefire zu bekommen, war schon schwer genug gewesen; es dauerte fast eine Stunde, ihn vom Kommen zu überzeugen. Sie konnte sich nicht vorstellen, was nötig war, damit er zustimmte, den Drachenwandlern zu helfen.

Es gab nur eine Möglichkeit, das herauszufinden. Sie musste Kai und sich selbst zu Brams Cottage bringen.

Im Stehen brauchte Jane eine Sekunde, um ihr Gleichgewicht zu finden. Als sie endlich stehen konnte, tanzte Belustigung in Kais Augen, und er grinste.

Sie legte eine Hand an ihre Hüfte. „Sieh nicht so selbstgefällig drein. Ich halte mich nur wegen deiner verdammten Schulter zurück."

„Sag das ruhig, Janey. Ich werde dich das nächste Mal betteln lassen, und du wirst meine Verletzung nicht als Entschuldigung benutzen können."

Sie starrte ihn finster an, und Kai lachte, als er aufstand.

Der Meinung, Kai könnte etwas Rache brauchen, fixierte sie seinen Schwanz, der sich gegen seine Boxershorts spannte. Sein Lachen starb sofort, und Kais Stimme unterbrach ihre Visionen, wie sie seine harte Länge in die Hände nahm. „Hör auf, Jane. Jetzt quälst du mich nur."

Sie grinste und sah ihm in die Augen. „Dann versuch, dich nicht wieder anschießen zu lassen."

„Dann sei du nicht wieder so dumm, Drachenjäger allein jagen zu wollen."

„Das werden wir sehen." Jane deutete auf die Tür. „Jetzt zieh dich an. Ich sehe dich dann in fünf Minuten unten."

Kai schloss den Raum zwischen ihnen und gab ihr einen sanften Kuss auf die Lippen. „Ich werde vor dir fertig sein."

„Die Wette gilt, Drachenmann."

Kai zwinkerte. „Ich denke, wir sollten anfangen, Punkte zu sammeln. Wenn ich 20 Punkte vor dir bin, kann ich dich an mein Bett fesseln und mit dir machen, was ich will."

Die Hitze breitete sich über ihren Körper aus, als sie sich Kai vorstellte, wie er ihren Körper streichelte und sie mit seiner Zunge und seinem Schwanz immer wieder kommen ließ.

Sie räusperte sich und antwortete: „Bis ich entscheide, was ich bekomme, wenn ich zwanzig Punkte Vorsprung habe, ist der Deal noch nicht gesetzt."

Er schmiegte sich an ihre Wange. „Dann überleg dir schnell etwas, Jane, denn ich möchte meinen Preis verdienen."

Sie drückte gegen seine Brust und deutete wieder zur Tür. „Mach dich fertig. Wir können später über meinen Preis reden. Betrachte es als Anreiz."

„Klar, damit ich das ganze Meeting damit verbringen kann, darüber nachzudenken, was du mit mir machen willst."

Sie schubste ihn ein wenig. „Geh."

Mit einem Grinsen ging Kai.

Das Zimmer war leer ohne ihren Drachenmann. Auch wenn sie den ganzen Tag mit ihm verbringen wollte, musste sie ihren Mist in Tyneside in Ordnung bringen. Das bedeutete, ihren Bruder um Hilfe zu bitten. Ohne die Hilfe von Menschen wie Rafe müsste Stonefire, wer weiß, wie viele Monate noch auf der Suche nach den Jägern verbringen.

Jane richtete ihr Oberteil und ging ins Badezimmer. Trotz der Ungewissheit über die Zukunft und das bevorstehende Treffen mit ihrem Bruder konnte Jane nicht aufhören zu lächeln, während sie sich frisch machte.

Kapitel Elf

Nikki stand im Sicherheitsraum an einem der Seiteneingänge von Stonefire und versuchte, nicht zu zappeln. Bram hatte es ihr übertragen, Rafe Hartley zu treffen und den Menschen unentdeckt in eines der abgelegenen, verlassenen Cottages auf Stonefire-Land zu bringen.

Sie hatte natürlich keine Wahl und hatte Ja gesagt. Schließlich war es fast vier Jahre her, dass sie das letzte Mal mit dem Menschen gesprochen hatte.

Schon, sie hatte sich über seine Leistungen auf dem Laufenden gehalten und ihn im Laufe der Jahre einige Male gesehen, während sie in Afghanistan gedient hatte. Aber es war nicht ganz das Gleiche.

Ihr Drache meldete sich zu Wort: *Es mag vier Jahre her sein, aber ich denke immer noch, du solltest ihn küssen.*

Warum? Er war attraktiv, ja, aber Drachenwandlerinnen

konnten nur selten einen wahren Partner erkennen, bis sie einen Mann küssten. Ich verstehe deine Beharrlichkeit nicht.

Ihr Tier schnaubte. *Ich bin nur neugierig, das ist alles. Keiner der anderen menschlichen Soldaten ist dir je ins Auge gefallen.*

Wir dürfen keine Menschen küssen, Drache. Das weißt du, oder wir könnten im Gefängnis enden. Wie sollen wir dann unseren Clan beschützen?

Finde einen Weg. Die Männer hier sehen uns nur als das erste Kind eines Opfers oder als Freundin. Ein menschlicher Mann wird sich nicht darum kümmern, dass wir das Kind eines Opfers sind, vor allem, wenn wir es ihm nicht sagen.

Nikki seufzte innerlich über ihr Tier. *Wenn es doch nur so einfach wäre.*

Ihr Gespräch wurde von Sebastian unterbrochen, der Wache, die das Seiteneingangstor für den Morgen besetzte. „Nikki, er ist hier."

Nikki blickte auf den Monitor, der den Live-Feed der einzigen eingehenden Straße zum Hintereingang übertrug. Ein dunkles Auto fuhr auf sie zu, in derselben Farbe wie Rafe am Abend zuvor berichtet hatte. Nikki hielt ihre Augen auf den Bildschirm gerichtet, während sie befahl: „Warte, bis er aus dem Auto steigt, bevor ihr die Tarnbarriere entfernt."

Die Stimme von Seb war trocken, als er antwortete: „Du bist nur ein paar Monate älter als ich, Nikola Gray. Die Formalität erscheint mir ein wenig übertrieben."

Sie hob eine Augenbraue und begegnete Sebs fast schwarzen Augen. „Ich bin immer noch älter,

Sebastian Randall. Willst du wirklich, dass ein Mensch auf unsere mangelnde Kontrolle oder Ordnung hinweist?"

„Schön. Aber wenn du mir befiehlst, Runden zu fliegen, um den Menschenmann zu beeindrucken, dann sage ich dir, dass du mich mal kannst."

„Was soll das denn heißen?", verlangte Nikki zu wissen.

„Wir haben gemeinsam in Afghanistan gedient. Wann immer Hartley in der Nähe war, hast du dich versteckt. Ich glaube, du hast auf ihn gestanden."

Vielleicht war Nikki nicht so geschmeidig oder verschwiegen gewesen, wie sie damals gedacht hatte.

Trotzdem war sie mehrere Jahre älter, mit mehr Erfahrung. Während sie ihr Gesicht in die ausdruckslose Maske brachte, die sie von Kai gelernt hatte, zuckte sie mit den Schultern. „Gestanden heißt: in der Vergangenheit. Jetzt ist er ein Fremder, der unser Land betreten will. Unsere Aufgabe ist es, dafür zu sorgen, dass er keine Bedrohung darstellt."

Seb wedelte mit einer Hand. „Na gut." Er hielt absichtlich inne und fügte hinzu: „Ms. Gray."

Nikki verdrehte die Augen und sah dann zu, wie das Auto zum Stillstand kam. Rafe Hartley stieg aus dem Wagen und untersuchte die Bäume vor sich.

Das Video war von schlechter Qualität, aber die robusten Eigenschaften seines Gesichts, seine dunklen Haare und seine breiten Schultern hatten sich nicht verändert. Sein Anblick allein ließ den

Drachen in ihrem Kopf brüllen. *Während er hier ist, küss ihn! Ich will mich nicht mehr fragen müssen, was, wenn, vor allem, weil du auf unserem Land keine Männer küssen wirst.*

Wir sind jung. Wir haben Zeit.

Das benutzt du als Ausrede. Junge Drachen brauchen Sex und Küsse. Finde mir welche.

Schhh. Wir müssen den Clan beschützen.

Grummelnd zog sich ihr Drache in Nikkis Kopf zurück. Die Sicherheit des Clans war eines der wenigen Dinge, die ihr Tier beruhigen konnten.

Rafe verschränkte die Arme vor der Brust und sah auf. Nach ein paar Sekunden starrte er direkt in die Kamera und blinzelte nicht.

Cleverer Mensch.

Nach dem Angriff auf Lochguards Rückseite letzten Monat hatte Kai die Mauer aus Baum- und Sträucherattrappen installiert. Aber ein ausgebildeter Soldat konnte immer noch erkennen, dass etwas nicht stimmte. Nikki hoffte nur, die Drachenritter und Drachenjäger waren nicht so schlau.

Sie sah Seb an. „Lass ihn rein."

Seb hielt glücklicherweise den Mund und tat, was sie verlangte.

Nikki ging zur Tür, griff den Knauf und atmete tief durch. Sie könnte Rafe gegenübertreten und professionell sein. Sie durfte Kai und Bram nicht im Stich lassen.

Ihr Drache knurrte, und Nikki sagte schnell: *Ich*

werde jemand anderen finden, sobald diese Mission beendet ist. Wirst du dich jetzt benehmen?

Ihr Tier zog sich in ihren Verstand zurück, und Nikki nahm das als ein Ja.

Sie drehte den Knauf, öffnete die Tür und ging zu den Gittern, die sie und Rafe trennten. Nikki sah auf, um seinem grünäugigen Blick zu begegnen, und nutzte jedes bisschen Training, um ihr Gesicht neutral zu halten. Sie hatte keine Zeit, die sexy Ebenen seines Gesichts zu bemerken. Oder dass sein dunkles, welliges Haar etwas länger als normal war und über seine Stirn fiel, sodass seine hellgrünen Augen hervorstachen.

Im Hinterkopf lachte ihr Drache. *Wem machst du was vor?*

Sie ignorierte ihr Tier und nickte Rafe zu. Obwohl sie genau wusste, wer er war, war es am besten, so zu tun, als träfen sie sich zum ersten Mal. Sie stellte die Geheimfrage. „Wer war Mr. Tiggles?"

„Die lächerliche Katze meiner Schwester." Sie hob eine Augenbraue, und Rafe zuckte mit den Schultern. „Ich bin mir sicher, dass Sie schon Bilder von mir haben. Ich tue meiner Schwester einen Gefallen, indem ich hier bin. Also entweder öffnen Sie jetzt, oder ich mache einen richtigen Urlaub."

Nikki wollte nicht zulassen, dass er die Situation in die Hand nahm. „Wer war Mr. Tiggles?"

Rafe starrte sie an, und sie erwiderte den Blick. Schließlich knurrte der Menschenmann und antwortete: „Janes geliebte Tigerkatze."

„Richtig. War das jetzt so schwer?"

Rafe sah sie finster an. Gut. Sie dachte nicht, dass er sie erkannte. Das würde die Arbeit mit ihm erleichtern.

Sie gab ihren Code ein, und das Tor öffnete sich. Sie deutete mit ihrem Kopf. „Folgen Sie mir."

Als sie sich umdrehte und losging, hörte sie Rafe murmeln: „Jane schuldet mir was dafür", bevor er folgte.

Er holte Nikki ein und fragte: „Apropos meine Schwester, wo ist sie? Sie muss mir immer noch sagen, was so verdammt wichtig ist, dass ich im Oktober nach Norden musste."

Sie sah zu Rafe auf. „Das erfahren Sie schon früh genug."

Rafe musterte sie eine Sekunde lang, und Nikkis Herzfrequenz erhöhte sich. *Bitte lass nicht zu, dass er mich erkennt, sonst überlebe ich das nicht.*

Dann wandte der Mensch den Blick von ihrem Gesicht und beschleunigte sein Tempo. Mit einem Stirnrunzeln holte Nikki ihn ein. „Wenn Sie wollen, dass wir uns beeilen, könnten Sie einfach fragen."

„Warum? So geht es schneller."

Rafe joggte halb, und Nikki knurrte. Sie wollte keine Spielchen mit ihm spielen.

Nikki blieb abrupt stehen und wartete. Ein paar Sekunden später drehte sich Rafe um und joggte zurück. Er hob seine Augenbrauen und sie ihre im Gegenzug. Rafe schüttelte den Kopf, kehrte dorthin zurück, wo sie stand, und brachte durch zusammengebissene Zähne heraus: „Warum bleiben wir verdammt noch mal stehen? Ich bin ungeduldig, herauszufinden, was zum Teufel hier los ist."

Ihr Drache meldete sich zu Wort. *Er ist anders als früher. Er ist selbstbewusst und geradlinig. Mir gefällt das. Er ist wie ein Drachenwandler.*

Nein, nein, nein, nein. Das Letzte, was ich will, ist ein Alpha-Mann, der mich anknurrt und Befehle bellt.

Wenn du meinst.

Ihr Tier lachte und war dann still.

Verdammt fantastisch.

Nikki antwortete Rafe: „Nur eine Handvoll meines Clans weiß, dass Sie hier sind. Nur zu, laufen Sie los, und sehen Sie, was passiert, wenn sie Sie finden. Soweit sie wissen, sind Sie ein Drachenjäger."

„Ich komme schon mit ihnen klar."

Sie hob eine Braue. „Klar, wenn sie sich also in Drachen verwandeln und Sie von zwei Krallen baumeln lassen, ziehen Sie ein paar besondere Moves ab, um sie zu besiegen?"

Rafe blieb stehen und blickte auf sie hinab. „Vielleicht."

Sie schüttelte den Kopf. „Das ist hier nicht die Armee, Mr. Hartley. Sie sind auf Drachenwandler-Land."

Er verschränkte die Arme vor der Brust. „Und was bitte schön soll das heißen?"

„Es bedeutet, dass wir alles tun, um die Unseren zu schützen. Legen Sie sich mit meinem Clan an, und Sie werden die Konsequenzen tragen."

Rafes stechender grüner Blick erinnerte Nikki

an einen ihrer befehlshabenden Offiziere, aber sie widersetzte sich, sich zu winden. Bram und Kai brauchten sie stark. Sie konnte es tun.

Schließlich nickte Rafe. „Das kann ich respektieren. Nun, Miss ...?"

„Nennen Sie mich Nikki."

„Gut, Ms. Nikki. Wie wäre es, wenn wir uns beeilen? Was immer Ihr Clanführer von mir will, ist wichtig. Je länger Sie versuchen, mich zu kontrollieren, desto mehr Zeit nehmen Sie Ihrem Clan."

Er hatte recht, der verdammte Mensch, aber sie hatte nicht vor, es zuzugeben. „Dann folgen Sie mir, und gehen Sie nicht weg."

Als Nikki weiterlief, hörte sie Rafe ihr folgen.

Die Bewegung gab ihr Zeit zu verdauen, was passiert war. Scheinbar erkannte Rafe sie nicht. Sie sollte begeistert sein, aber ein kleiner Teil von ihr war enttäuscht.

Trotzdem musste sie ihre jugendlichen Fantasien über Rafe Hartley vergessen und sich darauf konzentrieren, ihren Clan zu beschützen. Sie musste sich noch als wertvolle Beschützerin beweisen. Kai zu helfen war ein Schritt in die richtige Richtung, aber die Drachenjäger aufzuspüren und sie zu erledigen, würde den anderen Clan-Mitgliedern auf jeden Fall Respekt beibringen.

Zumindest hoffte sie das. Die Älteren wären am schwersten zu überzeugen, dass sie mehr als nur der Anfang war, ihren Clan wieder zu bevölkern.

Nikki erhöhte ihr Tempo und tat so, als wäre

ihre Vergangenheit mit Rafe nie passiert. Wenn ihre Mission vorbei war, besuchte sie vielleicht einen der anderen Clans, um den sexuellen Appetit ihres Drachen zu lindern. Lochguard war jetzt freundlich.

Ja, sie würde einen netten schottischen Drachenmann finden und mit ihm schlafen. Menschen waren zu kompliziert und zerbrechlich. Und das brauchte sie in ihrem Leben definitiv nicht.

JANE SICHERTE Kais Schlinge und klopfte auf seine Brust. „Selbst wenn ich diese Runde gewinne, war das nicht so schlimm, oder?"

Kai kratzte sich an der Brust. „Feiere dieses Mal den Sieg, denn es wird nicht wieder vorkommen."

Sie verdrehte die Augen. „Du bist so ein schlechter Verlierer."

Sie entfernte sich von Kai und holte die geliehene Jacke vom Bett. Irgendwann würde sie einen Weg finden, wieder ihre eigenen Kleider zu haben.

Kai grunzte, und sie lächelte. „Es muss dir besser gehen, wenn du wieder grunzen kannst."

Er grunzte noch einmal, und Jane lachte. Die Stimme ihres Drachenmanns füllte den Raum. „Ich mag dein Lachen. Du solltest es öfter tun."

„Du versuchst nur, das Thema zu wechseln, Mr. Sutherland."

„Nein. Mir gefällt, wie deine Augen funkeln und deine Wangen rosa werden."

Sie widersetzte sich, ihre Wangen zu bedecken. „Es ist merkwürdig, wenn du nett zu mir bist."

„Ich dachte, du wolltest nicht, dass ich in einer Minute nett und in der nächsten ein Arschloch bin."

Jetzt entschied sie sich, das Thema zu wechseln. „Anstatt über diesen Punkt zu streiten, gehen wir."

„Du willst nur nicht zugeben, dass du Unrecht hast."

„Sagt der sture, oberste Beschützer."

Kai kam zu ihr und legte eine Hand an ihren unteren Rücken. „Das hier ist noch nicht vorbei, aber lass uns gehen. Ich möchte hören, was Bram zu sagen hat. Es sei denn, du hast deine Meinung geändert und willst mir alles erzählen?"

Sie hob eine Augenbraue und zeigte auf ihr Gesicht. „Sieht es so aus, als würde ich es dir sagen? Das hier ist mein ernstes Gesicht." Sie übertrieb ihr Stirnrunzeln und den leicht finsteren Blick.

Er bewegte seine Hand an ihre Seite, drückte ihre Pobacke, und Jane quietschte. „Sehe ich nicht."

„Wow, ich habe wirklich den unverbesserlichen Charmeur hervorgelockt, oder?"

„Kein Kommentar, Ms. Journalistin. Gehen wir."

Kai drückte sanft gegen ihren Po, und sie ging los.

Der Drachenmann unterbrach jedoch nicht den Kontakt. Sie hatte nie gedacht, dass sie die Art Frau wäre, die einen besitzergreifenden Mann wollte, aber sie fing an, es zu mögen. Egal, welche Fehler Kai hatte – und es gab wahrscheinlich noch viele, von denen sie nichts wusste –, er hatte kein Problem damit, sein Interesse und seine Absicht zu zeigen.

Dazu kam noch das Gefühl von Normalität, dass sie vorhin zusammen aufgewacht waren, und Jane war ehrlich genug zu sich selbst, um zuzugeben, dass sie mehr davon wollte. Die Frage war nur, ob sie es haben konnte. Wenn Rafe Stonefire nicht helfen wollte, würden die Drachenwandler ihn vielleicht nicht wieder in ihrem Land willkommen heißen. Wenn sie bliebe, und sie begann allmählich, sich für die Idee zu erwärmen, würde sie ihren Bruder vermissen.

Kais Stimme unterbrach ihre Gedanken. „Du bist nur still, wenn du nachdenkst. Sag mir, was dir durch den Kopf geht."

Jane blinzelte, als sie merkte, dass sie schon draußen waren. Sie hatte nicht aufgepasst.

Da sie ihm nicht die ganze Wahrheit sagen konnte, blieb sie so nah wie möglich dran. „Mein Bruder. Ich habe mich gefragt, wie er sich hier machen würde."

Er runzelte die Stirn. „Niemand darf Stonefire betreten, bis ich eine Hintergrundüberprüfung durchgeführt habe."

Sie schaffte es zu lächeln. „Ist das so? Und was passiert, wenn der knallharte Beschützer angeschossen wird? Werden sich alle einfach an den

Toren anstellen und warten, bis du die Gelegenheit hattest, sie alle zu überprüfen?"

„Sei nicht albern. Wenn Bram es nicht kann, werden ihre Besuche verschoben." Er hielt inne und fügte dann hinzu: „Dein erster Besuch wurde fast verschoben, aber ich habe im Vorfeld dann doch genug über dich in Erfahrung bringen können. Nur gut, sonst hätte Mel mich einen Kopf kürzer gemacht."

„Ach so? Und welche Geheimnisse hast du aufgedeckt? Ich wette, du hast nichts über mein geheimes Leben als Schatzjäger gefunden."

„Schatzjäger, was? Dann musst du ein lausiger sein, denn niemand hat das je erwähnt. Nicht einmal im Internet, und man findet dort alles."

Sie versuchte, beleidigt auszusehen, aber dann lachte sie. „Gut, ich bin kein Schatzjäger. Aber ich bin mir sicher, dass du nicht alles über mich erfahren hast."

„Nein, aber du schuldest mir ein Geheimnis, sobald wir mit Bram fertig sind."

„Und warum bitte schön schulde ich dir was?"

Er lehnte sich an ihr Ohr und flüsterte: „Es wird mir helfen, mir dich nicht mehr nackt und der Gnade meiner Finger, meiner Zunge und meines Schwanzes ausgesetzt vorzustellen."

Janes Herz setzte einen Schlag aus. Sie flüsterte zurück: „Hör auf. Wir sind in der Öffentlichkeit, und Drachenwandler haben ein sensibles Gehör."

„Spielt das eine Rolle?" Er tätschelte ihren Po.

„Jeder Mann, der mich mit der Hand auf deinem prallen Po sieht, weiß, dass ich einen Anspruch geltend gemacht habe."

Sie legte eine Hand auf Kais festen Po und drückte. „So. Jetzt geht es in beide Richtungen." Sie grub ein wenig ihre Nägel hinein. „Flirte mit anderen auf eigene Gefahr."

In Brams Augen tanzte Belustigung. „Und wie willst du einen Drachen ausschalten, Janey?"

Jane straffte ihre Schultern und hob das Kinn. „Ich bin ziemlich einfallsreich. Nach ein paar Tagen hier werde ich einen Weg finden."

Kai schmunzelte, als sie sich Brams Cottage näherten. Trotz seines kürzlichen Anspruchs erwartete Jane immer noch halb, dass Kai sich von ihr zurückziehen würde. Aber er zog sie fester gegen seine Seite, als sie sich der Tür näherten, und die Geste erwärmte ihr Herz.

Wie er bereits gesagt hatte, hielt Kai sich nicht wirklich zurück, sobald er sich entschieden hatte.

Kai hob eine Hand, um anzuklopfen, aber die Tür öffnete sich, bevor er es konnte. Bram stand auf der anderen Seite. Nachdem er zwischen Jane und Kai hin- und hergesehen hatte, lächelte der Clanführer und bedeutete ihnen einzutreten. „Kommt. Evie wird sich freuen, euch zu sehen. Sie hat gerade eine Wette gewonnen."

KAI DRÜCKTE Jane fester an seine Seite. „Erklär mir, was du meinst, Bram."

Lachen tanzte in den Augen seines Clanführers. „Nicht jetzt. Evie kann es dir sagen."

„Sich hinter einer schwangeren Frau zu verstecken, ist eines Anführers nicht würdig", erwiderte Kai.

Bram zuckte die Schultern. „Es wird sie glücklich machen, und ich werde alles tun, was nötig ist, um das zu erreichen."

Kai spürte, was nicht gesagt wurde – er würde diese Tatsache verstehen, wenn er selbst jemals eine Gefährtin nahm.

Kais Drache knurrte. *Beeil dich! Ich möchte Zeit mit Jane verbringen.*

Was ist mit dem Clan?

Wir können beides tun, solange du lernst zu delegieren.

Kai ignorierte sein Tier und sah Jane an. Sie war ungewöhnlich ruhig. „Wie ich sehe, bist du für Bram still."

Jane lächelte zu ihm auf. „Oh, das ist nicht für Bram."

Kai sah von Jane zu Bram und wieder zurück. „Kann mir einer von euch verdammt noch mal sagen, was los ist? Ich mag keine Geheimnisse."

Bram deutete mit dem Kopf. „Kommt erst rein." Kai führte sie hinein, und Bram schloss die Tür. Sein Clanführer fuhr fort: „Jane ist wahrscheinlich still, weil ihr Bruder vor dreißig Minuten ankommen sollte." Bram sah zu Jane. „Und er ist gekommen."

Jane stieß einen Atem an seiner Seite aus. „Gut."

Kai meldete sich zu Wort. „Warte, was hat Janes Bruder mit irgendwas zu tun?"

Bram antwortete: „Er wird uns mit den Jägern helfen." Kai hob die Brauen, und Bram fügte hinzu: „Ich werde dich über den Plan informieren, wenn Rafe im Raum ist."

Jane meldete sich. „Also hat er dein Interview bestanden?"

Bram nickte. „Ich muss mich um einige Dinge kümmern, aber ich habe ihn vorerst freigegeben. Es war schwer, Antworten aus dem Bastard zu bekommen, bis ich erwähnte, dass die Jäger eine Bedrohung für seine Schwester sind. Da wurde er ernster und kooperativer."

Evies Stimme kam durch den Flur. „Bram."

Sie drehten sich um, und Evie erschien, gefolgt von Nikki und einem großen Mann mit dunklen Haaren und grünen Augen.

Diese grünen Augen schossen zu Kais Griff, Kais Drachenwandler-Tattoo, und blickten dann zu Jane. „Was zum Teufel ist hier los, Jane? Seit wann bist du so eng mit einem verdammten Drachenwandler?"

Kai sprang ein, bevor Jane es konnte. „Sprich nicht so mit ihr."

Rafe sah Kai in die Augen. Sie waren neutral. Trotz des Tonfalls des Menschen hatten seine Emotionen ihn nicht vollständig unter Kontrolle gebracht. Rafes Stimme war eisern, als er antwortete: „Sei vorsichtig, Drachenmann. Bis ich mehr über Sie weiß, werde ich jeden Ihrer Schritte beobachten."

Rafe starrte ihn an, und Kai erwiderte den Blick. Jane seufzte und pikste ihn mit einem Finger. „Hör auf!" Sie sah zu ihrem Bruder. „Und du auch. Ich stehe genau hier. Du könntest mit mir reden, weißt du, Rafe, anstatt dich als Megabeschützer aufzuspielen wie jeder Drachenwandler. Vielleicht könntest du sogar deine Lieblingsschwester begrüßen."

„Du bist meine einzige Schwester. Außerdem bist du diejenige, die mich um Hilfe gebeten hat, Schwesterchen. Wie praktisch, dass du dabei nicht erwähnt hast, dass du mit einem Drachenmann schläfst", antwortete Rafe.

„Wenn ich es tue, geht dich das nichts an. Ich gehe ja auch nicht herum und halte dir Standpauken über deine vielen Frauen. Du bist ein erwachsener Mann, und ich vertraue darauf, dass du weißt, was du tust. Mach das Gleiche mit mir."

Rafe sah Kai finster an. „Das hier ist anders."

Kai knurrte und machte einen Schritt in Richtung Rafe, aber Brams Stimme dröhnte, voller Dominanz. „Genug. Ihr beide könnt euch später umkreisen." Bram sah zu Rafe. „Wenn du willst, dass ich unseren Deal einhalte, dann geh wieder mit Evie rein und warte auf mich." Bram sah zu Kai. „Und du bleibst hier. Ich möchte mit dir reden."

„Und mit mir auch?", fragte Jane.

Bram schüttelte den Kopf. „Geh mit deinem

Bruder rein und streitet euch. Ich möchte, dass alles reibungslos läuft, sobald wir anfangen, Pläne und Taktiken zu diskutieren."

Jane nickte, und Kai drückte ihre Hüfte. „Jane bleibt bei mir."

Bram sah ihn durchdringend an. „Wir beide müssen uns allein unterhalten."

Jane berührte seine Wange. „Es wird schon in Ordnung sein. Erfahre von Bram, was du wissen musst, und ich kümmere mich um meinen Bruder."

Rafe murmelte etwas in der Ecke, aber Kai ignorierte ihn. „Wenn du das Bedürfnis verspürst, ihn zu schlagen, verpass ihm noch einen von mir."

Bram knurrte. „Kai."

Jane biss sich auf die Lippe. „Das werde ich mir merken."

Mit einem letzten Blick verließ Jane seine Seite und schloss sich Rafe und Evie an. Evie warf einen Blick auf Bram, bevor das Trio verschwand.

Kai konzentrierte seine ganze Aufmerksamkeit auf Bram. „Sag mir, was verdammt nochmal los ist, Bram. Und zwar schnell."

Sein Anführer hob eine Augenbraue. „Darum sollte ich dich auch bitten. Du und der Mensch habt den Geruch des anderen."

Kai wünschte wirklich, er hätte die Schultern zucken können. „Es war nicht geplant, aber sie gehört mir. Ich würde meinen, dass du das verstehst."

„Ich bin zwar froh, dass du endlich eine Frau

gefunden hast, die du magst, aber du hast ein schreckliches Timing."

„Manche hätten dasselbe gesagt, als du Evie gepaart hast."

„Aye, na ja, solange Jane die ist, die du willst, werde ich es zulassen. Wenn es ernst wird, dann solltest du besser hoffen, dass das MDA dir eine Sonderlizenz gewährt, dich mit ihr zu paaren. Evie und ich haben diesen Deal für Stonefire erst vor einigen Wochen ausgehandelt."

„Ich werde es dich wissen lassen." Kai musterte Bram eine Sekunde und fügte hinzu: „Sag mir, warum Rafe Hartley hier ist."

„Er wird uns dabei helfen, die Drachenjäger aufzuspüren", erklärte Bram.

Kai runzelte die Stirn. „Wie wird er das tun? Er ist immer noch in der Armee."

„Und genau deshalb ist er so nützlich."

Kais Drache meldete sich zu Wort. *Es ist mir egal, ob er nützlich ist. Wenn er versucht, Jane wegzunehmen, werde ich mich rauskrallen und mich um ihn kümmern.*

Versuchen wir, Menschen möglichst nicht zu verstümmeln.

Sein Tier schnaubte und schwieg. Manchmal fragte sich Kai, wie er einen so sturen Drachen abbekommen hatte.

Kai konzentrierte sich wieder auf Bram. „Du hältst Informationen zurück, Bram, und ich mag das nicht. „Sag mir einfach, was verdammt nochmal los ist."

Bram schüttelte den Kopf. „Anstatt mich zu wiederholen, lass uns das alles gemeinsam diskutieren. Ich muss nur sicherstellen, dass du den Menschen nicht töten wirst."

„Ich kann nichts versprechen, aber ich werde es versuchen. Wenn er unseren Clan betrügt, ist er Freiwild."

„Na gut." Bram deutete auf die Tür. „Dann schließen wir uns den anderen an."

Als sie zur Tür gingen, senkte Bram seine Stimme und fügte hinzu: „Ich bin froh, dass du jemanden gefunden hast, auch wenn es nur für eine kurze Zeit ist."

„Jane gehört mir, und sie bleibt."

Bram schmunzelte, und Kai ballte die Finger einer Hand.

Bevor Kai noch etwas sagen konnte, verließ Bram den Raum, und Kai folgte ihm.

So glücklich er auch war, dass Bram mit Jane einverstanden war, Kai musste immer noch das Treffen mit Janes Bruder überleben. Den Bastard nicht zu töten, wäre schwierig.

Sein Drache meldete sich zu Wort. *So dringend ich den Mann auch von unserem Land werfen will, wenn er uns hilft und Erfolg hat, dann werden der Clan und Jane sicherer sein. Vielleicht sollten wir noch damit warten, ihn zu töten.*

Himmel, danke, Drache. Daran hätte ich nie gedacht.

Sein Tier schnaubte. *Vielleicht werde ich dann nicht versuchen, dir zu helfen. Wir werden ja sehen, wie weit du ohne mich kommst.*

Kai seufzte innerlich. *Alles geschieht auf einmal. Ich werde deine Hilfe brauchen. Geh nicht.*

Schön. Aber nur, um Jane zu helfen.

Kai spürte Dramatik und schwieg. Sein Drache würde nur noch launischer werden, bis er endlich Jane gefickt hatte.

Kai schob alle Ablenkungen beiseite und brachte sein Gesicht in einen neutralen Ausdruck. Es war an der Zeit, sich um Janes Bruder zu kümmern.

Kapitel Zwölf

Jane wartete, bis Evie die Tür zu Brams Büro schloss, bevor sie sich ihrem Bruder zuwandte. Vielleicht sollte es ihr was ausmachen, dass die Gefährtin des Clanführers zusah, aber Jane hatte das Gefühl, dass Evie wusste, wie es war, von Alpha-Männern umgeben zu sein, also ignorierte Jane sie und zeigte mit dem Finger auf Rafe. „Du musst dich verdammt noch mal beruhigen, Bruder. Ich bin einunddreißig Jahre alt. Du musst darauf vertrauen können, dass ich weiß, was ich tue."

Er verschränkte die Arme vor der Brust. „Ach, wirklich? Wie ich gehört habe, wurdest du fast erschossen und musstest von einem Drachen gerettet werden. Fangen wir gar nicht erst damit an, wie dumm es ist, allein in einen Pub voller Drachenjäger zu gehen."

Fantastisch. Bram hatte ihrem Bruder alles erzählt. „Ich habe Vorsichtsmaßnahmen getroffen."

Rafe antwortete: „Offenbar nicht genug."

„Es wäre gut gewesen, wenn deine ‚Empfehlung' mich nicht für ein paar Pfund an einen Haufen Drachenritter verraten hätte."

Rafe kniff die Augen zusammen. „Ich hatte keine Ahnung, dass auf dich ein Kopfgeld ausgesetzt war. Fünftausend Pfund können die Absichten eines Menschen ändern. Wenn ich es gewusst hätte, dann hätte ich Jeff nie empfohlen."

„Richtig, du hättest ihn also nur empfohlen, wenn es kein Kopfgeld gegeben hätte. Ich fange allmählich an, dein Urteilsvermögen zu hinterfragen."

„Sagt die Frau, die sich freiwillig für die Drachenwandler gemeldet und sich damit eine Menge Hass eingehandelt hat. Hast du je an Mom und Dad gedacht?"

Sie ging einen Schritt auf ihren Bruder zu. „Ich hab' mit Mom gesprochen, und sie hat mich ermutigt, mit Stonefire zusammenzuarbeiten. Im Gegensatz zu dir unterstützt sie meine Berufswahl."

„Verdammt, Jane, ich unterstütze dich. Es ist nur dein Leichtsinn, mit dem ich ein Problem habe."

Jane zeigte mit einem Finger auf Rafe. „Deine Kritik an mir wird nichts daran ändern, was passiert ist. Konzentrieren wir uns auf die Zukunft."

„Richtig, die Zukunft. Nach dem, was ich gehört habe, hast du vielleicht keine, wenn ich nicht helfe."

„Ich bin sicher, dass wir ohne dich

zurechtkämen. Ich bin sehr einfallsreich, falls du es nicht mehr weißt."

„Vielleicht", antwortete Rafe. „Aber meine Fähigkeiten würden den Prozess der Suche und Ergreifung der Drachenjäger beschleunigen."

„Wir könnten jemand anderen finden", spuckte Jane aus.

„Ah, aber wären sie so talentiert oder vertrauenswürdig wie ich? Du weißt, dass ich euch nicht verarschen werde."

„Da bin ich mir nicht so sicher."

Rafe zuckte mit den Schultern. „Es ist mir egal, ob ich bleibe oder gehe. Ich habe keine Zeit, das mit dir auszudiskutieren. Wenn du meine Hilfe willst, dann halte dich von dem Drachenmann fern."

Jane hob das Kinn. „Sei nicht albern. Als ob ich mich deinem Ultimatum beugen würde. Wenn du nicht helfen willst, geh. Ich werde nicht betteln, Rafe Daniel Hartley. Die Tür ist da drüben. Verwende sie, wenn du willst."

Die Stille dauerte ein paar Sekunden, bevor Rafe lächelte. „Wie ich sehe, hat dich das Alter nur sturer gemacht. Du wirst es dir nicht anders überlegen, oder?"

Sie antwortete trocken: „Klar, ich werde alles akzeptieren, was du sagst, wenn du mich noch ein bisschen mehr anschimpfst."

Rafe ging auf sie zu und schlug ihr auf den Arm. „Ich werde nie aufhören, es zu versuchen." Sein Gesicht wurde ernst. „Eines Tages wird dir das

Glück ausgehen, und dein Leichtsinn wird dich umbringen, Jane. Wenn schon sonst nichts, denk wenigstens an Mom und Dad."

„Wirklich? Du willst unsere Eltern benutzen, damit ich mich wieder schuldig fühle?" Rafe nickte, und Jane seufzte. „Ich habe vergessen, wie nervtötend du bist."

Einer der Mundwinkel ihres Bruders hob sich. „Aber du weißt, dass du mich trotzdem liebst."

„Wenn du mich lieben würdest, würdest du mir zutrauen, meine eigenen Entscheidungen zu treffen, ohne Befehle zu geben."

„Sosehr ich mich bei bestimmten Operationen auch mittlerweile auf einige Drachenwandler verlasse, sie sind anders, Jane. Die Öffentlichkeit nimmt sie ins Visier, und damit dich. Ich weiß, dass sie dich bedroht haben, seit du hier die ersten Interviews gemacht hast. Wenn du hier für einen längeren Zeitraum bleibst, wird es bekannt werden, und du wirst zum absoluten Ziel", antwortete Rafe.

Evie räusperte sich in ihrem Stuhl an der Seite des Zimmers. „Ich weiß nicht wirklich, was das Ganze soll. Wenn ich mich nicht irre, hat Jane angerufen, als die Drohungen Wirklichkeit wurden, und sie brauchte deine Hilfe, Rafe Hartley. Wenn ein herrischer, überfürsorglicher Bruder alles ist, was sie bekommt, wenn sie anruft, dann würde ich nicht erwarten, dass sie es noch einmal tut. Wenn du so besorgt bist, dann hilf ihr. Sie wird ihre Meinung darüber zu bleiben, offensichtlich nicht ändern, nur weil du es ihr gesagt hast."

Rafe musterte Evie eine Sekunde und antwortete dann: „Ich weiß nicht viel über dich, und ich werde einer schwangeren Frau nicht drohen, aber das geht dich nichts an."

Evie hob eine Braue. „Nein?" Evie sah zu Jane. „Wenn Jane etwas zustoßen sollte, könnte eines unserer Clanmitglieder instabil werden. Ich finde, das geht mich verdammt nochmal schon was an."

Jane stellte sich zwischen Evie und Rafe. „Rafe, du hast mit Drachenwandlern in nächster Nähe zusammengearbeitet. Gib Stonefire eine Chance, bevor du sie verurteilst. Mehr will ich nicht."

Rafe sah Jane in die Augen. „Ich verurteile sie nicht hart, Jane. Du hast die Angriffe der Drachenritter und der Drachenjäger gesehen. Es war schon schlimm genug, dass du über sie berichtet hast, aber mit einem Clan von Drachenwandlern zu leben, ist einfach nur gefährlich."

Kais Stimme drang durch den Raum. „Nicht, solange ich etwas dazu zu sagen habe."

Jane hatte nicht gehört, wie sich die Tür öffnete, aber Kai kam herein, mit Bram direkt hinter ihm.

Sobald Kai an ihrer Seite war, legte er eine sanfte Hand an ihren Rücken und blickte zu Rafe. „Ich bin Kai Sutherland, der oberste Beschützer des Stonefire-Clans. Wenn Sie bereit sind, Pläne zu machen und Strategien zu entwickeln, dann können Sie gerne bleiben. Aber wenn Sie nur hier sind, um Ihre Schwester zu beschimpfen, dann können Sie gehen. Was soll es sein, Hartley?"

Jane hielt den Atem an, als Kai und Rafe

einander anstarrten. Zweifellos schätzten sie einander ein. Die Frage war, ob Rafe seine Rolle als ihr großer Bruder beiseiteschieben konnte, um den Drachenwandlern zu helfen oder nicht.

Sie wartete und hoffte, dass ihr Bruder nichts Dummes tat.

KAI MUSSTE dem Menschenmann Anerkennung zollen. Er hatte nicht einmal gezuckt, geschweige denn von Kais Blick weggesehen.

Auch wenn Kai Kreise über Janes unteren Rücken streichelte, würde er nicht zögern, den Menschen zu verbannen, wenn Rafe versuchen würde, ihm Jane wegzunehmen.

Rafe antwortete schließlich: „Wenn Jane will, dass ich hierbleibe und euch helfe, dann werde ich helfen, vorausgesetzt, es ist nichts, weswegen ich aus der Armee geworfen werden könnte."

Brams Stimme füllte den Raum. „Mit Kais, Nikkis und deiner Erfahrung, Rafe, können wir sicher sein, dass deine Karriere sicher ist."

Rafe nickte. „Gut, kommen wir zum Geschäft. Ich habe nur begrenzt Urlaub und möchte diese Aufgabe erledigen und einen Teil davon noch mit einem Bier in der Hand am Strand verbringen."

Bram stellte sich an Evies Seite und massierte ihre Schulter. „Ich bewundere deine Ambitionen, aber das hier kann nicht innerhalb von Tagen geschehen."

Jane warf ein: „Aber wenn wir nicht handeln, werden die Drachenjäger, die früher in Carlisle waren, wieder umziehen. Es könnte Monate dauern, sie zu finden."

Bram antwortete: „Aye, das könnte sein, wenn wir sie entkommen lassen und von vorn anfangen müssten. Aber dank Rafe können wir ihre Aktivitäten aus der Ferne überwachen und uns auf einen Angriff vorbereiten."

Kai runzelte die Stirn. „Du willst sie absichtlich umziehen lassen?"

Bram nickte. „Im Moment werden zwei ihrer Mitglieder vermisst, und da Nikki sich in einen Drachen verwandelt hat, wette ich, sind sie in Alarmbereitschaft. Wenn sie umziehen, während sie denken, sie seien sicher, werden sie ihre Deckung verlieren."

Kai grunzte. „Das ist riskant, Bram."

Rafe meldete sich zu Wort. „Vielleicht, aber es könnte einen verdammt großen Gewinn bringen."

Kai sah zu Rafe. „Nehmen wir an, Sie wählen Ihre Freunde beim Militär und beim Geheimdienst. Können wir darauf vertrauen, dass Sie uns helfen, wenn es so weit ist?"

„Ich beende immer einen Job, den ich anfange. Fragen Sie Jane."

Jane murmelte: „Das ist wahr. Und wenn wir schon zusammenarbeiten, wollt ihr zwei nicht endlich zum Du übergehen?" Sie klopfte Kais Seite, und er blickte auf sie hinunter. Jane fuhr fort: „Warten wäre auch für dich das Beste. Nicht nur, weil du dann geheilt wärst, du kannst auch ein Team aus Menschen und Drachenwandlern zusammenstellen, um den Angriff zu planen. Lochguard könnte sogar helfen, wenn Arabella Finn fragt."

Bram fügte trocken hinzu: „Oder wenn ich ihn frage."

Kai grunzte. „Je länger wir warten, desto größer ist das Risiko, dass die Jäger oder die Drachenritter dich finden."

Jane neigte den Kopf. „Ich mag bei den Jägern keine große Hilfe sein, aber ich habe eine Idee, wie man mit den übrigen Rittern umgeht. Nun, zumindest denen in Großbritannien."

Bram ergriff das Wort. „Das höre ich zum ersten Mal, Mädel. Was ist das für ein Plan?"

Kai fügte hinzu: „Davon weiß ich auch nichts. Erzähl es uns."

Aus dem Augenwinkel sah Kai Rafe lächeln. Er hasste es, dass der verdammte Mensch mehr über Jane wusste als Kai. Hatte sie Rafe von ihren Plänen erzählt?

Sein Drache knurrte. *Bald werden wir mehr wissen als der Bruder. Sorg nur dafür, sie nicht zu verschrecken.*

Kai würdigte die Worte seines Tiers nicht mit keiner Antwort und drückte Janes Hüfte. „Sag es uns, Janey."

Jane neigte den Kopf. „Nun, ich wollte eigentlich noch nichts sagen, aber jetzt, wo es zur Sprache kommt, werde ich es erwähnen." Jane sah nacheinander zu jeder Person, als sie fortfuhr:

„Hierzubleiben bedeutet, dass ich meine Kündigung bei der BBC einreichen muss." Kai versuchte zu protestieren, aber Jane war schneller als er. „Doch, es stimmt. Die Befragung von Stonefire-Leuten ist eine Sache, aber mit ihnen zu leben eine ganz andere."

Kai warf ein: „Aber was ist mit deinen Träumen, investigative Reporterin zu werden?"

Jane lächelte zu ihm auf. „Oh, das werde ich nicht aufgeben. Ich werde es einfach zu meinen eigenen Bedingungen schaffen."

Brams Stimme füllte den Raum. „Dann erklär uns deinen Plan, Mädel, und zwar schnell."

Jane nickte. „Gut, dann. Die Ritter posten gern Dinge auf beliebten und obskuren Online-Treffpunkten. Manchmal mit Videos, manchmal mit Message Boards. Sie fragen immer nach Informationen und Tipps über die Drachenwandler. Wenn ihnen jemand konkrete Informationen geben würde, würden die Ritter zu uns kommen." Sie sah zu Kai. „Ich bin mir sicher, dass du von dort aus Wege finden kannst, mit ihnen umzugehen."

„Die Ritter sind clever mit Technologie. Sie nehmen nicht einfach Informationen von irgendjemandem an", stellte Kai fest.

„Natürlich nicht. Aber du vergisst, dass ich seit Monaten an Storys über Jäger und Ritter arbeite. Ich habe jemanden, der die Online-Platzierungen der Drachenritter überwacht und mit ihnen interagiert. Natürlich diskret."

Evie warf ein. „Das ist brillant, Jane. Wird diese

Person bereit sein, dir zu helfen, auch wenn du nicht mehr bei der BBC arbeitest?"

Jane wackelte mit dem Kopf. „Das sollte er." Sie sah zu Kai hoch und hob eine Augenbraue. „Das bedeutet, dass wir wieder zusammenarbeiten müssen. Wirst du dein Wort halten und mich als gleichwertig behandeln?"

Einer seiner Mundwinkel hob sich. Vor einer Woche wäre er gedemütigt gewesen, wenn eine Frau ihn vor Bram und einem beinahe Fremden herausgefordert hätte. Jetzt war ihm das völlig egal. „Ich könnte es vielleicht schaffen, vorausgesetzt, du gehst nicht los und tust etwas Dummes allein."

Rafe machte einen Schritt in ihre Richtung. „Ich stimme dem Drachenmann zu. Wenn du versuchst, dich allein um die Drachenritter zu kümmern, werde ich dich jagen."

Kai sah Rafe an und entschied, dass er und der Mensch vielleicht doch miteinander auskommen konnten. „Wenn sie es tut, bin ich direkt neben dir."

Jane verdrehte die Augen. „Hallo, ich stehe direkt vor euch. Ich bin mir nicht sicher, ob ich wütend sein sollte, dass ihr meine Rettung plant, bevor ich etwas getan habe, oder beleidigt, dass ihr annehmt, ich würde mich allein mit den Drachenrittern anlegen."

„Ich will nur sichergehen, dass du in Sicherheit bist, Jane", murmelte Kai.

Bevor seine Menschenfrau antworten konnte, tat es Bram. „Die Idee mit den Rittern ist vielversprechend, aber ich möchte, dass ihr zwei einen detaillierteren Plan ausarbeitet, bevor etwas davon in Gang gesetzt wird. Ich werde nicht den Clan riskieren."

Kai grunzte. „Ich würde den Clan nie in Gefahr bringen."

„Gut", erwiderte Bram. Er sah zu Rafe. „Bevor du Stonefire heute verlässt, möchte ich, dass du alle Informationen, die wir über die ehemaligen Carlisle-Jäger haben, überprüfst. Einer meiner Beschützer, Zain, sollte heute Morgen neue Informationen haben. Nikki kann dich begleiten."

Rafe antwortete: „Du meinst, mein Babysitter sein."

Bram lächelte. „Sag ihr das ins Gesicht und sieh, was passiert. Sie ist jung, aber stark und kann sich in einen Drachen verwandeln. Vergiss das nicht!"

Rafe grunzte, und ein kleiner Teil von Kai wollte sehen, wie Nikki mit dem Menschen umging.

Aber er vertraute Nikki Gray, ihren Job zu machen. Außerdem musste Kai zu Sid, sich um seine Verletzung kümmern und mit Jane eine Strategie für die Drachenritter ausarbeiten.

Sein Drache murmelte, *Wenn wir für Sex freigegeben sind, dann werden wir Jane ficken, bevor wir eine Strategie entwickeln.*

Wir werden sehen, Drache. Der Clan ist auch wichtig.

Die Ritter sind nicht unsere aktuelle Bedrohung. In Stonefire sind wir sicher. Sie können einen Tag warten.

Kai neigte dazu, mit seinem Tier einer Meinung zu sein, aber er wollte sich keine Hoffnungen machen. *Hören wir uns erst an, was Dr. Sid sagt.*

Kai sah zu Bram. „Sonst noch etwas? Ich muss zur Krankenstation."

Belustigung tanzte in den Augen seines Clanführers. „Ich wette, das musst du."

Evie schlug Bram. „Ärgere ihn nicht!"

Bram sah zu seiner Gefährtin hinab. „Warum nicht? Ich habe die Wette doch schon verloren. Da kann ich doch wohl das Beste daraus machen."

Kai meldete sich. „Welche Wette?"

Evie schüttelte den Kopf. „Nicht jetzt. Geh zur Krankenstation. Wir werden auf Rafe aufpassen, bis Nikki auftaucht."

Jane schnaubte an Kais Seite, und Rafe starrte seine Schwester an. Jane grinste und sagte zu ihrem Bruder: „Ich kann nicht anders. Der Gedanke, dass jemand auf dich „aufpasst", ist urkomisch. Aber andererseits etwas notwendig. Du gerätst in viel mehr Schwierigkeiten als ich."

Rafe knurrte. „Nicht jetzt, Jane. Halt die Klappe."

Jane zuckte mit den Schultern. „Warum nicht? „Ich bin mir sicher, dass sie deine Vergangenheit überprüft haben. Kai ist bei seinen Screenings sehr gründlich."

Seine Frau neckte ihn. Kai konnte sich nicht erinnern, wann zuletzt jemand einen Insider-Witz mit ihm geteilt hatte.

Sein Drache meldete sich zu Wort. *Sie hat keine Angst vor uns. Sie ist perfekt. Beeil dich, damit wir sie richtig beanspruchen können.*

Kai zog Jane näher an seine Seite. Kai

ignorierte Rafes finsteren Blick und sah Bram an. „Wir melden uns bei dir, sobald wir einen groben Plan haben."

„Aye, das weiß ich." Obwohl morgen gut ist. Da die Ritter keine unmittelbare Bedrohung sind, besteht keine Eile."

Kai wusste, sein Clanführer deutete an, dass Kai Jane fickte, aber er würde es nicht zugeben. Er war nicht prüde, aber er brauchte es auch nicht, dass Rafe Hartley ihn wegen seiner Schwester herausforderte.

Es mochte das 21. Jahrhundert sein, aber er hatte das Gefühl, Rafe war das egal. Janes Bruder zu treffen, hatte ihre Frechheit ins rechte Licht gerückt; sie brauchte es, ihrem Bruder entgegenzutreten.

Sein Drache knurrte. *Hör auf zu trödeln. Geh zu Sid. Ich will unseren Menschen.*

Kai sah zu Rafe. „Wir melden uns." Er hielt inne und fügte hinzu: „Tu, was Nikki sagt, oder ich werde das nächste Mal derjenige sein, der über dich wacht."

Jane stöhnte, während Rafe seine Augen zusammenkniff und sagte: „Vorsicht, Drachenmann. Unterschätz mich nicht, nur weil ich ein Mensch bin."

Bevor Kai antworten konnte, drückte Jane sich gegen seine Seite. „Lass uns gehen, bevor ihr zwei einen Knurrwettbewerb anfangt."

Kai ignorierte Brams und Evies Lächeln und ließ sich von Jane aus dem Raum führen.

ALS SIE DRAUßEN WAREN, schlug Jane Kais gute Seite. „Du hast dich absichtlich mit Rafe angelegt."

„Er hat dasselbe gemacht."

Sie seufzte. „Ich denke, wenn ihr zwei dieses Ich-bin-mehr-Alpha-als-du-Stadium hinter euch habt, werdet ihr vielleicht miteinander auskommen."

„Bei dir hört es sich an, als wär das etwas Schlechtes."

Sie hob die Brauen. „Ist es, denn dann werdet ihr euch gegen mich verbünden."

Einer von Kais Mundwinkeln zuckte nach oben. „Wenn es dich aus Ärger raushält, dann bin ich dafür."

Jane verdrehte die Augen und zeigte in die Richtung der Krankenstation. „Geh schon los. Ich möchte sicher sein, dass alles richtig heilt."

„Ja, Ma'am."

Nach ein paar Schritten sah Jane zu Kai auf. „Tut mir leid, dass ich dir nicht erzählt habe, dass meine Quelle die Drachenritter überwacht. Ich habe sie nie erwähnt, weil in letzter Zeit nichts Wichtiges aufgetaucht ist. Und bevor du fragst, es gab kein Gerede über mich. Ich hatte keine Ahnung, dass sie eine Belohnung für meine Gefangennahme ausgesetzt haben."

„Nicht einmal ich denke, dass du so dumm bist, ins Herz eines Drachenhasser-Landes zu gehen, wenn ein Kopfgeld auf dich ausgesetzt ist. Aber eines Tages werde ich alles über dich wissen, Jane Hartley. Für den Moment werde ich das durchgehen lassen."

„Durchgehen lassen, ja?"

Sein Blick erhitzte sich. „Kannst es später wiedergutmachen."

Sie wollte ihn zurechtweisen, aber das Verlangen in seinen Augen erwärmte ihre Haut. Wenn Sid ihm Sex erlauben würde, würde Kai viel mehr tun, als ihr nur einen Blick zuwerfen, als wollte er sie verschlingen. Nein, er würde sie langsam verschlingen und sie betteln lassen.

Dieser Gedanke reizte und erregte sie zugleich.

Jane räusperte sich und verdrängte die Bilder. Das Letzte, was sie brauchte, war, dass Kai ihre Erregung riechen konnte und dann wie ein selbstgefälliger Idiot herumlief. „Ich bin sicher, dass du mir ein oder zwei Geheimnisse vorenthältst, aber die werden warten müssen. Wir müssen jetzt über die Ritter nachdenken."

Kai schwieg eine Sekunde, bevor er fragte: „Bist du sicher, dass du deine Kündigung bei der BBC einreichen willst?"

Ihr Herz zog sich zusammen, genau wie es das beim ersten Mal getan hatte. „Ja. Sie waren in den letzten zehn Jahren gut zu mir, aber ich denke, dass das, was ich tun will, zu riskant sein wird."

„Willst du mich wirklich bitten lassen, mir zu sagen, was du geplant hast?"

Sie setzte ein Grinsen auf. „Vielleicht. Ich lasse

dich gerne um Dinge bitten, vor allem, weil du es vorziehst, Leute herumzukommandieren."

„Wenn ich nicht aufpasse, wirst du wahrscheinlich anfangen, alle für mich herumzukommandieren."

„Natürlich. Wenn du krank oder verletzt bist – denn seien wir ehrlich, du wirst wieder verletzt werden – kann ich dir helfen, für dich einspringen."

„Ich bin mir nicht so sicher, ob meinem Stellvertreter, Aaron, das gefallen würde. Das wirst du mit ihm besprechen müssen."

„Ich habe ihn noch nicht getroffen, aber gib mir Zeit."

Kai schmunzelte. „Du bist ziemlich mutig für einen Menschen."

Sie hob eine Braue. „Ich denke, ich bin selbst für einen Drachenwandler ziemlich mutig."

Als Kai nur den Kopf schüttelte, beschloss Jane, ihn für eine Weile nicht mehr zu necken. Sie näherten sich der Krankenstation, und sie wollte, dass er ihre Idee hörte. Sie hatte es niemandem gesagt, nicht einmal ihrem Bruder, und sie wollte es zuerst mit Kai besprechen.

Der Gedanke brachte Jane fast zum Straucheln. Sie kannte ihn erst seit ein paar Tagen. Und doch war es wahr – sie wollte, dass Kai als Erster von ihren Plänen erfuhr. Er würde nicht einfach lächeln und nicken. Wenn es eine Scheißidee war, würde er es sagen. Und sie brauchte das.

Sie trat näher an Kai und legte einen Arm um

seine Taille. „Zurück zu meiner Idee: willst du sie noch hören?"

„Ja."

Sie lachte. „Direkt auf den Punkt, wie immer." Kai grunzte, und sie hob eine Hand. „Okay, okay. Ich möchte eine Reihe von Audio- und Video-Podcasts rausbringen, die sich um euren Clan drehen. Die Audioreportagen wären für die, die nicht erkannt werden wollen, und wir können erforderlichenfalls auch ihre Stimmen verändern. Der Video-Podcast würde sich auf bestimmte Aspekte des Drachenwandlerlebens konzentrieren und als eine Einleitung dienen, um eure Art zu verstehen. Wenn Melanie Hall ihren Segen gibt, würde ich ihr Buch als Basis verwenden. Danach sind die Möglichkeiten endlos, vor allem, wenn ich auch Lochguard dazu bringe, mitzumachen."

„Du hast wohl schon eine Weile darüber nachgedacht."

„Ja, aber keiner meiner BBC-Produzenten wollte sich auf eine so lange Serie einlassen, und ich wollte nicht nach nur drei oder sechs Episoden aufhören. Ich möchte etwas schaffen, dass dem Zuhörer oder Zuschauer das Gefühl gibt, Teil des Clans zu sein. Und, was am wichtigsten ist, ich wollte, dass jeder, der damit zu tun hat, das Gefühl hat, etwas zu bewirken."

„Ich müsste deinen Aufnahmen zustimmen."

„Natürlich. Das Letzte, was ich will, ist, Stonefire zu gefährden, vor allem, da es bald schon auch mein Clan sein könnte."

Kai blieb für eine Sekunde still und machte sich Sorgen, dass sie zu früh zu viel vermutet hatte. Kai hatte sie gebeten zu bleiben, aber es war nichts Formelles arrangiert worden. Gab es irgendwelche Protokolle, die sie zuerst durchlaufen musste?

Bevor sie zu sehr über dieses Thema nachdenken konnte, antwortete Kai schließlich: „Sowohl mein Drache als auch mir gefällt, dass du an die Sicherheit des Stonefire-Clans denkst. Aber abgesehen davon, weiß ich nicht, warum du die Drachenjäger verfolgt hast. Deine Idee, einen Drachenwandler-Clan besser kennenzulernen, ist viel besser."

Sie bemerkte, dass er ihre Aussage darüber, dass Stonefire ihr Clan werden konnte, beiseitegeschoben hatte, und beschloss, es später noch einmal anzusprechen. „Sagst du das nur, weil du mir an die Wäsche willst?"

In Kais Augen tanzte Belustigung. „Ich glaube nicht, dass ich dir Honig um den Bart schmieren muss, um an deine Wäsche zu kommen." Er senkte seine Stimme. „Alles, was ich tun muss, ist, dich zu küssen, und du fängst an, dich an mir zu reiben, Janey."

Als sie Kai das letzte Mal geküsst hatte, hatte das einen Hitzeschub durch ihren Körper geschickt. In der nächsten Sekunde war Kais Mundwinkel nach oben gezuckt, und seine Zustimmung blitzte in seinen Augen.

Sie pikste in seine Seite. „Benimm dich, oder ich sage Dr. Sid, dass du meine Anweisungen nicht befolgt hast. Dann musst du deine ganze Zeit mit Ginny verbringen."

Er knurrte. „Das würdest du nicht wagen."

Jane neigte den Kopf und lächelte. „Würde ich nicht? Soweit ich mich erinnere, erwähntest du einen Krieg. Ich versuche nur zu gewinnen."

Kai stellte sich hinter sie, bevor sie mehr als nur blinzeln konnte, und legte seinen muskulösen Arm um ihre Taille. Die Hitze seiner Brust an ihrem Rücken, kombiniert mit seinem maskulinen Duft, ließ ihr Herz doppelt so schnell schlagen.

Kai flüsterte: „Ich will dich mehr als meinen nächsten Atemzug, Jane Hartley. Und ich werde alles tun, was nötig ist, um zu gewinnen, wenn das bedeutet, dass ich deine enge, feuchte Pussy um meinen Schwanz fühlen kann."

Jane stockte der Atem. Sie wollte das Gleiche, nicht, dass sie ihm das aber jetzt sagen würde.

Sie schluckte, bevor sie antwortete: „Mich zu nehmen, bevor du die Erlaubnis hast, wird auf jeden Fall den Zorn von Dr. Sid über dich bringen. Lass deinen Schwanz noch eine Weile in der Hose, Kai Sutherland. Dann werden wir sehen."

Kai schmiegte sich an ihren Hals und knabberte daran. „Wir sind etwas zu früh für meinen Termin, und ich hab' da so ein paar Ideen, wie wir unsere zusätzliche Zeit verbringen könnten."

Sie drehte den Kopf. „Ich auch. Du könntest mir was zu essen geben. Ich komme um vor Hunger."

Kais Pupillen blitzten zu Schlitzen und zurück.

„Verdammt fantastisch. Du musstest ja unbedingt erwähnen, dass du Hunger hast. Dafür, dass du ein Mensch bist, weißt du ziemlich gut, wie du meinen verdammten Drachen auf deine Seite bekommst."

Grinsend tätschelte Jane Kais Wange. „Ich muss stark bleiben, damit ich mit dir mithalten kann. Wenn ich deinen Drachen dazu auf meine Seite bringen muss, dann werde ich es tun. Apropos, sobald es dir besser geht, möchte ich, dass du wandelst."

Kai grunzte. „Du hast mich schon mal in Drachenform gesehen."

„Nur aus der Ferne. Ich möchte dich hinter den Ohren kraulen und deine Schnauze streicheln."

„Ist ja nicht so, als hätte ich eine Wahl. Mein Drache platzt fast, um herauszukommen."

Jane drehte sich um, und Kai lockerte seinen Halt, damit sie sich ihm stellen konnte. „Gut. Ich habe genug von deiner menschlichen Hälfte gesehen. Ich muss sehen, wie die Drachenhälfte ist."

„Heißt das, du bist mich schon leid?"

Nachdem sie ihm einen sanften Kuss auf die Lippen gelegt hatte, murmelte sie: „Nicht einmal ansatzweise, Drachenmann."

Er streichelte ihre Wange. „Gut, dann holen wir dir eine Tasse Tee und etwas zu essen. Du kannst mir beim Frühstück mehr über deine Idee mit den Drachenrittern erzählen."

Kai ließ seinen Arm fallen, und Jane hätte fast nach seiner Hand gegriffen. Aber bevor sie es konnte, nahm er ihre Hand in seine und zog. „Folge mir."

Sie versuchte, ein strenges Gesicht zu machen, aber Kais Augen tanzten vor Vergnügen.

Sie würde seinen neutralen Ausdruck irgendwann beherrschen, auch wenn es sie tötete. „Da ich keine verdammte Ahnung habe, wohin wir gehen, habe ich keine Wahl."

Kai zog wieder. „Dann hör auf, dich gegen mich zu wehren, und lass uns gehen. Wenn du noch mehr Zeit verschwendest, wirst du eine Weile nicht essen können."

„Schön."

Kai führte sie zu einem der Familienrestaurants in Stonefire, und sie folgte ihm. Sie musste vorsichtig sein, sonst konnte Kai davon ausgehen, dass sie ständig seiner Führung folgen würde. Sobald sie konnte, wollte Jane Bram, Evie oder einen der anderen, die sie in Stonefire kannte, bitten, ihr alles zu zeigen.

Kai zog wieder an ihrer Hand, und Jane ging schneller. „Für einen angeblichen Invaliden läufst du ziemlich schnell."

Er warf ihr ein Lächeln über die Schulter zu. „Du bist fast so groß wie ich und solltest mithalten können. Hör auf zu trödeln."

Jane streckte ihre Zunge heraus, und Kai lachte.

Verflucht sei der Drachenmann und sein Lachen. Es war fast so, als ob er wusste, dass es half, ihren Zorn zu löschen.

Entschlossen, ihn nicht gewinnen zu lassen,

erhöhte Jane ihr Tempo. Bald schon musste Kai versuchen, mit ihr Schritt zu halten.

Als sie den ganzen Weg bis zum Restaurant weiter versuchten, sich gegenseitig zu übertrumpfen, vergaß Jane die Drachenjäger, die Drachenritter und ihren überfürsorglichen Bruder. In diesem Moment war sie nur eine Frau, die versuchte, einen Drachenmann zu bezwingen.

Und sie hatte vor, zu gewinnen.

Kapitel Dreizehn

Kai klopfte mit den Fingern gegen seinen Oberschenkel und starrte zum zehnten Mal auf die Uhr. Er hatte fast fünfzehn Minuten im Untersuchungsraum gewartet, und Sid hatte noch nicht nach ihm gesehen.

Normalerweise war er ein geduldiger Mann. Verdammt, er würde zwei Jahre auf eine Frau warten.

Aber Kai mochte es nicht, dass Jane im Wartezimmer war, ohne dass jemand auf sie aufpasste. Immerhin hatte Stonefire im Jahr zuvor einen Verräter gehabt. Kai dachte nicht, dass es im Clan derzeit welche gab, aber angesichts der Drohung, dass Drachenritter Jane auflauerten, wollte er besonders vorsichtig sein.

Sein Tier meldete sich zu Wort. *Sie ist im Wartezimmer sicher. Leo am Empfang passt auf sie auf.*

Meine 15-jährige Schwester könnte Leo wahrscheinlich ausschalten.

Sei nicht albern. Alle Clan-Mitglieder absolvieren mindestens eine Grundausbildung. Er könnte es mit deiner Schwester aufnehmen.

Als ob das ein Trost wäre.

Sein Tier seufzte. *An der Rezeption gibt es auch einen Alarmknopf. Aaron wird kommen, wenn er gedrückt wird.*

Kai grunzte. Ihm fiel kein einziger Grund ein, warum Aaron nicht gut genug war. *Seit wann bist du der Vernünftige?*

Weil ich wandeln und mich von Jane kraulen lassen will. Nur Sid kann uns sagen, wann wir das wieder tun können.

Du sprichst ständig davon, dass Jane dich krault. Als Nächstes willst du noch mit ihr fliegen.

Natürlich. Aber das kann warten, bis wir sie gefickt haben.

Also, die Reihenfolge der Dinge ist: uns von Jane kraulen lassen, wieder zum Menschen werden, um sie zu ficken, und dann wieder zum Drachen, um sie auf einen Flug mitzunehmen.

Das ist ein großartiger Plan, wenn ich das so sagen darf.

Kai seufzte. Er würde mit Jane darüber reden müssen, das Ego seines Drachen nicht weiter zu streicheln.

Sein Tier grunzte, aber die Tür öffnete sich, bevor sein Drache etwas sagen konnte. Sid kam herein und schloss die Tür hinter sich. Sie musterte ihn eine Sekunde, bevor sie sprach. „Ich weiß nicht, warum du so wütend aussiehst. Du weißt, dass wir unterbesetzt sind."

„Ich weiß."

Sid ging zu ihm. „Dein Mensch sitzt gesund und munter im Wartezimmer. Fünfzehn oder zwanzig Minuten Abstand werden dich nicht umbringen."

„Vielleicht doch."

Sid sah ihm in die Augen. „Ist sie deine neue, wahre Gefährtin?"

„Nein."

„Aber dir liegt offensichtlich etwas an ihr, und es geht nicht nur um Schutz."

Er runzelte die Stirn. „Seit wann bist du eine verdammte Psychologin? Untersuch einfach meine Verletzung und lass mich wissen, wann ich wieder wandeln kann."

Sid machte ts. „Gib mir nochmal Befehle, und ich werde dich einen Tag warten lassen."

Kai grunzte. „Mein Drache ist ungeduldig und will den Menschen. „Er macht mich verrückt." In der Sekunde, in der er es gesagt hatte, bereute Kai es. „Sid—"

Sie hob eine Hand. „Wage es nicht, mich zu umschmeicheln, Kai. Ich habe einen Job, den ich liebe, und helfe dem Clan. Das reicht mir. Wenn ich es nicht ertragen könnte, die Leute über ihre inneren Drachen reden zu hören, wäre ich nicht hier. Ende der Geschichte."

Kai wusste nicht, was er dazu sagen sollte. Sosehr sein Tier ihn auch genervt hatte, er konnte sich nicht vorstellen, ohne das ständige Gerede des Drachen in seinem Kopf zu leben.

Er hatte noch nie ein Problem damit gehabt,

seinen Drachen nicht in Sids Gegenwart zu erwähnen, es sei denn, sie stellte eine direkte Frage über ihn. Jane rief alle möglichen Veränderungen in seinem Leben hervor. Kai hoffte nur, dass die guten die schlechten überwogen.

Sein Drache meldete sich zu Wort. *Sie ist gut für uns, Punkt.*

Sid entfernte seine Schlinge und nahm nicht so sanft seine Verbände ab. Ihr Piksen und Ziehen halfen Kai, sein Tier in den Hinterkopf zu schieben und sich auf die Situation zu konzentrieren. „Und?"

Sid lehnte sich zurück, um ihm in die Augen zu sehen, und antwortete: „Es heilt gut. Ich werde die Fäden ziehen, aber du musst einige Tage lang Krankengymnastik machen, bevor du wieder wandeln kannst, geschweige denn fliegen."

Sie schwieg, und Kai knurrte. „Willst du mich wirklich die Frage aussprechen lassen?"

Sid verschränkte die Arme vor der Brust und zuckte die Schultern. „Ich habe keine Ahnung, wovon du redest."

Verdammte Frau. „Ich will Sex haben."

„Mit mir? Tut mir leid, Kai, aber du bist nicht mein Typ."

„Cassidy Jackson, jetzt ist nicht die Zeit, um mit mir Spielchen zu spielen."

Sie hob eine Braue. „Du benutzt meinen vollständigen Namen. Wenn mir das Angst machen soll, dann funktioniert es nicht."

Sid drehte sich um, zog Handschuhe an und

trug ein Tablett zu ihm. Dann machte sich die verdammte Frau wieder an die Arbeit und zog seine Fäden.

Nach ein paar Sekunden entschied er, dass Jane es wert war, Sid diese Runde gewinnen zu lassen. „Wann kann ich Sex mit meinem Menschen haben?"

Sid sah auf. „Dein Mensch, was? Das ging aber schnell."

„Cassidy."

Sid machte sich wieder an seine Verletzung. „Schön. Die wilde Sexnacht, von der du träumst, darfst du nicht vor mindestens morgen haben." Sie hielt inne und fügte hinzu: „Aber wenn du auf dem Rücken liegst, dürfte es kein Problem sein. Sei einfach vorsichtig mit deinem Arm."

Kais Drache brach aus seinem mentalen Käfig. *Wie viele Minuten noch? Danach bringen wir unseren Menschen nach Hause und ziehen sie aus.*

Du hast gehört, was die Ärztin gesagt hat.

Das heißt aber nicht, dass wir kein bisschen Spaß haben können, bevor Jane uns reitet.

Sei ruhig, bis Sid fertig ist, und ich nehme einige deiner Vorschläge an.

Ich könnte die Kontrolle übernehmen, wenn ich wollte.

Fang nicht wieder damit an. In all unseren gemeinsamen Jahren hast du noch nie die Kontrolle übernommen und behalten. Nicht einmal als Maggie uns abgewiesen hat, hast du die volle Kontrolle für mehr als ein paar Minuten am Stück übernommen.

Ja, aber dieses Mal ist es anders. Unser Mensch will uns genauso sehr, wie wir sie wollen.

Kai wollte sich nicht länger streiten, schubste sein Tier wieder zurück und beobachtete den zweiten Zeiger, wie er rund um die Uhr tickte. Fünf oder zehn Minuten sollten wie eine Ewigkeit erscheinen, besonders, wenn er Jane nackt haben und in zwanzig Minuten seinen Namen schreien lassen konnte.

AUF DEM FLUG nach Stonefire hatte Jane irgendwie ihr Handy verloren, sodass sie ihre Mails nicht lesen und auch nicht ins Internet gehen konnte. Die Zeitschriftensammlung auf dem Tisch war spärlich, und es ging hauptsächlich um Koch- oder Flugtechniken. Da Jane weder fliegen noch kochen konnte, musterte sie ihre Umgebung.

Abgesehen von dem jungen Drachenwandler an der Rezeption war Jane allein. Die Einrichtung war alt, aber robust. Im Gegensatz zu den Plastikstühlen in Menschen-Krankenhäusern hatte Stonefire hölzerne Stühle. Angesichts der Muskeln und der Größe der Drachenwandler konnte Jane es ihnen nicht verübeln.

Selbst etwas so Alltägliches wie ein Wartezimmer brachte sie auf Ideen für ihre Podcast-Serie. Sie fragte sich, was Drachenwandler-Medizin eigentlich bedeutete. Vielleicht wäre Sid für ein Interview offen.

Eine der Türen zur Seite der Rezeption öffnete sich, und Hudson Wells kam heraus, einer der Drachenwandler, die sie beim ersten Mal in Stonefire interviewt hatte. In seinen Armen war sein Sohn Elliott.

Der Drachenmann lächelte über etwas, das sein Sohn gesagt hatte, und es war ansteckend. Als sie an das letzte Mal dachte, dass Jane ihn befragt hatte, hatte Hudson sehr um den Verlust seiner Gefährtin Charlie getrauert. Jane freute sich über die Veränderung.

Sie stand auf, winkte und rief „Hudson!"

Hudson sah auf und lächelte. „Ms. Hartley."

Jane ging zu dem Drachenmann. „Ich habe Ihnen doch schon mal gesagt, Sie sollen mich Jane nennen."

„Dann Jane. Sind Sie hier, um Dr. Sid zu interviewen?"

Sie fragte sich, wie viel sie preisgeben sollte, entschied jedoch, dass sie sich nicht zurückhalten würde, da Kai offen mit seinem Anspruch auf sie umgegangen war. „Nein, ich warte auf Kai."

Hudsons Pupillen blitzten zu Schlitzen und zurück. „Ach, jetzt verstehe ich."

„Ich wünschte, Sie alle würden mit diesen Supersinnen aufhören. Das ist ein bisschen unfair."

Hudson lächelte. „Hey, wir brauchen jeden Vorteil, den wir bekommen können."

Hudsons Sohn warf ein: „Ich habe Hunger, Daddy. Du hast es versprochen."

„Richtig, richtig, du willst Pfannkuchen."

Der kleine Junge nickte enthusiastisch. „Ich hab' die Spritze bekommen und nicht geweint. Du hast gesagt, Drachen halten immer ihre Versprechen."

„Das habe ich." Hudson warf Jane einen entschuldigenden Blick zu. „Tut mir leid, Jane. Mein Kleiner hier fängt gerade erst an, mit seinem Drachen zu reden, und wenn ich ihn nicht füttere, wird sein kleines Biest alle möglichen Schwierigkeiten verursachen."

„Machen Sie sich keine Sorgen. Wenn Sie jemanden zum Reden brauchen, ich bin da."

Elliotts Pupillen blitzten zu Schlitzen und blieben so. „Ich habe Hunger. Gib mir Essen."

Hudson sah seinem kleinen Jungen in die Augen. „Selbst Drachen brauchen Manieren. Was sagt man?"

Der Junge grunzte. „Bitte füttere mich."

„Besser." Hudson verlagerte den Jungen in seinen Armen. „Bye, Jane."

Jane winkte. „Man sieht sich, Hudson." Sie kitzelte die Seite des kleinen Jungen. „Und benimm dich für deinen Vater."

Elliott sagte nur „Essen."

Jane lachte, als Hudson und sein Sohn gingen. Menschen- und Drachenwandler-Jungs waren vielleicht doch nicht so verschieden.

Sie drehte sich um, um wieder auf ihren Platz zu gehen, als Kai aus derselben Tür kam. Bevor sie etwas sagen konnte, fragte Kai: „Warum hast du mit Hudson Wells gesprochen?"

Sie zuckte die Schultern. „Er hatte eine schlimme Zeit. Ich wollte nur mal Hallo sagen."

Kai grunzte. „Aber er ist ohne Bindungen."

Jane seufzte. „Bitte sag mir, dass du mir nicht verbieten wirst, mit ungebundenen Männern zu sprechen."

Seine Pupillen waren Schlitze. „Ich denke darüber nach."

„Sei nicht albern. Wie wäre es, wenn du mir stattdessen erzählst, was Sid gesagt hat? Ich sehe, die Schlinge ist weg. Das ist ein gutes Zeichen."

Kai streckte seinen guten Arm aus und zog Jane gegen seinen Körper. „Ich darf nicht vor morgen wilden Sex haben."

Jane hob eine Braue. „Ich spüre ein ‚Aber'."

Er beugte sich hinab und flüsterte ihr ins Ohr: „Aber es ist in Ordnung, wenn ich mich auf den Rücken lege und du mich reitest."

Obwohl ihr Herz in der Brust schlug, konnte Jane nicht anders als zu sagen: „Ich wollte schon immer auf einem Drachenwandler reiten."

Kai knabberte an ihrem Ohr. „Ich bin der Einzige, den du reiten wirst, Janey." Er schmiegte sich an ihre Wange. „Aber zuerst ziehe ich dich aus und lasse dich mit meiner Zunge kommen."

Wenn man bedachte, was Kai mit seinen Fingern gemacht hatte, schossen seine Worte direkt zwischen ihre Beine, und ihre Klitoris pochte in Erwartung. „Wenn du das nicht in voller Sicht auf den Kerl an der Rezeption tun willst, denke ich, sollten wir gehen."

„So, mein ziemlich großer Mensch ist also ungeduldig. Ich würde sagen, du bist genauso Drachenwandler wie ich."

Jane nahm sein Kinn und drehte seinen Kopf, bis sie in Kais blaue Augen sehen konnte. „Wer würde nicht mit einem klugen, sexy Mann schlafen wollen?"

Kai knurrte. „Wir haben etwa fünf Minuten, bevor mein Drache einen Anfall bekommt und dich drängt, egal, ob wir in der Öffentlichkeit sind oder nicht. Geh los, Mensch."

„Schon wieder der Befehlston?"

Sein Blick erhitzte sich. „Oh, ich glaube, wenn du nackt und mir ausgeliefert bist, wird es dir nichts mehr ausmachen."

Der Gedanke, was Kai mit ihr machen könnte, wenn sie nackt war, ließ einen kleinen Schauer durch ihren Körper fahren. „Du solltest dem Hype besser gerecht werden, Drachenmann."

Kai packte besitzergreifend ihren Po. „Wir können später darüber sprechen." Er schlug ihr auf den Po. „Geh schon los."

Er wirbelte sie herum und hielt ihre Taille weiter fest.

Als ihr Drachenmann sein Tempo beschleunigte, gab Jane ihr Bestes, um mitzuhalten. Wie sie Kai kannte, konnte er sie über die Schulter werfen und sich nicht um seine Verletzung scheren.

Und obwohl ihr die Idee ziemlich gut gefiel, dass Kai sie an einen geheimen Ort brachte und sie um den Verstand fickte, wollte sie ihm nicht wehtun.

Halb rennend folgte Jane Kais Führung. Mit jedem Schritt schlug ihr Herz nur noch schneller, und ihre Haut wurde wärmer. Gerüchte besagten, Sex mit einem Drachenmann würde das Leben einer Frau für immer verändern.

Jane war bereit herauszufinden, ob es nur ein Gerücht oder die Wahrheit war.

Kapitel Vierzehn

Als Kai die Tür zu seinem Haus schloss, zog er Jane an sich und küsste sie. Er streichelte das Innere ihres Mundes, erfreute sich an ihrem Geschmack, aber es reichte nicht. Kai wollte Janes weiche, nackte Haut an seiner spüren.

Sein Drache knurrte. *Jetzt. Ich will sie.*

Ausnahmsweise stimmte er seinem Drachen zu.

Kai unterbrach den Kuss und strich mit seinen Lippen über ihre Wange, bis er ihr Ohr erreichte. Er knabberte und leckte ein paar Mal, bevor er flüsterte: „Geh nach oben, zieh dich aus und warte auf mich auf meinem Bett."

Jane drückte gegen seine Brust und lehnte sich zurück, bis er ihr in die Augen sah. „Kommst du denn nicht?"

„Noch nicht, Janey." Er bewegte seine Hand an ihre Brust und kniff ihre bereits harten Nippel. „Ich habe eine Überraschung für dich. Aber um sie dir zu geben, musst du nackt sein."

Sie musterte ihn, und Kai zog wieder an ihren Nippeln. Jane stieß ein Geräusch aus, das nicht ganz ein Stöhnen war, und er lächelte.

„Du willst also dieses Spiel spielen, was?", fragte Jane.

Seine Menschenfrau legte eine Hand an seine Brust und streichelte langsam seinen Bauch hinunter, bis sie an seinem Bund innehielt. Als ihre sanfte Berührung über seine Haut tanzte, hielt er den Atem an. Menschen waren selten so kühn.

Er liebte es, dass Jane anders war.

Sie öffnete den Knopf seiner Hose und bewegte ihre Hand direkt unter den Bund seiner Boxershorts. Sein inneres Tier knurrte. *Ja, ja. Nur noch ein bisschen.*

Bevor Kai antworten konnte, nahm Jane seinen Schwanz in die Hand und drückte. Lust vermischt mit Hitze rauschte durch Kais Körper, und er stöhnte. „Janey."

Ihre Stimme war kräftig, als sie antwortete: „Wenn deine Überraschung nicht dein Schwanz mit einer Schleife drum ist, spar dir das für später."

Sein Drache meldete sich zu Wort: *Fick sie einfach jetzt. Wir können uns später rächen.*

Nein. Ich will, dass sie beim ersten Mal mit mir alle Erinnerungen löscht, die sie an andere Männer hat. Es muss etwas Besonderes sein.

Jane streichelte seinen Schwanz hoch und wieder runter. Er konnte sich nicht genug konzentrieren, um sowohl mit seinem Tier als auch mit Jane zu sprechen, schubste seinen Drachen weg und flüsterte: „Nein. Geh nach oben, zieh dich aus und warte auf mich."

Mit einem Finger an seinem Schwanz zog Jane Kreise auf der Spitze. Jedes leichte Streicheln auf seiner empfindlichen Haut kratzte an seiner Entschlossenheit.

Seine Menschenfrau war ein verdammtes Luder.

Kai atmete tief ein, kratzte jede Unze seiner Selbstbeherrschung zusammen und sagte: „Oben, Jane. Das ist deine letzte Chance; andernfalls werfe ich dich über meine Schulter und fessle dich ans Bett."

Einer ihrer Mundwinkel hob sich. „Soll das eine Drohung sein?"

Verdammt! Jane war wagemutiger, als er sich das vorgestellt hatte. Sie war wirklich alles, was er von einer Frau wollte. „Das wird es, wenn ich dich festbinde und dich stundenlang necke, bevor ich dich kommen lasse."

„So gerne ich auch sehen würde, wie du das versuchst, ich will dich zu sehr, um lange zu warten." Jane nahm langsam ihre Hand von seinen Boxershorts und kratzte dabei über seinen Schwanz.

Kai packte fast ihr Handgelenk, um sie zurückzuführen, aber er erinnerte sich daran, warum er ihr erstes Mal unvergesslich machen wollte, also drückte er stattdessen seine Finger zusammen.

Jane legte eine Hand an ihre Hüfte und neigte den Kopf. „Deine Überraschung sollte sich besser lohnen, Kai. Sonst schuldest du mir was."

Er löste seine Finger, streckte die Hand aus und umfasste Janes Brust. Während er drückte und seine Handfläche an ihren harten Nippel rieb, sagte er: „Oh, glaub mir. Es wird sich lohnen." Er drückte ein weiteres Mal ihre Brust. „Geh, Janey. Es sei denn, du willst nicht härter kommen als je zuvor in deinem Leben."

Der Duft von Janes Erregung wurde stärker. Seine Menschenfrau war schon ziemlich feucht für ihn.

Unfug vermischt mit Hitze tanzte in Janes Augen. „Ich nehme dich beim Wort. Wenn du lieferst, werde ich dich vielleicht auch härter als je zuvor kommen lassen."

Sein Tier knurrte. *Hör auf zu reden und beeil dich. Ich will sie.*

Kai löste den Griff an ihrer Brust und trat zurück. „Dann geh schon. Wenn du nicht nackt bist, muss ich mich vielleicht noch etwas ausruhen, nachdem ich dich gefesselt habe und bevor ich mich Sex gewachsen fühle."

Jane verdrehte die Augen. „Als ob du dich zurückhalten könntest." Kai öffnete den Mund, doch sie kam ihm zuvor. „Mach nur nicht zu lang. Wenn doch, werde ich mich wohl um mich selbst kümmern müssen."

Mit einem Lächeln drehte sich Jane um und wiegte ihre Hüften. Kai sollte etwas sagen, um das letzte Wort zu haben, aber er war so von dem prallen Po seines Menschen fasziniert.

Sein Drache meldete sich wieder zu Wort. *Es wird schwer sein, sie heute nicht von hinten zu nehmen.*

Ich stimme zu, Drache, ich stimme zu.

Sobald Jane die Treppe erklommen hatte, schüttelte Kai den Kopf, um den Zauber zu brechen, und ging in die Küche. Er musste etwas holen, bevor er Jane überraschen und endlich seinen Menschen vollständig beanspruchen konnte.

JANE ÖFFNETE die Tür zu Kais Schlafzimmer. Es war das erste Mal, dass sie einen Fuß hineinsetzte, aber es war kahl wie ihr Zimmer, nur mit einem Bett, Nachttisch, Uhr und Lampe. In Kais Leben schien alles kahl zu sein.

Nun, sie hoffte, das zu ändern.

Jane wusste, dass Kai jeden Moment reinkommen konnte, und zog das Oberteil und ihre Jeans aus. Trotz ihrer großen Klappe unten zögerte sie, ihren BH und ihren Slip abzulegen. Es war ein paar Jahre her, seitdem ein Mann sie nackt gesehen hatte.

Aber dann erinnerte sie sich, dass es Kai war, der zu ihr kam. Sie hätte zu lange Fußnägel und unrasierte Achseln haben können, und er würde sie immer noch wollen.

Sie warf BH und Slip zur Seite und kroch aufs Bett.

Auch wenn sie Kais Befehle befolgte, hatte er sie vage formuliert. Sie würde ihren eigenen Dreh hinzufügen.

Jane lehnte sich gegen das Kopfteil und hob ihre Ellbogen über den Kopf, wodurch ihre kleinen Brüste prominenter wurden. Dann stellte sie ihre Füße flach auf das Bett und spreizte ihre Beine weit.

Für den Bruchteil einer Sekunde kam sie sich dumm vor. Aber dann schob sie das Gefühl beiseite. In dieser Position könnte sie Kai vielleicht wieder dazu bringen, seinen Kiefer zu senken.

Ihr Puls stieg mit jeder Sekunde an, die verging, und ihre Pussy pochte. Bei diesem Tempo müsste Kai nur einmal über ihre Klitoris streicheln, und sie würde kommen.

Bevor sie sich einen Weg überlegen konnte, ihre Erregung zu verringern, damit sie länger durchhalten konnte, hörte sie Schritte im Flur hallen. Zwei Sekunden später öffnete Kai die Tür. Sein Anblick, noch in der Hose, enttäuschte sie sehr. Sie wollte alles von ihm sehen.

Kai stand in der Tür und starrte ihre entblößte Pussy an. Sein Blick schickte einen Ansturm von Nässe zwischen ihre Schenkel, und seine Pupillen verwandelten sich für ein paar Sekunden in Schlitze, bevor sie sich zurückverwandelten. Er hob seinen Blick zu ihren Brüsten. Sogar von der anderen Seite des Raums aus machte seine Aufmerksamkeit ihre Brustwarzen härter.

Als er ihr endlich in die Augen sah, ließ die Hitze und Sehnsucht darin ihren Bauch kribbeln.

Kai murmelte: „Du hast auf mich gehört. Das heißt, ich kann dich belohnen."

„Du könntest mich belohnen, indem du dich ausziehst."

Einer von Kais Mundwinkeln zuckte nach oben. „Wer ist denn da so ungeduldig?"

„Das bin ich meistens, wenn es um dich geht." Kai bewegte sich, bis er am Fuß des Bettes stand. Erst da bemerkte sie, dass sein guter Arm hinter seinem Rücken war. „Wo ist meine Überraschung?"

„Schließ erst die Augen."

Sie sah ihn skeptisch an. „Ich bin mir nicht sicher, dass ich das tun sollte."

„Du vertraust mir nicht?"

Sie sollte nein antworten und ihm sagen, dass das Zeit brauchte. Doch als sie in seine hellblauen Augen starrte, konnte sie sich nicht dazu bringen, diese Worte auszusprechen. Kai hatte sie in der Gasse in Gateshead beschützt, sogar mit der Bedrohung, erschossen zu werden. Er hatte sich auch gegen ihren Bruder gewehrt und ihren Plan unterstützt, ihre Zukunft in die eigenen Hände zu nehmen.

Trotz aller Gründe, warum sie es nicht sollte, vertraute sie ihm.

Sie atmete tief ein, schloss die Augen und hörte zu, wie Kai aufs Bett kam. Sie konnte die Hitze seines Körpers zwischen ihren Schenkeln spüren, aber er hatte sie noch nicht berührt. Sie wollte ihn gerade schon bitten, sich zu beeilen, als etwas Kaltes und Nasses über ihre Brustwarze gestrichen wurde, und sie zitterte.

Kais leise Stimme füllte ihre Ohren. „Wie fühlt sich das an? Und sag nicht einfach, dass es verdammt kalt ist."

„Aber das ist es."

Etwas Kaltes strich jetzt über ihren anderen Nippel, und ein kleines Stöhnen entkam ihren Lippen. Kais Stimme erwiderte: „Willst du mehr?"

Sie zögerte nicht. „Ja."

Die Kälte, die sie für einen Eiswürfel hielt, zog ihren Bauch hinunter, bevor sie sich zu ihren inneren Schenkeln bewegte. Als die Kälte näher an ihre Pussy herankam, öffnete Jane ihre Beine breiter. Kai schmunzelte. „Sag mir, was du möchtest, Janey."

Sie hätte eine spitze Bemerkung machen können, aber ihr Körper brannte. Sie wollte mehr von Kais Berührung. Sie spreizte die Beine noch weiter und murmelte: „Berühr mich hier."

Kai schwieg weiter. Fünf Sekunden vergingen, und dann zehn. Schließlich berührte der kalte, nasse Gegenstand ihr geschwollenes Fleisch, und sie hielt den Atem an.

Ihr Drachenmann bewegte es jetzt bis knapp über ihre Klitoris und ging auf die andere Seite. „Kai."

„Hm? Was möchtest du, mein großer Mensch?"

Janes Klitoris pochte so heftig, dass sie fast gewimmert hätte. „Berühre mich. Ich will deine Hitze spüren."

Das Bett bewegte sich unter ihr, und sie war versucht, die Augen zu öffnen. Kais Stimme befahl: „Halt die Augen geschlossen."

In der Hoffnung, dass ihr Schweigen ihn endlich überzeugen würde, ihr einen Orgasmus zu bescheren, hielt Jane ihre Augenlider fest geschlossen.

Das Herz donnerte in ihren Ohren, während sie wartete. Noch nie in ihrem Leben war ein Mann in der Lage gewesen, diese Art von Vorfreude bei ihr zu erzeugen. Sie konnte es kaum erwarten, zu sehen, womit Kai kommen würde, sobald er geheilt war.

Etwas Heißes, Nasses und Weiches stieß in ihre Pussy, und Jane lehnte den Kopf zurück. Seine Zunge wirbelte hinein, bevor er ihren Schlitz leckte und die Haut um ihre Klitoris in langsamen Kreisen verfolgte.

Er wiederholte das Eintauchen, Lecken und Kreisen, aber er berührte nicht ihr empfindliches Nervenbündel. „Kai."

Selbst in ihren Ohren klang sein Name wie ein Flehen.

Kai hörte nicht auf, sich an ihrer Pussy zu laben, aber der Eiswürfel stieß gegen ihre Klitoris, und sie stöhnte. Der Kontrast zwischen Kais Hitze und dem Eis war ein seltsames Gefühl; selbst die eisige Zärtlichkeit setzte ihre Haut in Brand. Sie hatte sich schon immer gefragt, wie es sich anfühlen würde, Hitze und Kälte abzuwechseln.

Aber sie verlor ihren Gedankengang, als Kai das

Eis entfernte und seine Zunge gegen ihre Klitoris schnippte. Seine Hitze brannte fast nach der Kälte des Eises. Jeder Stoß seines nassen Fleisches gegen ihres ließ ihre Brüste schmerzen und den Druck sich aufbauen.

Sie öffnete den Mund, um ihn um mehr anzuflehen, als Kai seine Bewegungen an ihrer Klitoris verlangsamte. Sie schrie frustriert auf, aber dann verfolgte er die Lippen ihrer Pussy mit dem Eiswürfel, und sie beugte ihre Hüften. „Kai."

Als Reaktion darauf stoppte ihr Drachenmann seine Aufmerksamkeit und strich erneut mit dem Eis über ihre Klitoris. Die plötzliche Kälte brachte sie näher an den Rand. Aber sie wollte, nein, brauchte Kais Mund wieder auf sich.

Weil sie fürchtete, er würde sich ganz zurückziehen und sie nach mehr keuchen lassen, der Bastard, schob sie ihre Finger durch sein Haar. Sie würde ihn nicht loslassen, bis er sie kommen ließ.

Kai saugte ihre Klitoris tiefer ein und biss sanft hinein. Jane grub ihre Fingernägel in die Kopfhaut ihres Drachenmanns, und er knabberte noch mehr.

Sie war nah dran.

Sie drückte gegen seinen Kopf und befahl ihm damit, es zu beenden. Kai knurrte, als er zwei Finger in ihre Pussy stieß. Er biss ihre Klitoris kräftig, und sie schrie, als Lust durch ihren Körper schoss. Mit jedem Krampf grub sie ihre Nägel ein wenig mehr in Kais Kopfhaut.

Als sie endlich von ihrem Hoch herunterkam,

entfernte Kai seine Finger, und sein Kopf hob sich zwischen ihren Beinen. Er murmelte: „Sieh mich an."

Jane öffnete die Augen, um Kais geschlitzte Pupillen und seine Augen voller Begierde zu sehen. „Hi, Drachenmann."

Er knurrte. ‚Nicht ‚Hi.' Ich möchte ein Dankeschön."

Sie lächelte. „Wofür auch immer."

Kai stieß gegen ihre sensible Klitoris, und Jane schrie auf. Kai grunzte. „Dass ich dich mit meinem Mund verschlungen habe."

„Vielleicht später."

Sie bemerkte, dass seine Pupillen geschlitzt blieben, als er antwortete: „Wenn es mir gut geht, ist eine Rückzahlung fällig."

„Ich freue mich drauf." Jane setzte sich auf und fuhr mit der Hand über Kais Brust. „Aber wird sie vom Menschen oder vom Drachen sein?"

Kai umfasste ihre Hand mit seiner. „Beide."

Bei dem Gedanken daran, sein Tier könnte freigelassen werden, setzte ihr Herz einen Schlag aus. Gerüchten zufolge wäre ein Drache, der das Sagen hatte, nicht nur grob, sondern hatte auch viel mehr Ausdauer als die menschliche Hälfte.

Als sie sich nur eine lange, raue Begegnung vorstellte, bereitete ihr das Schmerzen zwischen den Beinen.

Kais Nasenflügel blähten sich. „Woran denkst du?"

„Deinen Schwanz."

„Das ist nur ein Teil der Wahrheit."

Sie verfolgte Kais Brustwarze mit ihrer freien Hand. „Willst du weiter reden oder willst du, dass ich deinen Schwanz reite, als gäbe es kein Morgen?"

Er packte ihre andere Hand und zog sie näher an sich. „Du wirst mir später jedes kleine Detail erzählen." Er lehnte sich nach vorn und nahm ihre Unterlippe zwischen die Zähne, bevor er sie freigab. „Vorerst will ich spüren, wie deine enge Pussy meinen Schwanz packt, während du meinen Namen schreist."

Jane lehnte sich nach vorn, bis ihre Brustwarzen Kais Brust streiften. „Ich hätte nie gedacht, dass ich dir das sagen müsste, aber du musst aufhören zu reden." Sie ging wieder auf die Fersen, aber bevor sie etwas anderes sagen konnte, lehnte sich Kai nach vorn und saugte ihre Brustwarze tief ein.

Als er ihre feste Knospe liebkoste, pulsierte Janes Pussy und verlangte mehr. Mit großer Mühe legte Jane Kai eine Hand an den Kopf und drückte ihn zurück. Er ließ ihren Nippel mit einem Plopp los.

Sie zitterte bei der Hitze in seinen Augen, blieb aber stark. Sie brauchte viel mehr als seinen Mund. Nur sein Schwanz konnte das Klopfen zwischen ihren Beinen lindern.

Jane deutete mit dem Kopf zum Bett. „Auf den Rücken, Kai, oder ich verlasse den Raum."

KAI HATTE seinem Drachen vorübergehend erlaubt, die Führung zu übernehmen, aber als Jane ihn auf den Rücken befahl, drängte sich Kai wieder in seinen Kopf. *Ich bin dran, Drache.*

Ich war noch nicht fertig.

Zu schade. Der erste Fick gehört mir.

Bevor sein Tier antworten konnte, warf Kai ihn in ein mentales Gefängnis. Als er seine Hand über Janes Innenschenkel hoch und runter strich, antwortete er: „Ich kann riechen, wie sehr du mich willst, Janey. Deine Worte sind nichts als eine leere Drohung.

Sie hob die Brauen. „Sind sie das jetzt?"

Sie schob sich zum Bettrand. Mit einem Knurren griff Kai nach ihr und zog Jane gegen seinen Körper. Das Gefühl ihrer nackten Haut an seiner ließ ihn sie umso mehr beanspruchen wollen. „Ich glaube nicht, Mensch. Küss mich zuerst, Janey, und ich werde tun, was du sagst."

„Ich bin mir nicht sicher, was ich von dem Befehl halten soll."

Kai packte besitzergreifend ihren Po. „Küss mich einfach, verdammt nochmal, Frau."

Jane schüttelte den Kopf. „Du bist so herrisch und fordernd."

Kai schloss die Distanz zwischen seinen und Janes Lippen und ließ nur einen Zentimeter Platz. „Aber es gefällt dir."

Bevor sie etwas erwidern konnte, nahm Kai ihren Mund.

Jane schrie auf in einer Mischung aus

Überraschung und Verlangen. Er nutzte es aus, indem er seine Zunge in ihren heißen, süßen Mund tauchte.

Seine Menschenfrau stöhnte, als sie ihm begegnete, ihre Zähne stießen dabei aneinander. Er würde nie genug vom Geschmack seiner Frau bekommen.

Der Drache brüllte in seinem Kopf, während das Tier sich gegen sein Gefängnis krallte. Wenn Kai nicht bald in Jane eindringen würde, konnte sein Tier sich befreien und die Kontrolle übernehmen. Und das würde er nicht zulassen.

Als er den Kuss unterbrach, war Janes Atem heiß auf seinen Lippen, als er sagte: „Jetzt kannst du mich haben."

Er ließ Jane frei und legte sich vorsichtig auf seinen Rücken. Janes Brüste ragten über ihm vor, er streckte die Hand aus und kniff ihre Brustwarze. „Ich warte."

Jane kniff die Augen für den Bruchteil einer Sekunde zusammen, bevor sie verschlagen aussahen. „Egal, was ich tue, lass deine Hände auf dem Bett, bis ich es sage."

Er knurrte: „Spiel jetzt keine Spielchen mit mir, Jane. Mein Drache ist kurz davor, sich zu befreien."

„Dann halte ihn fest."

„Und wenn nicht?"

Sie setzte sich rittlings auf seine Oberschenkel und legte ihre Hände auf seine Hüften. „Dann wird dein Drache der Erste sein, der mich bekommt."

„Auf keinen verdammten Fall wird das passieren."

„Gut." Sie legte ihre Hände an seine Hoden und schloss ihre Finger darum. „Bist du bereit?"

Als sie ihn massierte, brauchte er alle Beherrschung, um sich zu konzentrieren. „Jane, ich habe mein ganzes Leben auf dich gewartet. Ich bin mehr als bereit."

Etwas Unlesbares blitzte in Janes Augen, aber es war in der nächsten Sekunde verschwunden. „Dann testen wir deine Selbstbeherrschung."

Beim nächsten Herzschlag verschlang Janes heißer Mund seinen Schwanz.

Er stöhnte, als er sich mit den Fingern in die Laken krallte. Seinen Menschen nicht zu berühren, war die schwierigste Prüfung seines Lebens.

Kai in den Mund zu nehmen, war die Ablenkung, die sie brauchte. Ihre ganze Aufmerksamkeit konzentrierte sich auf seine große, dicke Länge.

Da sie ihn nicht ganz aufnehmen konnte und Jane nichts über irgendwelche Tricks wusste, zu schlucken und ihn tiefer zu ziehen, bewegte sie ihre Hand von seinen Hoden zur Wurzel seines Schwanzes. Sie drückte fest, bewegte sich auf und ab und wirbelte dabei ihre Zunge. Als sie endlich seine Spitze leckte, schmeckte sie seine Salzigkeit.

Sie stöhnte, und Kai beugte seine Hüften. Jane

blickte auf, um Kai in die Augen zu sehen, als sie seinen Schwanz hinunter leckte.

Obwohl seine Augen blitzten, machte Kai kein einziges Geräusch.

Verdammter sturer Drachenmann.

Sie drückte ihre Finger fester, während sie sie bewegte. Als sie seinen Schwanz mit den Zähnen kratzte, stöhnte Kai endlich.

In der Sekunde, in der er es tat, zog sie ihre Zunge seinen Schwanz hinauf und ließ ihn nach einem langen, langsamen Lecken los. Sie setzte sich auf und sah auf Kais in die Laken gekrallte Hände, bevor sie in seine blitzenden Augen blickte. Die Gier darin ließ sie zittern.

Kai knurrte: „Warum hast du aufgehört?"

Ein Fremder hätte sich vielleicht vor der Frustration in Kais Stimme gefürchtet, aber sie wusste, dass er ihr nie etwas tun würde.

Jane neigte den Kopf. „Ich bin noch nicht bereit dafür, dass du kommst. Ich muss dich noch weiter necken."

Er packte die Laken fester. „Du stellst meine Geduld auf die Probe, Jane."

„Gut, dass du aufgrund ärztlicher Anweisung keine Kontrolle übernehmen darfst." Sie rieb Kais Schenkel auf und ab und liebte die Rauheit seiner Beinbehaarung unter ihren Handflächen. „Wenn ich es recht überdenke, werde ich mir ein wenig meiner Neckerei für dann aufheben, wenn es dir gut geht. Es wird so viel süßer sein." Kai kniff die Augen zusammen, aber Jane sprach noch einmal, bevor er es konnte. „Aber bevor ich dich reiten kann, brauche ich ein Kondom."

Kai zögerte nicht einmal mehr und nickte zum Nachttisch an seinem Bett.

Sie öffnete die Schublade, nahm eins heraus und rollte es langsam über seine große Länge. Sie liebte es, dass er vorbereitet war und nicht mit einer idiotischen Ausrede versuchte, sie davon abzuhalten, eins zu benutzen. In den letzten Monaten hatte sie erfahren, wie sehr Drachenwandler Kinder schätzten, aber tief in ihrem Bauch wusste sie, dass Kai sie nicht drängen würde, bis sie bereit war.

Sie schob ihre ernsten Gedanken beiseite, beendete es mit einer großen Geste und kroch an Kais Körper hinauf, bis sie auf ihm lag, mit seinem Schwanz, der gegen ihren Bauch drückte. Sie zog seine Braue nach und murmelte: „Bist du bereit für mich, Drachenmann?"

„Fast. Lass mich dich mit meinen Händen berühren."

Sie stieß seine Nase mit ihrem Finger an und lächelte. „Ich mag es irgendwie, vorübergehend die Kontrolle zu haben."

„Jane."

Sie lachte. „Ich weiß, wie hart das für dich sein muss." Sie zwinkerte. „In mehr als einer Hinsicht."

„Janey."

Nachdem sie ihm einen sanften Kuss auf die Lippen gedrückt hatte, antwortete sie: „Fass mich an, Kai, und setz mich in Brand."

Kais große, raue Hände bewegten sich an ihren

Po und drückten. „Wenn ich frei bin, werde ich es genießen, von hinten in dich zu stoßen und diesen weichen Po an mir zu spüren."

„Ich auch. Also tu nichts, was mich anpisst."

„Leere Drohungen, Jane."

Sie öffnete den Mund, aber Kai bewegte eine Hand an ihren Kopf und brachte ihre Lippen an seine. Während er ihren Mund erforschte, fanden seine Finger ihre Pussy. Er neckte ihre Öffnung, machte sie noch feuchter.

Verzweifelt nach mehr als nur einem Flüstern der Berührung bewegte sich Jane mit ihm und schaffte es, seine Finger tiefer aufzunehmen.

Kai zog sich zurück und befahl: „Fick mich, Jane. Ich will dich. Jetzt."

„Du kommandierst mich ja ganz schön herum."

Als Antwort schlug er ihr auf den Po, und der leichte Stich schoss direkt zwischen ihre Beine.

Jane beschloss, dass ihr Drachenmann genug hatte, erhob sich langsam und positionierte sich über Kais Schwanz. Sie unterbrach nicht den Augenkontakt und senkte sich Stück für Stück, bis er bis zum Anschlag in ihr war.

Verdammt! Kai war groß.

Ihr Drachenmann knurrte, als er ihr den Po in langsamen Kreisen rieb. „So eng und nass und für mich. Es wird für immer für mich sein, Jane. Verstanden?"

„Wir werden sehen."

Er packte ihre Hüfte. „Du gehörst mir."

Die Dominanz und Wahrheit in Kais Worten

drückten ihr Herz. Kein Mann hatte sie je so gewollt.

Sie bewegte sich vor und zurück, und Kai knurrte noch mehr. Jane hielt eine Sekunde inne und flüsterte: „Es ist eher so, dass du mir gehörst."

Kais Augen blitzten, und er führte ihre Hüfte. „Dann reite mich, Jane. Ich möchte, dass du beanspruchst, was dir gehört."

Ihr Herz stolperte, als sie seine Worte hörte. Aber Jane war für den Moment fertig mit Reden. Es war Zeit zu handeln.

Jane bewegte ihre Hüften und schaffte ein gleichmäßiges Tempo. Kais Schwanz drang tief ein, und die köstliche Fülle erzeugte Reibung, die sie an den richtigen Stellen traf.

Kai führte ihre Hüften und bewegte sich schneller, zog sie nach vorn und schlug sie nach hinten. Nur weil sie ihre Hände auf seiner Brust hatte, blieb sie aufrecht.

Selbst als sich das Geräusch von Fleisch, das gegen Fleisch schlug, mit ihrem Stöhnen vermischte, unterbrach Kai nicht den Augenkontakt. Die Hitze seiner blauen Augen in Verbindung mit ihren blitzenden Pupillen ließ sie sich fragen, wie es sich anfühlen würde, Kai ausgeliefert zu sein, wenn er gesund und ganz war.

Dann schlug Kai auf ihren Po und hielt ihre Hüften vorn. Sie versuchte, sich zu bewegen, aber sein Griff war wie Stahl.

Seine Stimme war rau, als er befahl: „Denk an nichts anderes als das."

Er rammte sie mit einer schnellen Bewegung nach unten, und Jane schrie. „Kai."

„Mein Mensch mag es grob."

Kai wiederholte das, aber diesmal hob er im letzten Moment seine Hüften. Lust blitzte in ihren Augen. „Du wirst mich noch umbringen."

Er hielt sie auf sich und ließ seinen Unterkörper kreisen. Sein harter Schwanz traf ihren G-Punkt, und Jane packte die Haare an Kais Brust.

Er murmelte: „Warte nur, Janey. Das hält mich zurück."

Nachdem er ihren Po geschlagen hatte, strich er an ihrer Seite hinauf zu ihren Brüsten. Er zog an einer ihrer Brustwarzen und murmelte: „Beweg dich."

Sie sollte sich beschweren, dass sie an der Reihe war, die Kontrolle zu haben, aber Jane beschloss, es einfach zu lassen. Sie war so nah dran, also bewegte sie ihre Hüften.

Während sie ihr Tempo erhöhte, rollte und kniff Kai weiter ihren Nippel. Nur den einen, und der andere sehnte sich schmerzhaft nach seiner Berührung. Kai schlug ihr wieder auf den Po und legte dann seine andere Hand an ihre einsame Brust. Als er beide Nippel gleichzeitig leicht verdrehte, ließ Jane den Kopf sinken.

Kai nahm seine Hände herunter, und sie keuchte: „Hör nicht auf!"

„Sieh mich an."

Langsam hob sie den Kopf. In dem Moment, als sie seinen Blick traf, strich Kai über ihre

Klitoris. „Ich möchte, dass du für mich kommst, Janey."

Sie öffnete den Mund, um ihm zu sagen, dass er es nicht einfach so anordnen konnte, aber dann kniff er ihr empfindliches Nervenbündel. Als er es wieder tat, blitzten Lichter über ihren Augen, während ihr Orgasmus sie hart traf.

Als ihre Pussy Kais Schwanz packte und freiließ, legte er seine Hände wieder an ihre Hüfte und bewegte sie vor und zurück. „Du gehörst mir, Janey." Er beanspruchte sie mit einem harten Stoß. „Vergiss das nicht!" Und wieder. „Mir."

Er erhöhte das Tempo. Mit jedem langen, harten Stoß wurde ihre Lust so weit gesteigert, dass es fast zu viel war. Bei der Mischung aus Lust und Schmerz bemerkte Jane kaum, als Kai schrie und dann innehielt.

Schließlich bewegte Kai seine Hände von der Hüfte an ihren Rücken und drückte sie sanft nach unten. Zu knochenlos, um zu protestieren, legte sich Jane auf Kais Brust, und er zog sie in seine starken Arme.

Der Klang seines Herzschlags in Kombination mit seinem maskulinen Duft, der ihre Nase füllte, entspannte sie noch weiter.

Aus welchem Grund auch immer, so in Kais Armen zu liegen, sorgte dafür, dass sie sich sicher und umsorgt fühlte. Es war fast so, als ob sie dort wäre, wo sie immer hingehört hatte.

Ein Bild von ihr, wie sie in den Armen ihres Drachenmanns aufwachte, als sie alt und grau war, tauchte in ihrem Kopf auf. Da es erst ein paar Tage waren, sollte der Gedanke sie erschrecken. Doch als sie sich so auf seine Brust kuschelte, dachte Jane, es wäre vielleicht nichts Schlechtes.

Schon, es gab immer noch Probleme zwischen ihnen, vor allem, wenn es darum ging, sicherzustellen, dass Kai über seine wahre Gefährtin hinweg war. Aber wenn sie die lösen konnten, hätte sie vielleicht einen starken Mann, der keine Angst hatte, sich ihr zu widersetzen.

Mit anderen Worten, Jane konnte ihr perfektes Gegenstück gefunden haben.

Kai legte seine Wange auf Janes Kopf und atmete ihren Duft ein. Die Kombination aus ihrem langen Körper auf seinem und der Hitze ihrer Pussy um seinen Schwanz entspannte ihn auf eine Art, die er nicht mehr gespürt hatte, seit er Maggie begegnet war.

Es gab vielleicht keinen Rausch, aber es war ihm egal. Sein Dracheninstinkt hatte sich vor elf Jahren geirrt. Jane würde ihm gehören.

Die schläfrige Stimme seines Tiers füllte seinen Geist. *Ich kann den Rausch auch nicht kontrollieren. Mach mir dafür keine Vorwürfe. Außerdem, wen interessiert's? Wir haben Jane.*

Kai streichelte die weiche und klamme Haut ihres Rückens und antwortete: *Es ist etwas früh, sie zu haben, wenn wir sie überhaupt jemals haben können.*

Wenn wir sie verlieren, ist es deine Schuld.

Halt einfach die Klappe und schlaf.

Und nicht wieder Janes gerötetes Gesicht sehen? Ich glaube nicht.

Dann sei einfach still.

Mit einem Schnauben verblasste das Tier in seinen Hinterkopf.

Kai war nie gesprächig gewesen, aber ausnahmsweise wünschte er sich, er wäre es. Er wollte alles über seinen Menschen wissen, hatte aber nicht die leiseste Ahnung, wie er sie fragen sollte, ohne einen Befehl zu erteilen.

Sein Drache schnaubte, aber dankenswerterweise blieb er danach still.

Zufrieden damit, Janes Rücken auf und ab zu streicheln, vergingen einige Minuten, bis Janes Stimme den Raum füllte. „Die Drachenwandler sind mir schon wichtig, weißt du." Sie sah auf. „Und nicht nur, weil du gut im Bett bist."

„Gut, bin ich das?"

Sie schlug ihm verspielt auf die Brust. „Ich versuche, den Mut aufzubringen, dir etwas über meine Vergangenheit zu erzählen, und du willst, dass ich dein Ego streichle."

Sowohl Mensch als auch Tier horchten auf. „Du kannst mir alles erzählen, Janey. Ich bin wirklich gut darin, Geheimnisse zu bewahren."

Sie lächelte und rieb ihre Hand vor und zurück über seine Brustmuskeln. „Ja, aber nur, weil du nur das Nötigste sagst."

Er legte seine Hand auf ihren Po und drückte.

„Außer bei dir. Ich weiß nicht, ob es deine Jahre als Reporterin oder deine hübschen Augen sind, aber ich rede gerne mit dir."

Sie schnaubte. „Du musst dabei nicht so klingen, als wäre das etwas Schlechtes."

Er klatschte sanft auf ihren Po und fragte: „Was wolltest du mir sagen?"

Jane blickte auf seine Brust zurück und zog Kreise mit ihrem Zeigefinger. Es war das erste Mal, dass sie wenig Selbstvertrauen zeigte, und es gefiel ihm nicht. „Jane, sag es mir."

Sie sah ihm wieder in die Augen. „Schon wieder der Befehlston." Kai hob nur seine Augenbrauen, und sie seufzte. „Da ich so das Gefühl habe, dass du mich nicht mehr füttern wirst, bis ich es dir sage, sollte ich es einfach ausspucken."

Kai blieb still, obwohl der Drache in seinem Kopf hin und her lief, besorgt, ihren Menschen zu füttern. *Wenn sie Hunger hat, sollten wir was zu essen finden.*

Sie wird noch ein bisschen länger durchhalten. Bist du nicht neugierig auf ihre Geheimnisse?

Sein Tier hielt inne und antwortete *schließlich: Ich mag Geheimnisse.*

Gut. Dann sei still.

Kais Schweigen wurde endlich belohnt, als Jane wieder sprach. „Es war meine erste aufregende Aufgabe. Nach ein paar Jahren, in denen ich über Dinge wie gefährliches Unkraut für Kinder oder Senioren-Kunstausstellungen berichtet hatte, war ich mehr als bereit, eine Brandstiftung zu untersuchen. Mein damaliger Chef sagte, es sei ein Test – wenn ich mit der Geschichte umgehen könnte, würde ich von lokalen Unannehmlichkeiten und Ereignissen zu Verbrechen übergehen.

Damals dachte ich, dass Verbrechen genau das wäre, wo ich sein wollte, also kniete ich mich hinein und machte mich an die Arbeit." Jane legte ihren Kopf auf die Hände und fuhr fort: „Ich tat, was ich mit jeder Geschichte tun würde, und wandte mich an meine Polizeikontakte, befragte Zeugen und entdeckte schließlich die beiden Männer, die des Verbrechens verdächtigt wurden, sowie eine dritte verdächtige Person.

Ich habe zuerst Letztere aufgespürt. Er war entschlossen, seinen Namen reinzuwaschen, also stimmte er zu, ein Interview zu machen.

Spulen wir ein wenig vor, und zwei Tage später stand meine Story in der Zeitung. Sie lief gut, und mein Chef hat mich befördert. Es hätte ein fantastischer Tag sein sollen."

Kais Stimme war leise, als er fragte: „Was ist schiefgelaufen?"

Jane schloss kurz die Augen und öffnete sie dann wieder. „Obwohl alles, was der Verdächtige, Tom Smith, mir gesagt hatte, stimmte, habe ich nicht den gesamten Kontext angegeben."

„Wie ist das deinen Redakteuren entgangen? Oder hast du für eine Boulevardzeitung gearbeitet?"

Jane schüttelte den Kopf. „Es war keine Boulevardzeitung, aber es war eine kleinere Zeitung mit einer begrenzten Anzahl von

Mitarbeitern. Unsere Faktenprüfer waren überarbeitet, und einige Dinge sind von Zeit zu Zeit durchgerutscht. Meine Geschichte war eine davon."

Er rieb Janes unteren Rücken. „Was genau hast du gesagt, und was geschah daraufhin?"

„Tom hatte mir erzählt, wie er seine beiden Freunde vom Nachtclub abgeholt und sie zu einem örtlichen Bahnhof gefahren hatte, damit sie den letzten Zug in Richtung Süden für die Nacht nehmen konnten. Da sie mit ihm an der Universität von Manchester studierten, nahm er einfach an, dass sie für die vorlesungsfreie Zeit nach Hause fahren würden, und dachte sich nichts dabei. Er hatte keine Ahnung, dass seine Freunde gerade Brandstiftung begangen hatten."

Kai warf ein: „Aber Brandstiftung selbst ist im Vergleich zu anderen kein so schlimmes Verbrechen."

„Das stimmt, aber zwei der Verletzten starben am nächsten Tag, und es wurde zu einem Tötungsdelikt."

„Was hast du ausgelassen, und warum geht es dir noch nach?"

Sie zog die Brauen zusammen. „Woher weißt du das?"

„Jane, es ist meine Aufgabe, Verhaltensänderungen zu bemerken. Seit du auf die Idee gekommen bist, mir von dieser Geschichte zu erzählen, hast du dein Selbstvertrauen verloren. Das sagt mir, dass etwas passiert ist und es einen bleibenden Eindruck bei dir hinterlassen hat. Sag mir also, was es war."

Als sie nicht einmal versuchte, es abzustreiten, wusste Kai, dass er recht hatte. „Nun, ich erwähnte, dass Tom die Verdächtigen kannte und sie zum Bahnhof fuhr. Ich erwähnte jedoch nicht ganz, dass er keine Ahnung gehabt hatte, was los war. Mein Gewissen nagte an mir, und ich habe zwei Tage später eine Korrektur erzwungen. Aber bis dahin war der Schaden angerichtet. Jeder beschuldigte Tom, Teil des Verbrechens gewesen zu sein. Er verlor seinen Teilzeitjob und verließ schließlich die Uni. Er konnte die Blicke und Anschuldigungen nicht ertragen."

Kai runzelte die Stirn. „Niemand machte sich die Mühe, den Widerruf zu lesen, nehme ich an. Die größere Frage ist jedoch, ob er jemals verurteilt wurde oder nicht."

„Tom wurde für nicht schuldig befunden und von jeglicher Anklage freigesprochen. Aber es war nur meinetwegen, dass Toms Leben aus dem Ruder lief. Ich habe versucht, ihn zu finden, mit seinem Arbeitgeber zu reden und die Dinge in Ordnung zu bringen. Aber während ich das noch versuchte, beging Tom Selbstmord."

„Jane."

Jane rollte von ihm herunter und setzte sich auf. Sie umarmte ihre Brust und fuhr fort: „Ich habe Jahre gebraucht, um darüber hinwegzukommen, aber ich habe geschworen, dass ich die Öffentlichkeit nie wieder in die Irre führen werde.

Mit meiner neuen Arbeitsmoral wechselte ich den Job und arbeitete wieder an lahmen Stücken. Als meine nächste Chance kam, nahm ich sie. Aber nie wieder habe ich nicht die ganze Wahrheit offenbart und die Geschichte verzerrt, um meinen Zielen gerecht zu werden."

Kai wollte seinen Menschen an sich ziehen, spürte aber, dass Jane es noch nicht wollte. „Deshalb warst du so verärgert, als ich dich beschuldigt habe, die Drachenwandler nur zur Förderung deiner Karriere einzusetzen, und dass es dir scheißegal wäre."

Jane nickte. „Den Drachenwandlern zu helfen, war riskant, aber ich wusste, dass ich etwas bewirken konnte. Die Wahrheit zu sagen würde allen Drachenwandlern zugutekommen. In gewisser Weise dachte ich, dass es bewirken könnte, wiedergutzumachen, dass ich das Leben eines anderen ruiniert hatte."

Kai setzte sich langsam auf und streckte eine Hand aus, um ihren Bizeps zu berühren. „Du hast geholfen."

„Nicht annähernd genug."

Er grunzte. „Ich stimme dir zu. Du musst mehr tun."

Jane entfaltete die Arme und beugte sich vor. „Wenn du mir befiehlst, härter zu arbeiten, brauche ich das jetzt nicht."

„Falsch. Es ist genau das, was du jetzt brauchst." Kai umfasste Janes Wange fest und beugte sich vor. „Ich finde deine Idee mit dem Podcast von vorhin brillant, und nur du könnest es durchziehen." Er drückte seine Stirn gegen Janes. „Also solltest du lieber lange genug hierbleiben, um es zu Ende zu bringen."

Jane hob eine Braue. „Also kannst du jetzt diese Entscheidungen treffen, anstatt Bram zu fragen, wer bleiben darf und wer nicht?"

Er zuckte mit der gesunden Schulter, wissend, dass es ihr Feuer noch mehr schüren könnte. Er würde alles tun, um sie davon abzuhalten, wieder an sich zu zweifeln. „Wenn ich dich empfehle, wird Bram nicht zweimal darüber nachdenken, dich bleiben zu lassen."

In Janes Augen war eine Frage zu sehen. Anstatt sie zu stellen, rutschte sie zu Kai und lehnte sich gegen seine Brust. „Wir werden sehen. Ich denke, mein erster richtiger Test wird sein, die Drachenritter an einen bestimmten Ort zu locken, damit du dich mit ihnen beschäftigen kannst. Der kombinierte Angriff von Lochguard und dem MDA im letzten Monat hat dazu beigetragen, ihre Zahl zu verringern, aber ein weiterer großer Takedown sollte es tun. Zumindest in Großbritannien. Ich wünschte, es gäbe eine Möglichkeit, auch den anderen Clans auf der ganzen Welt zu helfen."

Er legte seinen Kopf auf Janes. „Clans sind territorial. Verdammt, ich kann mich nicht erinnern, wann wir das letzte Mal überhaupt mit einem der Clans auf dem Kontinent gesprochen haben, geschweige denn in Amerika."

„Das wird sich ändern, denke ich."

Er schnaubte. „Ach, wirklich? Bist du jetzt auch eine Hellseherin?"

Sie löste sich von ihm und sah zu ihm auf. „Ich glaube fast, dass du mich aufziehen willst."

Einer seiner Mundwinkel hob sich. „Kai Sutherland hat keinen Sinn für Humor. Das sagt zumindest jeder."

„Ich glaube, er hat ihn doch. Er ist nur ein wenig eingerostet."

Sie kitzelte seine gute Seite, und ein Lachen entkam ihm, bevor er es aufhalten konnte. Jane nahm ihre Hand zurück und grinste. „Das Lachen klang auch ziemlich eingerostet. Ich werde es noch ein wenig mehr aus dir rauslocken müssen."

„Ich habe eine bessere Idee."

Er drehte Jane auf den Rücken und kitzelte ihre Seite. Als sie lachte, konnte er nicht anders als zu lächeln.

Dann traf ihr Knie seine Hoden, und der Schmerz schoss durch seinen Körper. „Verdammt, Frau, willst du mich zum Eunuchen machen?"

Janes Augen strahlten, und sie setzte einen Gesichtsausdruck falscher Unschuld auf. „Ich kann meine Beine nicht kontrollieren, wenn du mich berührst. Das ist allein deine Schuld."

Kai ignorierte die stumpfen Schmerzen in seinen Hoden, entfernte das Kondom, warf es beiseite und legte sich dann auf Jane. „Dann müssen wir nur sichergehen, dass du festgehalten wirst."

„Wage es ja nicht, Kai."

Als er sie wieder kitzelte, genoss er das Gefühl, wie ihr Körper unter seinem wackelte. Nur weil sein Schwanz noch weich war von Janes Tritt, musste er kein neues Kondom überziehen und nahm sie nicht wieder.

Stattdessen streichelte er ihre Seite und knabberte an ihrem Hals. Seine Frau begann sich zu entspannen, und er murmelte: „Du wirst mich wieder reiten, als Entschuldigung, Jane. Aber zuerst werde ich dich dazu bringen, nochmal zu kommen."

„Kai, du kannst nicht—"

Mit einem Kuss brachte er sie zum Schweigen. Jane schmolz dahin, als er die Innenseite ihres Mundes verschlang. Er hob seine Hüfte, und sie bewegte ihre Beine, um sie um seine Taille zu legen.

Die Zeit zum Reden war vorbei. Kai war bereit zu spielen.

Kapitel Fünfzehn

Zehn Tage später stand Jane am Rande eines der Landeplätze für Drachen und beobachtete, wie ihr Drachenmann eine Reihe von Sinkflügen, Wirbeln und Fluchtmanövern in der Luft vorführte. Bram, Dr. Sid und Aaron, Kais Stellvertreter, standen an ihrer Seite.

Für Jane sah Kai aus, als wäre er wieder bei voller Kampfkraft. Aber sie war keine Drachenwandlerin, also sah sie Bram und Sid an. Ihre Gesichter waren wie immer nicht zu lesen, also blickte sie zu Aaron.

Während sie den Drachenmann noch kennenlernte, war Aaron Caruso eines der aufgeschloseneren Clanmitglieder, die sie bisher getroffen hatte. Er hatte immer ein Lächeln im Gesicht und zog gerne alle auf. Natürlich musste mehr an ihm sein, als er Jane sehen ließ.

Trotzdem vertraute Kai Aaron, obwohl der

Drachenmann erst vor Kurzem mit seiner Mutter aus dem Ausland zurückgekehrt war. Wenn Kai ihm vertraute, dann würde sie es auch.

Bevor sie ihre Frage stellen konnte, sah Aaron sie an und hob die Augenbrauen. „Bringt es dich schon um, nicht zu wissen, ob er wieder Einsätze fliegen darf?"

Jane runzelte die Stirn. „Was meinst du?"

Aaron grinste. „Ich denke, du kannst dich das noch ein wenig länger fragen."

Bram grunzte. „Aaron, was glaubst du, was passiert, wenn ich Kai sage, dass du mit seiner Frau flirtest?"

Aaron sah unschuldig aus. „Wovon sprichst du? Das würde ich nie tun."

Bram murmelte: „Erinnere mich daran, meinen Cousin dafür zu erwürgen, dass er dich aus Italien zurückgebracht hat. Du hättest dortbleiben sollen."

Aaron zuckte mit den Schultern. „Mom sagte, sie vermisse den Regen. Nicht, dass ich wüsste, wie das möglich ist."

Jane wusste, dass ihr Aufenthalt in Italien etwas mit Aarons Mutter zu tun gehabt hatte, aber sie hatte noch nicht herausgefunden, was es war.

Doch ihre Neugier auf Aaron würde warten müssen. Jane ergriff das Wort. „Wie lange werden wir Kai noch zusehen?"

Sid antwortete: „Ich muss seine Ausdauer testen. Also wahrscheinlich noch zwanzig Minuten."

Jane widerstand einem Seufzer. Sie hatte eine Million Dinge zu tun, sowohl für ihren und Kais

Plan für die Drachenritter als auch für ihren Podcast, der nächste Woche mit Bram, Evie und Melanie geplant war.

Doch als sie Kais goldenen Drachen sah, wie er sich durch den Himmel bewegte, wusste sie, dass ihr Platz hier war, um ihn zu unterstützen. Ihre Aufgaben konnten zwanzig Minuten warten. Sie würde sich sowieso nicht konzentrieren können, wenn sie wegginge.

Sie wollte gerade eine weitere Frage stellen, als Nikki zu ihnen gelaufen kam. Die Drachenfrau atmete nicht einmal angestrengt, als sie sagte: „Entschuldigt die Verspätung. Der Menschenmann war wieder eine Nervensäge."

Bram sah zu Nikki. „Wie läuft Rafes Überwachung, unabhängig von seinem Status als Arschloch?"

Nikki zuckte mit den Schultern. „Wie zuvor. Die ehemaligen Jäger aus Carlisle haben sich in der Nähe von Birmingham niedergelassen. Rafe glaubt immer noch, dass das zum Teil dazu dient, sich auf unseren Clan und Skyhunter zu konzentrieren, ohne ihre Ressourcen zu stark zu beanspruchen."

Bram schüttelte den Kopf. „Ich würde ja versuchen, den südlichen Clan zu warnen, aber Skyhunter ist im Moment nicht stabil. Bis es einen neuen Clanführer gibt, glaube ich nicht, dass sie mir zuhören werden, von mit uns gegen einen gemeinsamen Feind arbeiten ganz zu schweigen."

Nikki nickte. „Ich weiß. Aber wenigstens wissen wir grob, wo sie sind. Rafe arbeitet an einem präziseren Koordinatensatz. Sein Bauch sagt ihm, sie haben sich in zwei oder drei Lager aufgespalten."

Kai tauchte auf sie zu und zog erst wieder hoch, als er fünf Meter vom Boden entfernt war. Das Rauschen des Windes wirbelte Janes Haar in alle Richtungen. Als Kai wieder in der Luft war, erklärte Bram: „Wir haben noch Zeit, mehr herauszubekommen. Rafe, Finn und ich haben unsere Reichweite über unsere Kontakte erweitert. Wenn es auch nur ein Gerücht von Ärger gibt, werde ich es wissen."

Aaron antwortete: „Füge die zusätzliche Sicherheit hinzu – sowohl in Bezug auf die Macht von Drachenmann und -frau als auch Sicherheitsalarme und Kameras – und es wird verdammt schwer für jemanden sein, so durchzukommen, wie bei der Entführung von Evie und dem kleinen Murray."

Bram sah Aaron in die Augen. „Hoffen wir es. Ich will nicht anmaßend sein. Es gibt immer jemanden, der sich in den einen oder anderen Clan einschleicht. Lochguard hat die zusätzliche Bedrohung von Clan-Deserteuren. Wenn Finn unsere Hilfe braucht, hat er sie."

Aaron grunzte. „Ich muss immer noch den schottischen Bastard treffen."

„Er hat eine schwangere Gefährtin und versucht, die Kluft in seinem Clan zu heilen. Er hat Besseres zu tun, als dich herauszufordern, um zu sehen, wer von euch der bessere Alpha oder

Charmeur ist." Bram sah zu Kai in die Luft. „Im Moment möchte ich mich um die leichtere Bedrohung kümmern: die Drachenritter."

Sid meldete sich zu Wort. „Ich werde das hier nicht überstürzen, Bram. Ich muss Kais Grenzen testen, sonst könnte es ihn das Leben kosten."

„Niemand hetzt dich, Sid. Ich hoffe nur, dass er bereit ist", murmelte Bram.

Alle schwiegen, als sie sahen, wie der riesige goldene Drache am Himmel seine Flügel ausprobierte.

KAI STRECKTE seine Flügel aus und schlug sie schneller, bis er fast die Wolken erreichte. Dann tauchte er wieder hinunter und drehte sich zur Seite.

Normalerweise liebte er das Fliegen mehr als alles andere. Aber er hatte Jane noch nicht in die Luft gebracht. Wenn er für vollkommen geheilt erklärt wurde, würde er so schnell wie möglich Zeit finden, um sie mitzunehmen.

Sein Drache meldete sich zu Wort. *Es geht uns gut. Nicht müde, unsere Muskeln tun nicht weh. Ich weiß nicht, warum Sid so einen Aufstand macht.*

Es ist ihr Job, einen Aufstand zu machen. Wie oft mussten wir jüngere Beschützer nerven, bis sie die Wahrheit über ihre Verletzungen zugegeben haben?

Vielleicht. Aber wir sind anders. Wenn wir lügen, könnten wir den ganzen Clan in Gefahr bringen.

Nur noch etwas länger. Denk an Jane. Sie beobachtet uns, und ich weiß, dass du sie beeindrucken willst.

Jane. Ja, sie muss sehen, wie geschickt wir sind.

Als sich sein Tier darauf konzentrierte, ihre Frau zu beeindrucken, gab Kai das Zeit, sich an ihr Aussehen zu erinnern, als sie aufgewacht war, ihr Haar zerzaust und ihre Augenlider vom Schlaf schwer. Oder wie sich ihre Lippen trennten, wenn sie kam, bevor sie seinen Namen schrie.

Aber sein Favorit war, wie das Feuer in ihren Augen aufblitzte, wenn sie mit ihm stritt.

Die letzten anderthalb Wochen waren eine Mischung gewesen aus Planung, Reden und Ficken. Er hatte seiner Frau mehr über seine Mutter und kleine Schwester Delia erzählt als sonst jemandem. Er wusste, dass sie sie kennenlernen wollte, aber Jane hatte ihn nicht gedrängt.

Irgendwann würde sie das. Familie war Jane wichtig, und sie fand, er sollte seine Mutter und Delia öfter besuchen.

Sein Drache zog sie aus einem weiteren Rollmanöver, kurz bevor sie gegen einen der Berge schlugen. Kai grunzte. *Das war knapp. Du benimmst dich wie ein leichtsinniger Teenager.*

Der Unterschied ist, dass ich weiß, was ich tue.

Sein Tier hatte gerade angefangen aufzusteigen, als Bram das Signal gab, dass Kai landen sollte.

Selbst als sein Drache seinen Sinkflug begann, grummelte er: *Ich muss Jane noch so viele Züge zeigen.*

Dafür ist später noch reichlich Zeit.

Sie hat immer noch nicht gesagt, ob sie bleibt oder nicht.

Jane will sich zuerst beweisen. Das braucht Zeit.

Sein Tier knurrte. *Ich möchte nicht riskieren, sie zu verlieren.*

Kai hielt inne und erwiderte dann: *Ich auch nicht. Aber sie muss das tun. Sei geduldig.*

Mit einem Schnauben konzentrierte sich sein Drache darauf, ihre Geschwindigkeit zu verlangsamen und sanft auf dem Boden zu landen. Sobald seine Flügel aufhörten zu schlagen, rannte Jane auf ihn zu.

Sie blieb direkt vor ihm stehen und hob die Brauen. „Und? Willst du mir keinen Drachenknuddler geben?"

Kai verdrehte die Augen nur nicht, weil Drachen ihre Augen nicht verdrehen konnten.

Trotzdem senkte er den Kopf, und Jane umarmte seine Schnauze, während er seinen Schwanz sanft um seinen Menschen legte.

Sein Drache meldete sich. *Ich liebe Drachenknuddler.*

Man sollte meinen, sie hätte sich auch einen anderen Namen dafür überlegen können.

Warum? Er kommt doch genau auf den Punkt.

Weil es „niedlich" ist und das nicht gerade drachentypisch ist.

Ich bin die Drachenhälfte, und ich sage, es ist drachentypisch. Wir sollten es zu einem offiziellen Begriff machen.

Glücklicherweise hob Jane ihren Kopf und tätschelte seine Schnauze, was sein Tier zum Schweigen brachte. Sie sagte: „Das war doch wohl nicht so schwer, oder?" Er schnaubte, und ihre Haare wehten hinter ihr. Jane grinste. „Ich werde das so interpretieren, dass du noch einen möchtest."

Sie hatte gerade seine Schnauze wieder umarmt, als Brams amüsierte Stimme die Lichtung füllte. „So süß ich es auch finden, wenn Kai Drachenknuddler bekommt, er sollte sich jetzt zurückwandeln."

Jane hielt ihre Hand an seiner Schnauze, drehte aber ihren Körper in Brams Richtung. „Sag Sid und Nikki, sie sollen wegsehen."

Bram versuchte angestrengt, nicht zu lächeln. Kais Drache ergriff das Wort. *Sie ist besitzergreifend und liebt es zu knuddeln. Auf keinen Fall werde ich sie gehen lassen.*

Nikkis Stimme ertönte, und es klang, als würde sie versuchen, nicht zu lachen. „Wir haben uns umgedreht, Jane."

Jane nickte und blickte zurück zu Kai. „Jetzt kannst du wandeln."

Er grunzte. Manchmal war es schwer, in Drachengestalt zu sein und nicht sprechen zu können.

Sobald Jane in sicherer Entfernung war, stellte Kai sich seine Krallen vor, die zu Händen und Füßen schrumpften, seinen Schwanz, der in seinen Rücken schmolz, und seine Schnauze, die sich in sein menschliches Gesicht verwandelte.

Bevor Bram etwas sagen konnte, stürmte Kai zu Jane und flüsterte ihr ins Ohr: „Ich komme später noch mal auf das Drachenknuddeln zurück. Ich dachte, wir wären uns einig, dass du das nicht vor anderen sagst."

Jane hob eine Braue. „Du hast gesagt, ich sollte es nicht tun. Ich habe aber nie zugestimmt."

Er legte seine Hand an ihren Po und drückte. „Ich werde mich später mit meiner Rache befassen." Kai sah zu Bram. „Und?"

Man musste Bram zugutehalten, dass er nicht lachte. „Sid muss dir ein paar Fragen stellen." Bram sah zu Jane. „Kann sie jetzt rüberkommen?"

Jane deutete auf Kai. „Gib ihm die Decke."

Bram lachte, als er Kai eine alte Wolldecke gab. Er legte sie sich um die Taille, der Stoff löste bei ihm einen Juckreiz aus. „Du hättest ruhig etwas Schöneres mitbringen können."

Bram grinste. „Und dafür nicht sehen, wie du dich kratzt? Ich glaube nicht."

Jane ignorierte sie und rief: „Dr. Sid, würden Sie rüberkommen?"

Während sich die Ärztin auf den Weg machte, versuchte Kai, den Stoff von seinem Körper fernzuhalten, aber es half nicht. Er warf Jane einen Blick zu und signalisierte ihr, dass er später noch mit ihr reden würde. Seine Frau zuckte nur mit den Schultern.

Sein Drache lachte. *Wenn du bis jetzt nicht verstanden hast, dass dein Blick bei ihr nicht wirkt, dann bist du ein hoffnungsloser Fall.*

Ich muss etwas unternehmen.

Halte den Sex zurück. Wenn sie anfängt, um unseren

Schwanz zu betteln, dann kannst du ein paar Dinge verhandeln.

Als ob du durchhalten könntest, Drache.

Sids Stimme unterbrach das Gespräch mit seinem Tier. „Ich habe meine Beobachtungen gemacht, aber zuerst möchte ich einen Bericht über deinen Flug hören."

Kai zuckte mit der Schulter. „Alles fühlte sich so an, wie es sollte. Nichts war eng oder schmerzhaft. Zugegebenermaßen habe ich mich noch nie besser gefühlt."

Sid musterte ihn eine Sekunde, bevor sie antwortete: „Nach deinem Flug und deinen Manövern zu urteilen, denke ich, dass du geheilt bist. Wenn du mich anlügst, Kai Sutherland, dann ist es deine eigene Schuld, dass du wieder oder noch schlimmer verletzt wirst."

„Ich sage die Wahrheit, Sid", erwiderte Kai und legte einen Arm um Jane.

Sid blickte zu Jane und zurück zu ihm. „Da dich umbringen zu lassen bedeutet, für immer von der Frau getrennt zu sein, denke ich, dass du die Wahrheit sagst." Sid sah zu Bram. „Er ist jetzt dein Problem."

„Aye, ich weiß. Danke, Sid", antwortete Bram.

Mit einem Nicken ging Sid in Richtung ihrer Krankenstation.

Für einige mochte die Aktion kalt erscheinen, aber Kai wusste, dass es nie einfach für sie war, einen Drachenwandler in Drachengestalt herumfliegen zu sehen. Der Anblick erinnerte Sid nur daran, was sie nie wieder haben konnte.

Bram ergriff das Wort. „Ich werde mich an das MDA wenden, um sie darüber zu informieren, dass der Plan noch für morgen steht. Du und Aaron müsst dafür sorgen, dass unsere Beschützer bereit sind."

„Und Lochguard?", fragte Kai.

„Aye, sie sind auch bereit. Obwohl Finn etwas paranoid ist, was seine schwangere Gefährtin angeht, und nicht zulassen will, dass sein Land verwundbar ist. Dennoch werden zehn zusätzliche Drachen einen Unterschied machen."

Jane meldete sich zu Wort. „Wer weiß, vielleicht können wir nächstes Mal meinen Bruder und ein paar andere Menschen dabeihaben, uns zu helfen."

Jane „uns" sagen zu hören, wärmte Kais Herz. „Wir werden sehen."

Bram schlug ihm auf den Bizeps. „Wir werden heute Abend eine letzte Sitzung abhalten. Aber im Moment lasse ich dich die Dinge in Gang bringen und gebe dir ein wenig Zeit mit deiner Frau. Das wird deinen Drachen für morgen beruhigen."

Kai umarmte Jane fester, und sie lehnte sich mehr an seine Seite. „Danke, Bram."

Als der Anführer des Stonefire-Clans ging, kam Nikki auf sie zu. „Ich kann die Vorräte noch einmal überprüfen und den Plan mit den Beschützern durchgehen, wenn du Jane für einen schnellen Flug mitnehmen möchtest."

Jane antwortete „Nein, das machen wir später.

Wenn er mich mit hochnimmt, will ich es nicht überstürzen."

Kai drehte sich zu Jane um und strich mit seinem Zeigefinger über ihre Wange. „Es sind Momente wie diese, in denen ich vergesse, dass du mich die meiste Zeit in den Wahnsinn treibst."

Jane grinste. „Trotz deiner gegenteiligen Meinung weiß ich, wann ich mich zurückhalten muss."

Nikki räusperte sich. „Während ihr diesen Kuss hinter euch bringt, gehe ich mit Aaron zurück zum Zentralkommando. Komm, wenn du fertig bist."

Als Nikki wegging, sagte Kai: „Sie ist erwachsen geworden."

„Wahrscheinlich, weil sie mit meinem Bruder zu tun hatte."

Kai spürte, dass Nikki etwas über Rafe Hartley vor ihm verbarg, aber er war so beschäftigt gewesen, den Angriff auf die Drachenritter zu planen und zu heilen, dass er keine Gelegenheit gehabt hatte, mit ihr darüber zu sprechen.

Sein Drache meldete sich zu Wort. *Sie ist eine erwachsene Drachenfrau. Sie wird reden, wenn sie bereit ist. Wir haben das im Griff.*

Kai ignorierte sein Tier, winkte Aaron zu und sah dann zu Jane hinunter. „Sid hat mich für geheilt erklärt."

Jane neigte den Kopf. „Und?"

Mit einem Knurren zog er sie gegen sich und senkte den Kopf, bis seine Lippen weniger als einen

Zentimeter von ihren entfernt waren. „Ich möchte meinen Preis dafür einfordern."

„Du bist noch nicht ganz bei zwanzig Punkten, und wenn du erwartest, dass ich dir Bonuspunkte gebe, weil du wieder vollständig geheilt bist, dann kennst du mich überhaupt nicht."

„Ich denke, dass deine mathematischen Fähigkeiten etwas aufgebessert werden müssen." Jane öffnete den Mund, um dagegen etwas zu sagen, aber Kai kam ihr zuvor. „Aber ich stimme zu, dass ich erst einmal warten werde. Ich werde jedoch beanspruchen, was mir gehört."

Sie klimperte auf dramatische Weise mit den Wimpern. „Und was wäre das?"

„Dich."

Und er küsste sie.

In der Sekunde, als Kais Lippen auf ihre trafen, brannte Janes Körper für viel mehr. Sie wollte seine Hände auf ihrer Haut und seinen Schwanz in sich spüren.

Kai schob seine Finger durch ihr Haar und erforschte langsam ihren Mund. Egal, wie oft er sie in den letzten zwei Wochen geküsst hatte, für sie war es nie genug. Sein Geschmack und seine Hitze machten süchtig.

Kai zog sanft ihren Kopf zurück und unterbrach den Kuss. Sie runzelte die Stirn.

„Warum hast du aufgehört? Das sieht dir gar nicht ähnlich."

Er murmelte: „Wenn ich dich weiter küsse, nehme ich dich gleich hier auf dem Landeplatz vor allen Leuten. Und niemand verdient es, deinen nackten Körper zu sehen, außer mir."

Jane neigte den Kopf. „Du hast es verdient, wie? Ich sollte meinen, es ist ein Privileg."

Er drückte ihre Taille. „Verdammte Frau, kannst du mich einmal nicht herausfordern? Ich war ritterlich."

„Wenn ich dich richtig kenne, ist das Mist. Du wirst wahrscheinlich vorschlagen, mich auf das versteckte Feld zu bringen, von dem du immer wieder sprichst, und ich soll dir für deine Umsicht dankbar sein."

Kai blinzelte. „Ich bin mir nicht sicher, ob mir gefällt, wie gut du mich allmählich kennst."

Jane grinste. „Jemand muss dich ja auf Trab halten. Das ist einer meiner Jobs. Bram und Evie haben das gesagt."

Ihr Drachenmann grunzte. „Ich glaube, ich muss mal mit Bram darüber reden, dass er sich um seine eigenen Angelegenheiten kümmern sollte."

Sie fuhr mit den Fingern durch Kais Brustbehaarung, und seine Anspannung löste sich einen Bruchteil. „Es ist gut, weil es bedeutet, dass sie sich um dich sorgen."

Er grunzte wieder. „Vergiss Bram und Evie. Ich möchte wissen, ob ich dich auf einem Feld nehmen darf." Kai schmiegte sich an ihre Wange, und sie schmolz gegen ihn. „Es wird bald zu kalt sein, um es zu tun."

„Es ist jetzt schon zu kalt. Der Oktober in Nordengland ist nicht gerade tropisch, und ich bin nur ein Mensch." Sie bewegte sich, bis sie Kais Augen sehen konnte. „Aber ich habe einen Vorschlag."

„Du und deine verdammten Vorschläge."

Sie hob die Brauen. „Hey, wenn du mich vor Juni nächsten Jahres nackt nach draußen bringen willst, dann solltest du vielleicht zuhören."

Kais Pupillen blitzten zu Schlitzen und zurück, und Jane lächelte breit. Immer, wenn Kais Drache auf ihrer Seite war, neigte sie dazu, zu gewinnen.

Und nach Kais verärgertem Blick zu urteilen, wollte sein Drache Janes Vorschlag hören. „Und? Bereit, zuzuhören?"

„Du kennst die Antwort darauf bereits."

„Schon, aber es ist amüsant zu hören, dass dein Drache mich mehr mag."

„Nicht mehr. Er tut einfach alles, um in dich hineinzukommen."

Jane legte ihre Hände hinter Kais Nacken. „Nun, mein Vorschlag ist Folgender: Komm lebend vom Angriff der Drachenritter zurück und –"

„Wird erledigt."

Sie neigte den Kopf. „Ich war noch nicht fertig."

Kais Hände bewegten sich auf ihren Po, und er drückte sie gegen seinen Unterkörper. Sie musste ihre ganze Willenskraft aufbringen, um die Härte seines Schwanzes zu ignorieren, sonst hätte sie nachgegeben und sich von ihm im eisigen Wind nehmen lassen.

Ihr Drachenmann flüsterte: „Ich werde alles akzeptieren, wenn ich dich dafür draußen nehmen kann, wie ich will."

Die Rauheit in seiner Stimme schickte einen Hauch von Wärme durch ihren Körper, und sie hätte fast ihre Idee vergessen. Aber dann fasste sie sich. „Gut. Weil du gerade zugestimmt hast, lebend zu mir zurückzukommen und deine Mutter und Schwester auf Snowridge zu besuchen, bevor das passiert."

Kai runzelte die Stirn. „Was?"

Sie pikste in seine Brust. „Als oberster Beschützer solltest du wissen, dass du nichts zustimmen dürftest, ohne alle Details gehört zu haben."

Er grunzte erneut. „Ich war abgelenkt von deinen harten Brustwarzen, die mir in die Brust drücken."

„Das spielt keine Rolle. Stimmst du mir zu? Wenn ja, können wir an einem warmen Ort einen Mini-Urlaub machen, und du kannst mit mir 24 Stunden lang machen, was du willst."

Kai schwieg, und Jane fragte sich, ob sie ihn zu sehr gedrängt hatte.

Aber Kai hatte in den letzten Tagen mehrfach erwähnt, dass er Jane nach Snowridge bringen wollte. Es war nicht so, als ob sie aus heiterem

Himmel darum bat. Sie wusste nur, dass er es, wenn er könnte, auf unbestimmte Zeit verschieben würde.

Und Jane durfte das nicht zulassen. Zwischen ihr und Kai lief alles gut, aber sie musste noch etwas tun, bevor sie sich entschied, ob sie auf Stonefire-Land blieb oder nicht.

Jane wollte Maggie Jones kennenlernen.

Sie vertraute Kais menschlicher Hälfte ihr Herz an, aber sein Dracheninstinkt war etwas anderes. Es war das Beste, zu sehen, ob sein Drache es wirklich überwunden hatte oder nicht, weil Jane dabei war, sich in ihren knurrenden Drachenmann zu verlieben. Vielleicht überlebte sie die Ablehnung nicht, wenn Maggie Jones in drei Jahren wieder als Single auftauchte und Kai wollte. Selbst wenn der Mann über sie hinweg war, konnte der Drache ihre wahre Gefährtin verlangen.

Und da der Paarungsrausch immer zu einer Schwangerschaft führte, hätte Kai keine andere Wahl, als Maggie als seine Gefährtin zu nehmen. Er war nicht die Art von Drachenmann, der seine Kinder im Stich ließ, unabhängig von den Umständen ihrer Geburt.

Kai antwortete schließlich: „Wenn hier alles sicher ist, dann ja, ich stimme deinem Vorschlag zu. Aber unter einer Bedingung."

Erleichterung rauschte durch ihren Körper. Kais Reaktion hatte ihre Entscheidung, zu bleiben, viel einfacher gemacht. „Welche Bedingung?"

Er umarmte sie ganz fest. „Du lässt mich dich

die nächste Stunde an mein Bett binden, ohne dich zu beschweren."

„Es gibt wichtigere Dinge, die wir jetzt tun müssen. Morgen ist ein großer Tag, der über die Zukunft unseres Clans entscheiden könnte."

„Unser Clan ist bereit und kann mir eine Stunde erübrigen."

„Dreißig Minuten."

„Fünfundvierzig."

Jane nickte. „In Ordnung. Aber deine fünfundvierzig Minuten beginnen jetzt."

Mit einem Knurren nahm Kai seine Hand von ihr, ließ die Decke von seiner Taille fallen und warf sie über seine Schulter.

Jane quietschte. „Was zum Teufel tust du denn?"

Er schlug ihr auf den Po. „Schhh. Du hast einer Dreiviertelstunde zugestimmt, und ich nutze sie, wie ich es für richtig halte. Dazu gehört auch, dass ich dich so schnell wie möglich nach Hause bringe. Dich zu tragen, ist der schnellste Weg."

Sie versuchte, über sein Verhalten empört zu sein, aber als ihr Drachenmann ihren Po streichelte, und die Nässe zwischen ihre Beine eilte, vergaß sie, warum sie empört war. Schließlich war es nicht so, als wäre sie nackt.

Mit einem weiteren leichten Klatscher auf ihren Po rannte Kai zu ihrem Cottage. Alle starrten, als sie sich auf den Weg machten, und Jane konnte nicht anders als zu lachen. Kai zerstörte sein steinernes, hartes Image und schien sich nicht darum zu scheren.

Ja, ihr Drachenmann hatte sich sehr verändert, seit er Befehle in Newcastle erteilt hatte.

Als Kai das Schlafzimmer in seinem Cottage betrat, warf er sie auf das Bett und bedeckte ihren Körper mit seinem. Bei seinen Küssen vergaß Jane so ziemlich alles außer dem Mann über sich.

Kapitel Sechzehn

Am nächsten Tag schlug Kai mit den Flügeln, als er über seine goldene Schulter blickte, um nach seinem Team zu sehen. Alle zehn Drachen waren in einer V-Formation hinter ihm und bildeten einen Regenbogen aus Farben in Blau, Grün, Lila, Rot, Schwarz und Gold.

Er drehte den Kopf zurück und konzentrierte sich auf ihr Ziel in der Ferne. Er würde bald wissen, ob Janes Kontaktperson erfolgreich den „Trainingsort" des Stonefire-Clans an die Drachenritter weitergegeben hatte.

Sein Tier meldete sich zu Wort. *Sie sollten besser dort sein. Ich will mich ein für alle Mal um diese Bastarde kümmern.*

Ich auch, Drache.

Gut. Dann machen wir das ganz schnell. Je länger wir weg sind, desto mehr wird sich unsere Frau Sorgen machen.

Kai signalisierte mit seinem Flügel und versetzte sein Team in Alarmbereitschaft.

Es war Showtime.

Kai rollte zur Seite, und die Drachen hinter ihm fielen abwechselnd nach links und rechts, bevor sie mit den Flügeln schlugen und sich direkt auf den Boden zubewegten. Ziel war es, dass jeder Drache einen Stamm oder Felsbrocken aufnahm, um eine Rettungsmission zu simulieren. Mit etwas Glück würden die Ritter im nahegelegenen Wald warten.

Was die Ritter natürlich nicht wussten, war, dass Aaron und sein Team ebenfalls, aber in menschlicher Gestalt im Wald waren und darauf warteten, zuzuschlagen.

Da Kai immer an den Übungen seines Teams teilnahm, tauchte er in Richtung eines umgestürzten Baumstamms am Waldrand. Die Ritter konnten versuchen, ihn anzugreifen, aber wenn es ihre Position verraten würde, wäre der Schmerz es wert.

Er stürzte hinunter, schnappte sich den Holzklotz mit seinen Krallen und flog wieder hoch. Als er etwa 150 Meter in der Luft schwebte, beobachtete er, wie einer nach dem anderen der Rest seines Teams die anvisierten Ziele ergriff und zu ihren jeweiligen Positionen in der Formation zurückkehrte.

Als alle zehn Tiere wieder in Position waren, untersuchte Kai die Baumgrenze. Aber nichts kam aus dem Wald oder schoss in die Luft.

Sein Drache meldete sich wieder zu Wort. *Wenn sie schlau sind, warten sie, bis die Drachen müde sind, und greifen dann an.*

Du hast da einen guten Punkt.

Unsere Frau zermürbt dich anscheinend, weil du es noch nie erwähnt hast, wenn ich recht hatte.

Halt die Klappe, Drache. Ich muss mich konzentrieren.

Mit einem Schnauben schwieg sein Tier, und Kai brüllte den Code, damit sein Team eine Angriffsübung machte.

Jeder der zehn Drachen tauchte hinunter und ließ seine Baumstämme und Felsbrocken gegen eine freiliegende Felswand fallen. Holz splitterte und Steine brachen in Stücke, aber es gab immer noch keine Spur von den Rittern.

Da Kai an Jane glaubte, verbrachte er die nächsten zwanzig Minuten damit, sein Team eine Übung nach der anderen durchlaufen zu lassen. Als sich ihre Reaktionszeiten verlangsamten und ihre Flügel anfingen, Schläge auszulassen, wusste Kai, dass sie sich ausruhen mussten.

Er führte sie zu einem nahegelegenen See, und es traf ihn − der beste Ort, um ein Team von Drachen anzugreifen, war, wenn sie müde waren und im Wasser tollten.

Ausnahmsweise wünschte sich Kai, er könnte über Flügel- und Beinsignale hinaus kommunizieren. Aber da das alles war, was er hatte, fasste er seinen Hinterlauf und berührte ihn dann mit seinem anderen Hinterlauf, was bedeutete, dass jeder seinem Beispiel folgen sollte.

Als sie sich auf den Weg zum See machten, hoffte Kai nur, dass Aaron seine Botschaft verstand.

〜

Nikki sah zu, wie Kai sein Team von Drachen durch ein paar grundlegende Trainingsmanöver führte. Ihre Aufgabe war es, das Ministerium für Drachenangelegenheiten anzufunken, sobald Kai signalisierte, dass es Zeit für sie sei, die Drachenritter zu fangen.

Trotz der kühlen Oktoberluft war Nikkis Hand am Funkgerät verschwitzt. Wenn die Drachenritter irgendwie von ihrem Plan erfahren hätten, wäre Jane am Boden zerstört. Kais Frau nahm die Dinge fast so ernst wie ihr Mann.

Und Nikki wollte, dass Jane auf Stonefire blieb. Nicht nur für Kai, sondern auch für den Clan. Die Frau hatte großartige Ideen, wie man den Drachenwandlern helfen konnte. Wenn Jane sich mit Melanie und Evie verbündete, wäre das menschliche Trio unaufhaltsam.

Ihr Drache meldete sich zu Wort. *Hör auf, dir Sorgen zu machen. Kai ist für jede Situation bereit, nicht nur für die einfachen.*

Das weiß ich, aber es waren schon fast zwanzig Minuten. Es sollte schon etwas geschehen sein, es sei denn, Janes Kontakt ist unzuverlässig.

Dann wandten sich Kai und sein Team von dem offenen Feld, das umstanden war von Bäumen, ab und änderten die Richtung. Aus Erfahrung wusste Nikki, dass es in der Nähe einen See gab. Aber würde Kai sie wirklich von dem zugespielten Ort wegbringen?

Ihr Drache knurrte. *Schau!*

Und wirklich: Kai berührte seine Hinterläufe,

was bedeutete, dass sie ihm folgen sollten. Selbst wenn die Ritter die Drachensignale geknackt hätten, würden sie dem Befehl nichts entnehmen können.

Doch Nikkis Bauchgefühl sagte ihr, dass der Befehl auch für sie, Aaron und die anderen war.

Sie sah sich um und entdeckte Aaron ungefähr drei Meter entfernt. Vorsichtig darauf bedacht, sich zu bewegen, ohne ein Geräusch zu machen, näherte sich Nikki dem stellvertretenden Anführer des Stonefire-Clans. Aaron runzelte die Stirn, aber sie bedeutete ihm, sich zu ihr herunterzubeugen. Als sein Ohr vor ihrem Mund war, flüsterte sie: „Wir sollten ihm folgen."

Nikki bewegte ihren Kopf, und Aaron flüsterte zurück: „Der Plan ist, hierzubleiben. Sofern du keinen anderen Befehl von Bram oder dem MDA erhalten hast, sollten wir in Position bleiben."

Nikki antwortete: „Ich will nicht respektlos sein, Aaron, aber ich arbeite seit fast zwei Jahren mit Kai zusammen. Er will, dass wir ihm folgen. In der Nähe ist ein See. Die Drachen sind müde und brauchen Ruhe. Wenn die Ritter über die Art und Weise, wie Drachen trainieren, Kenntnis haben, werden sie wissen, dass sie warten müssen, bis die Drachen am See ruhen, um anzugreifen."

Aaron bewegte sich, um sie zu mustern, seine braunen Augen blickten aufmerksam in ihre. Schließlich beugte er sich wieder zu ihrem Ohr und flüsterte: „Nimm zwei andere mit und folge ihm. Ich habe ein Ersatzfunkgerät in meiner Tasche und kann bei Bedarf das MDA anrufen."

Mit einem Nicken ging Nikki durch den Wald, tippte Seb und eine andere Beschützerin, Brenna, an, damit sie ihr folgten. Da Nikki eine höhere Seniorität hatte, folgten sie, ohne Fragen zu stellen.

Sie bewegten sich so schnell sie nur konnten, ohne viel Lärm zu machen. Ein Automotor drehte in der Ferne um. Sie sah Seb und dann Brenna in die Augen und sagte ohne Ton „Drachenritter."

Sie hatten keine Hoffnung, sie zu Fuß zu erwischen, aber Nikki wollte nicht aufgeben. Sie hatte jahrelang in diesem Wald trainiert und kannte jede Abkürzung, die sie nehmen konnten, um zum See zu gelangen.

Während Nikki einen Weg markierte, hoffte sie nur, dass sie es rechtzeitig schaffen würden. Kai mochte zwar geschickt sein, aber ohne MDA-Unterstützung konnten er und sein Team entführt werden, wenn die Ritter irgendeine Art von Waffen hatten.

Nikki beschleunigte und schob ihre Zweifel beiseite. Wenn es einen Angriff gab, würde Kai warten, bis Hilfe kam. Sie hätte das MDA jetzt angefunkt, aber ein falscher Alarm konnte das vorläufige Vertrauen, das Stonefire sich bei der Agentur verdient hatte, anschlagen.

Nein, Nikki musste sich zu 100 Prozent sicher sein, dass die Ritter in der Nähe des Sees waren, also strengte sie sich mehr an. Die Drachenjäger hatten sie einmal besiegt, und Nikki wollte nicht zulassen, dass die Drachenritter gewannen.

Kai stand auf einem Felsen am Rand des Sees und behielt sein Team in einem Auge und sah mit dem anderen zu den Bäumen. Obwohl die zehn Drachen in seinem Team alle gut ausgebildet und erfahrene Kämpfer waren, wollte er sie dennoch nicht in Gefahr bringen. Wenn die Ritter eine Waffe hatten, die elektrische Explosionen abfeuerte, konnten sie alle innerhalb von Sekunden ausgeschaltet werden.

Sein Tier grunzte. *Hör auf, dir Sorgen zu machen. Das sieht dir gar nicht ähnlich.*

Kai war versucht, die Worte seines Drachen wegzuwischen, aber beschloss, die Wahrheit zu sagen. *Unsere mögliche Zukunft mit Jane hängt vom Erfolg dieser Mission ab.*

Sie wird bleiben.

Er hielt an und fügte hinzu, *Das sollte sie besser. Nachdem wir jetzt ihr Feuer und ihre Frechheit in unserem Leben haben, will ich nicht, dass es wieder so wird, wie es war.*

Wenigstens gibst du es jetzt zu. Das ist ein Fortschritt.

Verdammter Drache. Musst du mir alles wieder ins Gesicht werfen?

Natürlich. Sonst wirst du zu großspurig.

Bevor Kai antworten konnte, wurde er auf einen Motor in der Ferne aufmerksam. Er bedeutete seinem Teamleiter, die Führung zu übernehmen, sprang in die Luft und schlug mit den Flügeln, bis er eine klare Sicht auf die Umgebung hatte.

Eine Straße wand sich durch den Wald zum See. Aber die Straße war leer.

Das Motorgeräusch kam näher.

Kai blickte über den See, konnte aber auch keine Boote sehen. Das ließ nur eine Möglichkeit übrig: Die Ritter konnten am Waldrand Motorräder fahren, außer Sichtweite.

Gerade als er anfing hinabzufliegen, feuerte ein Schuss von den Bäumen auf sein Team darunter. Auch wenn Drachenhaut hart war, konnten panzerbrechende Kugeln viel Schaden anrichten.

Er blickte hinunter und sah, wie sein Teamleiter, Quinn, Befehle gab. Kai vertraute auf Quinn, stürzte Richtung Straße und landete.

Ohne Motorräder, Autos oder Männer in der Nähe stellte er sich vor, seine Beine und Unterarme würden sich wieder in Gliedmaßen wandeln, seine Schnauze zu einer Nase schrumpfen und seine Flügel verschmolzen mit seinem Rücken. In der Sekunde, in der er wieder in menschlicher Gestalt war, stürzte Kai auf die Bäume zu und lief in Richtung der Schussgeräusche.

Aufgrund jahrelanger Ausbildung zuckte Kai nicht einmal zusammen, als er barfuß über Steine und Äste rennen musste. Der schwierige Teil war, nicht mit Höchstgeschwindigkeit zu laufen, damit das Überraschungsmoment auf seiner Seite war.

Selbst wenn sie ihn in der Ferne landen sahen,

wussten sie nicht, dass er gewandelt hatte und im Wald war.

Das Geräusch der Waffen kam näher, bis Kai ein paar helle T-Shirts erkennen konnte. Trotz all ihrer Planung waren die Drachenritter keine Soldaten und hatten die Tarnung nicht bedacht.

Der Schrei eines Drachen brüllte, aber Kai schob seine Sorgen beiseite. Wenn er die Schützen nicht ausschaltete oder ablenkte, würden weitere Drachen verletzt.

Kai sprang und griff den Ast über sich, bevor er seinen Körper hinaufschwang. Er hockte auf dem Ast und nahm die Position der drei Schützen wahr. Sie waren so nah beieinander, dass er sie leicht erwischen konnte, vorausgesetzt, sie würden ihn nicht vorher abschießen.

Sein Drache schnaubte. *Sie haben keine Chance gegen uns.*

Kai flog schnell und doch leise zum nächsten Schützen und warf ihn zu Boden. Er nahm die seltsam geformte Waffe aus der Hand des Menschen und warf sie hinter sich. Mit einem Schlag auf den Hinterkopf brachte er den Mann zum Schweigen.

Ein anderer versuchte, ihn anzugreifen, aber Kai schlug ihm den Hinterkopf in die Nase. Der Mensch schrie auf, und Kai nutzte den Bruchteil von Sekunden, um den Mann mit der Kraft seines Körpers vor sich zu werfen. Der Mensch stürzte mit einem hörbaren Knacken gegen den Baum. Er stand nicht wieder auf.

Der letzte Schütze schoss, und Kai tauchte zur

Seite, unbeirrt vom Kratzen der Äste auf dem Waldboden. Mit einem Knurren sprang er in die Hocke. Hinter einem Baum lugte er um ihn herum. Der Mensch schoss auf ihn, und Kai zog sich wieder in Sicherheit zurück.

Obwohl er nackt war und sich hinter einem Baum versteckte, würde er sich etwas einfallen lassen.

Gerade, als er noch berechnete, ob er genug Platz hatte, um sich in einen Drachen zu verwandeln oder nicht, stürzte ein lila Drache von oben durch die Bäume und packte den Menschen mit den Krallen. Er warf den Menschen gegen einen Baum, und der Mann verstummte.

Kai nickte Nikki in Drachenform zu und bedeutete ihr dann, zu den anderen zurückzufliegen.

Nikki ging tief in die Hocke, sprang hoch in die Luft und schaffte es, gerade an den Baumkronen vorbeizukommen, damit sie mit ihren Flügeln schlagen konnte, um in den Himmel zu steigen.

Er wischte sich den Schmutz von Brust und Schenkeln, während er alle Waffen konfiszierte, die er finden konnte. Zwei der Menschen waren tot, also riss er einem einen Streifen vom T-Shirt und sicherte die Hände des verbliebenen Ritters hinter dessen Rücken.

Der Klang von Hubschraubern kam näher. Es war höchstwahrscheinlich das MDA, um die Ritter aus dem Wald auszuräuchern.

Kai fand die drei seltsam aussehenden Gewehre

und rannte zurück zur Straße. Er hatte keine Ahnung, was das MDA benutzen würde, um die Ritter in Schach zu halten, und er würde mit Sicherheit nicht hierbleiben, um es herauszufinden.

Kai rannte so schnell er konnte, wand sich durch die Bäume und durch den Wald. In der Sekunde, in der er auf die Straße kam, legte er die Waffen nieder und stellte sich vor, wie seine Flügel sich vom Rücken ausstreckten, seine Finger zu Krallen wuchsen und sein Gesicht sich in Schnauze und Ohren verwandelte.

Die Helikopter waren fast über ihm, als er die Waffen mit seinen Klauen hochnahm und in die Luft sprang. Als er hundert Meter über der Straße war, begannen die MDA-Helikopter, Kanister abzuwerfen, die im Fallen eine Rauchfahne hinterließen.

Kai wollte die Chemikalien nicht einatmen, schlug mit den Flügeln und flog zurück zu seinem Team. Die Ritter mochten jetzt das Problem des MDA sein, aber mindestens einer seiner Drachen war verletzt. Kai musste sich um sie kümmern.

Erst wenn er für die Sicherheit aller gesorgt hatte, konnte er nach Stonefire und zu Jane zurückkehren.

Im Hauptkommandogebäude der Beschützer lief Jane hin und her, verkrampfte ihre Finger und ließ sie wieder los. Das Warten brachte sie um.

Sie vertraute der Quelle, die die Informationen an die Drachenritter weitergegeben hatte, aber es gab eine Million Gründe, warum die Ritter sie abtun könnten. Kai und sein Team fanden möglicherweise nichts. Nicht nur das, ihr Vorgehen konnten das zaghafte Vertrauen zwischen Stonefire und dem Ministerium für Drachenangelegenheiten zerstört haben.

Sie ging schneller.

Brams Stimme unterbrach ihre Gedanken. „Wenn du ein Loch in den Teppich machst, musst du ihn ersetzen, Mädel."

Jane blieb abrupt stehen und runzelte die Stirn. „Wie kannst du so ruhig sein?"

Bram zuckte die Schultern. „Ich habe wichtigere Dinge, über die ich mir Sorgen machen muss. Außerdem vertraue ich Kai nicht nur mit meinem Leben, sondern auch mit dem meines Sohnes und Evies. Wenn die Drachenritter auftauchen, kümmert er sich um sie. Er ist einer der besten Beschützer der Welt."

Jane ballte wieder ihre Finger. „Das musst du ja sagen, aber es hilft nicht."

Bram öffnete den Mund, um zu antworten, aber Evie beendete ihren Anruf und unterbrach ihn. „Arabella will eine Videokonferenz."

Jane fragte: „Möchtest du uns vielleicht ein wenig mehr Informationen darüber geben, warum?"

Evie hob eine Braue. „Da ist aber jemand ein bisschen gereizt." Evie sah zu Bram. „Es besteht kein Zweifel, Bram. Ich habe jetzt das Namensgebungsrecht für unser Baby."

In Brams Augen war ein Funkeln zu sehen. „Wir werden sehen, Liebes, wir werden sehen."

Jane stieß einen Seufzer aus. „Wovon sprichst du? Ist alles in Ordnung? Was weiß Arabella?"

Evie sah wieder zu Jane. „Wir werden es gemeinsam herausfinden."

Jane knurrte, nickte aber. „Schön."

Bram schmunzelte. „Du fängst an, wie Kai zu klingen." Jane sah finster drein, und Bram hob seine Hände. „Schon gut, schon gut." Er sah zu Nathan, den IT-Spezialisten der Beschützer. „Stell Arabella durch."

Der junge Drachenmann nickte, und Arabella MacLeods vernarbtes Gesicht erschien auf dem Großbildschirm an der Wand. Ihre dunkelbraunen Augen schossen durch den Raum, bevor sie zu Bram zurückkehrten. „Bist du sicher, dass die Reporterin das hören sollte?"

Jane öffnete den Mund, aber Bram kam ihr zuvor. „Jane ist jetzt eine von uns. Ich vertraue darauf, dass sie keine vertraulichen Informationen weitergibt."

Unter normalen Umständen wäre Jane froh gewesen und hätte sich bei Bram bedankt. Ihr Mann war jedoch da draußen und kämpfte gegen wer weiß welche Art von Waffen, also bellte Jane: „Sag uns einfach, was du weißt, Arabella."

Arabella hob die Augenbrauen, wandte aber den Blick von Jane zu Bram, der mit den

Schultern zuckte. „Sie macht sich Sorgen um Kai."

Arabella nickte. „Das kann ich verstehen. Normalerweise würde ich sie mit Mr. Schwatzdrossel aufziehen, aber ich weiß nicht, wie lange ich meine Nachricht noch zurückhalten kann."

Evie seufzte. „Dann sag es uns einfach, Ara."

Arabella antwortete: „Wer immer die IP-Adressen der Drachenritter maskiert hat, war schlau, aber Ian, Emma und ich sind klüger."

Bram fragte: „Also habt ihr es geschafft, sie aufzuspüren?"

„Nein", antwortete Arabella. „Nun, aber zumindest die meisten. Zweifellos haben einige von ihnen bemerkt, dass sie gehackt wurden, und haben sich versteckt. Aber ich lasse das MDA und die örtliche Polizei die kleineren Fische verfolgen."

Jane ergriff das Wort. „Also sind nicht alle erledigt?"

Arabella runzelte die Stirn. „Ich würde sagen, etwa 75 Prozent von ihnen, aber das MDA kann später eine endgültige Zahl angeben. Es ist immer noch die überwiegende Mehrheit der Ritter."

Jane ging einen Schritt auf den Bildschirm zu. „Ich spüre ein ‚Aber'."

Arabella lehnte sich in ihrem Stuhl zurück. „Wenn wir die Anführer nicht aufspüren, können sie immer mehr Rekruten finden, ihre Zahl erhöhen und wieder angreifen. Wenn wir sie das nächste Mal verfolgen, müssen wir die Führung treffen."

Jane murmelte: „Töte das Gehirn, und der Körper stirbt."

Arabella nickte. „Richtig."

Bram zog Evie an seine Seite. „Kannst du Finn davon überzeugen, dir, Ian und Emma zu erlauben, die Führung zu verfolgen?"

Finn war Arabellas Gefährte und Clanoberhaupt von des Lochguard-Clans.

Arabella hob eine Braue. „Ich brauche seine ‚Erlaubnis' für gar nichts. Ich werde es einfach tun und es später wiedergutmachen."

Evie meldete sich zu Wort. „Halte mich auf dem Laufenden, damit ich mich bei Bedarf erneut ans MDA wenden kann."

„Natürlich", antwortete Arabella.

Auch wenn Jane froh war, dass jetzt weniger Drachenritter da draußen waren, um die Drachenwandler zu terrorisieren, machte sie sich immer noch Sorgen um die andere Schlacht. „Hat das MDA Neuigkeiten zu Kai und seinem Team geschickt?"

Arabella schüttelte den Kopf. „Noch nicht." Die Drachenfrau sah zur Seite und zurück auf den Bildschirm. „Ich muss gehen und mit der MDA-Kontaktperson sprechen. Ich lasse es euch wissen, wenn ich noch irgendetwas herausfinde."

Bram antwortete: „Danke, Ara."

Mit einem Nicken unterbrach Arabella die Verbindung, und der Bildschirm wurde schwarz.

Bram sah Jane in die Augen. „Solange die

Anführer der Ritter noch da sind, musst du vorsichtig sein, Jane."

„Du fängst an, wie Kai zu klingen", brachte Jane zwischen zusammengebissenen Zähnen hervor.

„Ich lasse das mal durchgehen, weil du dir Sorgen um Kai machst."

Evie schlug Bram auf die Seite. „Lass sie in Ruhe. Du würdest dich genauso verhalten, wenn du auf mich warten müsstest." Evie lächelte Jane an. „Ich weiß, dass du besorgt bist, aber Kai ist der Beste, den es gibt. Wolltest du Tee, während du wartest?"

Jane konnte sich gerade davon abhalten, Evie anzublaffen. Die Frau hatte ihre Unhöflichkeit nicht verdient. „Nein. Ich muss mich nur bewegen, sonst drehe ich durch."

Als Jane wieder anfing, auf- und abzugehen, füllte Brams Stimme den Raum. „Vertraue Kai, Jane. Kein Grund, sich Sorgen zu machen. Das bringt nichts."

Jane blieb stehen und sah Bram mit zusammengekniffenen Augen an. „Ja, ich bin sicher, dass du diesen Rat ohne Fragen befolgen wirst, wenn bei Evie die Wehen einsetzen."

Angst blitzte in Brams Augen auf, und er knurrte. „Mach keine Scherze damit. Eine Geburt ist riskanter."

Jane hob die Brauen. „Tut mir leid, Bram. Aber für mich ist es das Gleiche. Kai könnte nicht zurückkommen."

Evie rieb sich den schwangeren Bauch. „Hört

auf, so dumm zu sein, ihr zwei. Der Tod könnte jedem von jetzt auf gleich passieren. Wie ich Bram schon gesagt habe: nutze deine Energie, um dir Sorgen um etwas anderes zu machen. Zum Beispiel, wie man den Frieden zwischen den Clans Skyhunter und Snowridge wiederherstellt."

Bram streichelte Evies Wange. „Und was habe ich dir gesagt? Gebäre mir ein Baby, und komm gesund und munter aus der Sache raus, und ich werde tun, was immer du willst."

Als Jane sah, wie die Liebe in Brams und Evies Augen schien, drückte es ihr Herz. Sie wollte ihr eigenes Happy End finden, aber sie hatte Angst zu hoffen.

Sie wollte mit Kai in Stonefire bleiben, aber es gab immer noch die Sache mit seiner wahren Gefährtin. Soweit sie wusste, selbst wenn Kai die Schlacht überlebte, konnte er vielleicht trotzdem von ihrer Seite gerissen werden, wenn Maggie Jones aus heiterem Himmel auftauchte und ihn küsste.

Reiß dich zusammen, Jane. Wie Evie schon sagte, Sorgen bringen nichts.

Das war leichter gesagt als getan, aber Jane atmete tief durch, um ihren Geist zu befreien. Nach einer Sekunde räusperte sie sich. Bram und Evie sahen sie an. „Wenn du mir eine Aufgabe geben würdest, würde mich das vielleicht davon ablenken, mir jedes Worst-Case-Szenario vorzustellen."

Bram streichelte weiter Evies Wange, während er sprach. „Du könntest deine Podcast-Idee jetzt schon und nicht erst nächste Woche präsentieren."

„Ich habe weder meine Materialien noch Notizen und nicht einmal Melanie hier, um mir zu helfen. Das wird warten müssen", antwortete Jane.

„Dann, ich weiß nicht, könntest du uns einen Tanz zeigen?", fragte Bram.

Evie schlug ihm auf die Seite. „Sei nicht albern. Du könntest ihr immer noch peinliche Geschichten über Kai erzählen."

„Aye, das könnte ich", antwortete Bram. „Aber ich möchte nicht, dass er dir peinliche Dinge über mich erzählt."

Evie musterte ihren Gefährten. „Ich werd das später schon aus dir rausholen."

Gerade als Bram den Mund öffnete, klingelte Evies Handy wieder, und Jane seufzte fast. Sosehr sie auch anfing, Bram und Evie zu mögen, das Letzte, was Jane brauchte, war das Strahlen der Liebe, die sie vielleicht nie hatte.

Evies Gesicht blieb neutral, während sie sprach, und Jane wartete mit angehaltenem Atem. *Bitte lass Kai in Ordnung sein, bitte.*

Evie sagte „Okay" und legte auf. Dann sah sie zu Jane und lächelte. „Es ist erledigt. Es gibt ein paar Verletzungen, aber dein Drachenmann ist gesund und munter."

Sie stieß einen Atem aus. „Gut. Dann kann ich ihn beschimpfen, wenn er zurückkommt, weil er mir Angst gemacht hat."

Evie und Bram grinsten, aber es war Bram, der antwortete: „Vielleicht küsst du ihn zuerst, Mädel. Er hat es verdient."

„Vielleicht. Es hängt davon ab, wie verletzt er ist."

Bram schmunzelte, und Evie fügte hinzu: „Deine Quelle hat ihre Arbeit getan. Danke, Jane, dass du uns geholfen hast, eine nervtötende Sache loszuwerden."

Jane schüttelte den Kopf. „Du musst mir nicht danken. Ein Grund, warum ich alles eingerichtet habe, war, um meine eigene Haut zu retten."

Bram musterte sie eine Sekunde, bevor seine tiefe Stimme den Raum wieder füllte. „Du bist genauso schlecht wie Kai darin, ein verdammtes Kompliment anzunehmen. Kannst du dich nicht einfach wie eine normale Person bedanken?"

Jane trat von einem Fuß auf den anderen. Sie war noch nie gut mit Komplimenten umgegangen und beschloss, das Thema zu wechseln. „Kai und die anderen werden vermutlich bald da sein. Sollten wir nicht zum Hauptlandebereich gehen und warten?"

Bram streckte eine Hand aus, und Evie nahm sie. „Dann lasst uns gehen. Je eher wir dich hier rausbringen, desto eher können wir den Teppich vor deinen Schritten bewahren."

Jane wartete nicht auf Bram und Evie, sondern verließ den Raum, ging den Flur runter und durch die Eingangstür des zentralen Kommandogebäudes. Sobald ihre Füße auf das Gras stießen, rannte sie fast zum Landeplatz. Zu hören, dass Kai in Ordnung war, und es selbst zu sehen, waren zwei sehr unterschiedliche Dinge.

Sie musste ihren Drachenmann fest umarmen. Nur dann würde sich ihr Puls verlangsamen und ihr Magen sich beruhigen.

Als der Anblick von Drachen in der Ferne auftauchte, beschloss Jane, dass ihr alles andere egal war, und rannte den ganzen Weg bis zum Landeplatz.

KAI BLICKTE hinter sich auf die Straße unten, sah jedoch das Auto nicht, das benutzt wurde, um die Verletzten zurück nach Stonefire zu transportieren. Insgesamt gab es drei Verletzte, von denen einer eine sofortige medizinische Behandlung brauchte.

Alle hatten überlebt, und er war dankbar dafür, weil das in seinem Beruf nicht immer der Fall war.

Sein Drache meldete sich zu Wort. *Beeil dich. Unsere Frau wartet.*

Obwohl das Adrenalin aus seinem Körper schwand, schlug Kai seine Flügel schneller. Er hatte noch nie eine Frau gehabt, die er nach einer Mission beanspruchen konnte. Er wusste nicht, wie sich andere Drachenwandler fühlten, aber alles, woran Kai denken konnte, war, Jane fest zu umarmen und ihr die Scheiße aus dem Leib zu küssen. Sie nackt auszuziehen und sie langsam zu nehmen, müsste bis später warten. Aber im Moment würde ein Kuss reichen.

Sein Drache grunzte. *Sag ihr unbedingt, dass sie bei uns bleibt.*

Wir werden sehen, Drache, wir werden sehen.

Warum das Zögern? Sie hat dem Clan ihren Wert bewiesen und hat bereits ihren menschlichen Job aufgegeben. Stonefire ist es, wo sie hingehört.

Es ist ihre Wahl. Ich kann sie nicht zwingen.

Sein Tier schnaubte. *Früher konnten Männer ihre Frauen herumkommandieren.*

Hm, und was für ein Spaß wäre das?

Sein Drache schmollte und konzentrierte sich auf das Fliegen.

Kai lächelte. Er gewann heutzutage immer öfter gegen sein Tier. Wenn aus keinem anderen Grund, dann sollte er Jane hierbehalten, nur um seinen Drachen zu necken.

Als die Gipfel, die die nördlichste Grenze des Stonefire-Landes markierten, ins Blickfeld kamen, signalisierte er den leicht Verletzten den Landeplatz, der für Drachen reserviert war, die medizinische Hilfe benötigten. Kai und die restlichen fünf Drachen näherten sich dem Hauptlandebereich im Zentrum von Stonefire.

Beim letzten Anflug scannte Kai die kleinen Figuren auf dem Boden, bis seine Augen auf eine dunkelhaarige Frau fielen, die neben Bram und Evie stand. Selbst aus mehreren hundert Metern in der Luft würde er Jane Hartley überall erkennen.

Unsere.

Kai stimmte seinem Drachen zu, verlangsamte das Schlagen seiner Flügel und senkte sich sanft auf den Landebereich. Sobald seine Füße den Boden berührten, stellte er sich vor, wie sein Körper in seine eins neunzig große menschliche Statur zurückschrumpfte.

Er war kaum zwei Schritte gegangen, als Jane in seine Arme sprang. Kai umarmte seine Frau fest und murmelte: „Hallo."

Jane sah auf und runzelte die Stirn. „Hallo ist nicht annähernd genug. Was ist passiert? Wurdest du verletzt? Wo ist der Rest des Teams?"

Kai schmunzelte. „Du bist ganz schön neugierig, oder?"

Sie schlug ihm verspielt auf die Brust. „Hör auf, mich hinzuhalten. Du weißt, ich mag es nicht, im Dunkeln gelassen zu werden."

Er nahm ihr Gesicht und streichelte mit dem Daumen über ihre Wange. Janes Anspannung ließ einen Bruchteil nach, und er antwortete: „Wir haben gewonnen. Mir geht's gut. Die anderen sind bei Sid."

„Kai Sutherland, wir müssen an deiner Berichterstattung arbeiten."

Er grinste. „Vielleicht."

Jane lächelte und schüttelte den Kopf. „Manchmal frage ich mich, warum ich überhaupt bei dir bleiben will."

Sowohl Mensch als auch Tier hörten auf zu atmen. Nach ein paar Sekunden fand Kai seine Stimme wieder. „Also bleibst du?"

Sie fuhr mit den Händen über seine Brust und legte sie an seinen Nacken, dann lehnte sie ihren Körper gegen seinen. „Vorausgesetzt ich finde hier Arbeit und überlebe es, deine Familie in

Snowridge zu treffen, werde ich wahrscheinlich bleiben."

„Ich mag den wahrscheinlich-Teil in deinem Satz nicht."

„Wir können meine Gründe dafür diskutieren, wenn wir allein sind, aber nicht vorher", erklärte Jane.

Kai schmiegte sich an Janes Wange. „Welche Zweifel du auch hast, ich werde sie auslöschen."

„Ich hoffe es, Drachenmann, das tue ich wirklich", murmelte sie.

Sein Tier knurrte. *Küss sie. Lass alle wissen, dass sie uns gehört.*

Kai brauchte keine weitere Ermutigung, umarmte Jane und küsste sie.

Er vergaß, dass die anderen zusahen, bewegte seine Hände an Janes Po und drückte, bevor er seine Zunge in ihren Mund schob. Seine süße Frau nur zu kosten half ihm, sein Herz zu beruhigen und etwas von seiner Ermüdung aus dem Kampf zu beseitigen.

Als seine Frau stöhnte, schickte die Vibration einen Schuss Lust direkt zu seinem Schwanz.

Sein Tier meldete sich zu Wort. *Nicht hier. Ich will nicht, dass die anderen sie sehen.*

Die Worte seines Drachen waren das Äquivalent von jemandem, der Eiswasser über seinen Kopf goss. Kai unterbrach den Kuss, und Jane flüsterte: „Warum hast du aufgehört?"

Kai räusperte sich, und hielt seine Stimme leise. „Ich bin nackt, und ein Großteil des Clans ist hier und beobachtet uns."

Jane neigte den Kopf. „Was hast du mir noch am Anfang gesagt? Ach, richtig. Kleidung bereitet nur Menschen Probleme. Drachenwandler interessieren sich nicht für solche Dinge."

Er schlug ihr sanft auf den Po. „Es ist wichtig, wenn es meine Frau ist."

„Ich gehöre dir, wie? Ich kann mich nicht erinnern, gefragt worden zu sein."

Kai knurrte. „Du hast mir auch keine Chance gegeben, Frau. Du hast dich auf mich gestürzt, sobald ich wieder ein Mensch war."

Jane rieb ihren Unterkörper gegen seinen, und Kai sog einen Atemzug ein. Janes Stimme war kräftig, als sie antwortete: „Ich kann auf der Stelle gehen, wenn du das noch einmal versuchen willst."

Sein Tier knurrte. *Sie neckt uns. Mir gefällt das nicht.*
Doch, das tut es. Hör auf zu lügen.

Nach einer Sekunde fügte sein Drache hinzu, *Ja, tut es. Aber wir sollten unsere Frau trotzdem an einen privaten Ort bringen.*

Ich werde es versuchen, Drache, aber Bram wird Details wollen.

Dann halte Jane in der Nähe, damit wir sie so schnell wie möglich haben können.

Ich werde sie nie wieder gehen lassen.

Jane legte eine Hand an sein Gesicht. „Bist du fertig mit dem Gespräch mit deinem Drachen? Ich brauche immer noch eine Antwort."

Er senkte seinen Kopf, knabberte an ihrer

Unterlippe und murmelte: „Für einen Menschen bist du ganz schön fordernd."

Sie erwiderte das Knabbern. „Das muss ich ja auch sein, wenn ich mit dir mithalten will."

Kai wollte sie gerade noch einmal küssen, als ein Mann sich räusperte und den Zauber brach. Kai knurrte, als er Bram ansah. „Allen geht es gut. Aaron kann dir Bericht erstatten. Ich bin beschäftigt."

Bram schmunzelte. „Das sehe ich, Kai. Wenn du nicht aufpasst, gehst du noch mit einem harten Schwanz nach Hause."

Jane schmiegte sich an seine Brust, was Kai beruhigte. Während er Jane in den Armen hielt, antwortete Kai Bram: „Das MDA kann Evie die Einzelheiten der Gefangennahme am See mitteilen. Ähnlich wie an der Grenze zu Lochguard haben sie die menschlichen Ritter mit speziellen Tränengaskanistern aus dem Wald geräuchert."

Jane berührte Kais Kiefer. „Ich hoffe, das war's jetzt."

Kai sah stirnrunzelnd zu Jane hinab. „Wovon sprichst du?"

Jane informierte ihn über Arabellas Bericht, und er stöhnte. „Wir müssen nur unsere Sicherheit erhöhen und dafür sorgen, dass du Stonefire nie ohne Begleitung verlässt."

Jane öffnete den Mund, aber Bram kam ihr zuvor. „Er hat recht, Jane. Wenn sie je herausfinden, dass du der Grund warst, warum wir ihnen diese

Falle stellen konnten, werden sie auf dein Blut aus sein."

Kai drückte Jane fester an seinen Körper. „Ich werde sie beschützen."

Bram klatschte Kai auf den Bizeps. „Aye, das weiß ich, Kai." Sein Clanführer deutete mit dem Kopf. „Genieße Jane für eine Weile, und komm dann, um mir den Rest zu erzählen."

Jane meldete sich zu Wort. „Werde ich vielleicht auch gefragt?"

Einer von Kais Mundwinkeln zuckte nach oben. „Nein. Deine nächste Stunde gehört mir."

Seine Menschenfrau neigte den Kopf. „Und ich nehme an, wir werden diese Stunde damit verbringen, das Land des Clans zu erkunden?"

Kai knurrte. „Nein. Du wirst sie in meinem Bett verbringen."

Obwohl Janes Augen vor Hitze funkelten, versuchte sie, die Stirn zu runzeln. „Wie wäre es, wenn du es in den Wind schreien würdest? Ich glaube, die Drachenwandler auf der anderen Seite des Landebereichs haben dich nicht gehört."

Kai hob seine Stimme. „Jane Hartley, ich bringe dich nach Hause, ziehe dich aus und bringe dich zum Schreien!"

Janes Wangen wurden rosa. „Hör auf!"

Bram lachte, und Evie kam herüber, um sich ihnen anzuschließen. „Was ist denn so lustig?"

Bram zog Evie an seine Seite und schüttelte den Kopf. „Nichts, Liebes. Ich erkläre es später." Bram sah Kai wieder in die Augen. „Geh, aber hab dein

Handy in der Nähe. Ich werde mit Aaron und den anderen reden, aber wenn ich dich erreichen muss, solltest du besser rangehen. Es ist mir egal, was du dann gerade machst. Verstanden?"

Kai grunzte. „Schön."

Evie ergriff das Wort. „Ich würde fast sagen, dass du schmollst, Kai."

Jane hob den Kopf und sah zu Evie. „Das macht er immer mit mir. Er zerstört wirklich sein hartes Image."

Da Jane und Evie sich gegen ihn verschwören würden, bis es dunkel wurde und der Mond aufging, passte Kai seinen Griff an und hob Jane über seine Schulter.

Seine Frau quietschte. „Ich dachte, wir haben darüber geredet."

„Das ist das Problem. Zu viel Gerede." Er hob eine Hand. „Bye, Bram. Evie."

Während Kai zu seinem Haus rannte, ignorierte er die starrenden Leute oder Janes Proteste über seiner Schulter. Er wollte seine Frau, und er wollte sie jetzt.

Kapitel Siebzehn

Nach etwa dreißig Sekunden hörte Jane auf zu protestieren und versuchte, darüber nachzudenken, wie sie sich an Kai rächen würde. Bei jedem seiner Schritte stieß seine Schulter gegen ihren Bauch. Das würde Rache geben.

Aber da sie nichts dagegen tun konnte, bis er sie runterließ, freute sich Jane über das Gefühl von Kais harten Muskeln unter ihrem Körper und atmete tief seinen männlichen Moschusduft ein.

Ihr Drachenmann war gesund und munter nach Hause gekommen.

Kai zu sehen, wie er sich in einen Menschen verwandelte, hatte die Erleichterung durch ihren Körper rauschen lassen. In der Sekunde wusste sie, dass ihr Platz bei Kai in Stonefire war. Nicht nur wegen ihrer Gefühle für ihren Drachenmann, sondern sie konnte auch das Beste für die britischen Drachenwandler tun, indem sie mit Bram, Evie und Melanie zusammenarbeitete.

Verdammt, Jane konnte mehr tun, als Stonefire zu helfen. Sie konnte den Status quo für Drachenwandler auf der ganzen Welt verbessern. Kein Reporter hatte den Zugriff und die Ressourcen, die Jane bei Stonefire hätte.

Es gab nur eine Sache, die sie davon abhielt, Kai zu sagen, dass sie für immer bleiben würde.

Obwohl sie ziemlich zuversichtlich war, dass Kai die Beziehung zu seiner Mutter und seiner Schwester im Laufe der Zeit reparieren würde, musste Jane Kai die Chance geben, seine Zukunft zu wählen. Wenn er immer noch eine Chance bei seiner wahren Gefährtin Maggie wollte, dann würde Jane ihn gehen lassen. Immerhin sollte der wahre Gefährte eines Drachenwandlers seine beste Chance auf Glück sein.

Nicht, dass Jane diese Idee auch nur ansatzweise mochte. Sie grub ihre Nägel in Kais Rücken und kämpfte gegen den Drang zu schreien: „Meiner!"

Kai färbte wohl auf sie ab.

Bevor sie zu viel Zeit damit verbrachte, an ihre Zukunft zu denken, öffnete Kai die Tür zu seinem Cottage. Sobald sie durch waren, schlug er sie zu und stürzte die Treppe hoch. Im Nu lag Jane mit dem Gesicht nach unten auf seinem Bett.

„Kai, was machst du –"

Der Drachenmann riss ihr Oberteil und ihre Hose herunter und warf die Stofffetzen auf den Boden. Bevor Jane mehr als nur blinzeln konnte, waren auch ihr BH und ihre Unterwäsche geschreddert und auf den Boden geschleudert.

Jane fand ihre Stimme wieder. „Hey, das war mein bester BH."

Kai zog ihr einen Turnschuh aus und dann den anderen, bevor er ihre Socken beseitigte. „Du kannst dir einen neuen besorgen."

„Das ist doch nicht der Punkt."

Kai strich mit seinen warmen, rauen Händen hinten an ihren Schenkeln hinauf. „Das sind nur Habseligkeiten. Du bist wichtig. Was immer du trägst, spielt keine Rolle."

Bei der Kombination aus seiner Berührung und seinen Worten wurde Jane einen Bruchteil weicher. „Das ist ein Anfang, aber ich brauche etwas anderes als Entschuldigung."

Ihr Drachenmann rieb ihr den Po in langsamen Kreisen. Ohne es zu merken, öffnete sie ihre Schenkel, und Kai lachte. „Dein Körper sagt mir, was ich tun muss."

Seine Hand hielt inne und bewegte sich langsam zu ihren Schenkeln. Als er mit ihrer Scham spielte, konnte Jane nicht anders als zu stöhnen. „Eines Tages werden deine magischen Finger bei mir nicht mehr wirken."

„Nicht, solange ich etwas dazu zu sagen habe."

Er drückte seinen Finger in ihre Pussy, und Jane wackelte mit den Hüften. Sein Finger war nicht annähernd genug.

Doch Kai nahm sich Zeit, ihn herauszuziehen und wieder in ihre Hitze zu stoßen. Jane krallte ihre Finger in die Laken und brachte heraus: „Ich sollte diejenige sein, die dich neckt."

Kai strich mit der anderen Hand nach oben über ihren unteren Rücken und drückte nach unten. „Nicht, bis ich dich von hinten genommen habe."

Sie wollte gerade protestieren, als er seine Finger und Hand wegnahm. In der nächsten Sekunde hob Kai ihre Hüften und neckte ihre Öffnung mit seinem Schwanz. „Nimmst du schon lange genug Verhütungsmittel, damit wir es ohne Kondom machen können?"

„Ja. Beeil dich endlich."

Er rieb wieder durch ihre Nässe. „Vielleicht sollte ich dich betteln lassen."

„Kai Sutherland, wenn du nicht –"

Er rammte in ihre Pussy, und Jane legte die Stirn aufs Bett. Sie hatte das Gefühl, er würde sie immer wieder unterbrechen und überraschen, bis sie achtzig waren.

Kai bewegte sich nicht und massierte ihren Rücken, ihre Schultern und griff herum nach ihrer Brust. Der Kontakt brachte sie zurück in die Gegenwart, und sie wackelte mit ihren Hüften. Als Kai scharf einatmete, lächelte sie. „Ich habe Gerüchte über Ständer nach der Schlacht gehört. Du wirst nicht lange durchhalten, wenn ich so weitermache." Sie bewegte wieder ihren Unterkörper.

Er zischte „verdammte Frau" und kniff in ihre Brustwarze.

Jane bog sich vor Lust vermischt mit Schmerz zurück. „Kai."

Als er sie noch einmal kniff, zog er sich zurück

und rammte dann kräftig in sie. Selbst nach fast zwei Wochen Sex mit ihrem Drachenmann wusste sie, dass sie es nie leid werden würde, seinen langen, dicken Schwanz in sich zu spüren.

Kai ließ ihre Brüste los und packte ihre Hüften, damit sie sich nicht bewegen konnte. Aber als die Sekunden vergingen und er nichts tat, wusste Jane, was kommen würde. Sie knurrte: „Ich werde nicht betteln."

Ohne ein Wort schob Kai eine Hand nach vorn und strich über ihre Klitoris. „Frag mich einfach nett."

Ein weiteres leichtes Streicheln, und Jane schrie fast, sowohl aus Frustration als auch vor Lust.

Sie entschied, es Kai heimzuzahlen, ließ ihre Stimme süßlich klingen und antwortete: „Bitte."

KAI hing nur noch an einem Faden. Mit dem Hoch nach der Schlacht und seinem Drachen, der Jane ficken wollte, bis sie nicht mehr laufen konnte, würde er zu früh kommen, wenn er nicht aufpasste.

Sein Tier schnaubte. *Sie ist feucht und bereit. Hör mit den Spielen auf. Nimm, was uns gehört.*

Als Janes femininer Duft ihn umgab, wollte Kai seinen Menschen mehr als seinen nächsten Atemzug. Er musste nur jedes bisschen Selbstbeherrschung aufbringen, das er besaß, um noch etwas länger durchzuhalten. Jane musste vor ihm kommen. Immer.

Sein Drache knurrte. *Wir halten durch. Ich werde helfen. Beweg dich einfach.*

Als Jane bitte sagte, brach das seine Zurückhaltung, und Kai hielt ihre Hüften in Position, während er in und aus ihrer engen, nassen Pussy pumpte.

Es war das erste Mal, dass er spürte, wie sie seinen Schwanz ohne Kondom packte, und es war heiß, warm und eng. Mit anderen Worten, es war verdammt perfekt.

Er würde sie nie leid sein. Jane gehörte ihm und ihm allein. Er musste es ihr sagen.

Besessenheit trieb durch seinen Körper, und er knurrte. „Mir, Jane. Du gehörst mir."

Er beschleunigte sein Tempo, und Jane hob ihre Hüften als Antwort. Er liebte es, wie ihre Frechheit schmolz, wenn er in ihr war.

Nun, fast ganz schmolz.

Er pumpte härter, und der Klang von Fleisch auf Fleisch füllte den Raum. Selbst als Kai Janes Hüften führte, krümmte seine Frau ihren Rücken, ohne Angst, ihm zu sagen, was sie wollte.

Er bewegte eine Hand um ihren Bauch und hob Janes Oberkörper. Er bewegte sein Bein vor sie und nahm sie aus einem anderen Winkel.

Jane stöhnte, als sie sich gegen seine Brust lehnte.

Sein Drache knurrte. *Bring sie zum Schreien.*

Kai ignorierte sein Tier, zog ihren Brustkorb hoch und packte ihre Brust besitzergreifend. Janes spitzer Nippel drückte sich gegen seine Handfläche.

Er rieb mit seiner Hand in langsamen Kreisen, und Jane hob ihre Hand zu seinem Kopf hinter sich und griff in seine Haare. „Kai. Du weißt, was ich mag. Tu es."

Kai grunzte und senkte seinen Kopf auf Janes Hals. Er biss sie, wo ihr Hals auf ihre Schulter traf, und beruhigte dann den Biss mit seiner Zunge. „Später werde ich das Gleiche mit deinen Brüsten tun."

Er schmiegte sich an ihren Hals, und Jane murmelte: „Mm, ja."

Der Druck, der sich an Kais Wirbelsäule aufbaute, sagte ihm, er müsse sich beeilen, wenn Jane vor ihm kommen sollte. Er flüsterte: „Ich werde dich später noch mehr foltern", bevor er ihre Brust losließ.

Als er ihren Bauch hinunter rieb, erreichte er schließlich ihre Klitoris. Jane stöhnte, als er leicht mit seinem Zeigefinger darüberstrich.

Kai massierte ihren Knoten weiter in Kreisen und vergrößerte sowohl die Geschwindigkeit seiner Finger als auch den Stoß seines Schwanzes.

Seine Hoden klatschten gegen ihr Fleisch, was seinen eigenen Orgasmus näherbrachte. Kai knirschte mit den Zähnen. Jane musste zuerst kommen.

Mehr als das, er brauchte sie. Sie war sein Leben. Er musste seine Frau brandmarken und sie überzeugen zu bleiben.

Jane schrie, als er ihre Klitoris in kurzen, groben Zügen rieb. Kai hörte nicht auf, sich zu bewegen, als sie seinen Schwanz packte und wieder losließ. Erst als sie weich wurde, legte er eine besitzergreifende Hand über ihren unteren Bauch und fügte noch ein paar grobe Stöße hinzu, bevor er innehielt. Als er ihren Namen schrie, erschütterte jeder Samenstoß seinen Körper neu, während die Lust durch seinen Körper schoss.

Noch nie zuvor hatte er das Gefühl gehabt, an einem Orgasmus zu sterben. Nur Jane konnte ihm das antun.

Als er endlich wieder zwei Gedanken miteinander verbinden konnte, wusste er, dass er seine Frau in der Nähe halten und reden sollte.

Doch der Drang, sie wieder zu nehmen, war stark. Sein Drache brüllte. *Sie ist unsere Gefährtin. Nimm sie.*

Sie muss sich ausruhen.

Nein. Fick sie. Jetzt. Sie gehört uns.

Kais Verwirrung gab seinem Drachen die Gelegenheit, die Kontrolle über seinen Verstand zu erlangen. Bevor Kai sein Tier zurückdrängen konnte, zwang ihn sein Drache, sich aus Jane zu ziehen, sie umzudrehen und ihr die Hände über den Kopf zu halten. „Meine."

In Janes Augen war keine Angst, nur Neugier. „Hallo, Drache. Kann ich Kai wiederhaben?"

„Nein. Du gehörst mir."

Kai versuchte, sein Tier zurückzudrängen, aber ausnahmsweise war sein verdammter Drache zu stark.

Wenn er nichts tat, würde sein Drache Jane

ficken und nicht er. Obwohl die Praxis bei Drachenwandlern nicht ungewöhnlich war, hatte Jane keine Ahnung, worauf sie sich einließ.

Schließlich öffnete Jane ihre Beine und sagte: „Das sollte interessant werden."

Kais Drache brüllte laut und tauchte den Schwanz in Janes Pussy. Als sein Tier so fest in sie stieß, dass Janes Brüste wackelten und sich das Bett bewegte, machte Kai einen Schritt zurück und versuchte, sich zu überlegen, warum sich sein Drache so besitzergreifend verhielt. Es gab keine Dringlichkeit, Jane zu schwängern, was mit dem Paarungsrausch einherging. Und sein Sperma bescherte Jane auch keinen Orgasmus, wie es bei wahren Gefährten der Fall war.

Vielleicht war es etwas anderes dazwischen.

Dann schoss sein Drache ein Brüllen in ihren Kopf, und Kai konnte sich nicht mehr konzentrieren. Das Bedürfnis, Jane mit ihrem Duft zu brandmarken und sie dazu zu bringen, zu kommen, blockierte alles andere.

Sein Drache ließ Janes Hände los und drückte ihre Beine weiter. Sie waren fast da. Noch ein paar Sekunden, und sie würden kommen.

Jane konnte kaum klar denken, als Kais Drache sie so grob nahm. Sie war noch empfindlich von ihrem Orgasmus kurz vorher, und jeder harte Stoß von Kais Schwanz in ihrem Inneren brachte sie etwas näher an den Rand.

Als sie Kais geschlitzte Pupillen anstarrte, entschied sie, dass es nicht so schlimm war, seinen Drachen die Führung übernehmen zu lassen. Wäre Kai böse, wenn sie ihn bitten würde, ab und zu zu teilen?

Dann drückte Kai-Schrägstrich-Drache gegen ihre Klitoris, und sie schrie. Eine Lust, die fast zu viel war, nahe der Schmerzgrenze, eilte durch ihren Körper. Und doch hörte ihr Drachenmann nicht auf, sich zu bewegen.

Sie war immer noch im Orgasmus, als Kais Drache brüllte, „Meine!", während er kam. Dieses Mal spürte sie jeden heißen Samenstoß.

Als Kai schließlich auf ihr zusammenbrach, liebte sie das Gewicht seines Körpers auf ihrem. Während sie mit einem Finger seine Wirbelsäule verfolgte, hoffte sie wirklich, dass sie das jeden Tag erleben könnte. Sie wollte Kai für sich.

Nicht nur, weil er toll im Bett war, was stimmte. Jane liebte seinen aufstrebenden Humor, seine Sturheit und seine Hingabe an die, die ihm wichtig waren.

Sie war dabei, sich heftig in ihn zu verlieben.

Aber sie weigerte sich, ihre Gefühle näher zu untersuchen, bis sie wusste, dass sie ihn behalten konnte.

Kais raue Stimme erfüllte ihre Ohren. „Lebst du noch, Janey?"

„Du bist also zurück, ja?"

Kai rollte sich auf den Rücken und zog Jane auf seine Brust. Er legte einen Finger unter ihr Kinn und hob ihren Kopf, bis sie ihm in die Augen sah. „Geht es dir gut? Hat dich mein Drache erschreckt?"

Sie lächelte. „Nein. Es war … anders. Aber auf gute Weise."

„Wenn du sagst, dass er besser ist, binde ich dich an dieses Bett und ändere deine Meinung."

Grinsend neigte sie den Kopf. „Du hast noch nicht genug Punkte, um mich so zu beanspruchen."

„Nur weil du schummelst."

„Was? Ich? Ein Schummler? Nein, niemals."

Kai grunzte. „Und ob du schummelst."

In der nächsten Sekunde kitzelte er ihre Seite, und Jane konnte nicht aufhören zu lachen. Nach fast zwei Wochen wusste Kai, dass ihr kitzeliger Fleck direkt unter ihrer Achselhöhle lag.

Er hielt sich nicht zurück.

Sie trat ihm ein paar Mal vors Schienbein, und er hörte schließlich auf. Er schmiegte sich an ihre Wange und murmelte: „Du magst ein Schummler sein, aber du bist mein Schummler."

Jane schmolz bei seinen Worten, aber die nagende Angst von vorhin schlich sich in ihren Verstand zurück. Sie musste ihrem Gesicht anzusehen sein, denn Kais Stimme wurde dominant. „Sag mir, warum du nur wahrscheinlich bei mir bleiben wirst, Janey. Etwas belastet dich, und mir gefällt das nicht."

„Du könntest fragen, weißt du."

Er zog sie fester an seinen Körper. „Versuch nicht, mich abzulenken. Was es auch ist, du kannst es mir sagen."

Jane zögerte selten, aber in dieser Sekunde tat sie es. So dringend sie auch die Wahrheit wissen wollte, Kais Antwort konnte ihr das Glück, das sie mit ihrem Drachenmann gefunden hatte, sofort entreißen.

Kai grunzte. „Sag es mir, Jane. Ich lasse dich erst aus diesem Bett raus, wenn du es tust."

Sie überwand ihre Angst und spuckte aus: „Es geht um Maggie Jones."

Kais Stimme wurde sanft. „Was soll mit dir sein?"

Jane zupfte an Kais Brusthaaren, bevor sie antwortete: „Ich bin nicht deine wahre Gefährtin, Kai. Ich verstehe, dass dein Dracheninstinkt stark ist. Wenn du sie willst, dann sag es mir jetzt. Denn wenn sie in ein paar Jahren auftaucht und dich will und der Paarungsrausch die Oberhand gewinnt, wird es mir das Herz brechen."

„Sieh mich an, Jane Hartley." Sie gehorchte. Kais Blick war ernst, als er fortfuhr: „Es stimmt, dass ein Rausch einen schwächeren Drachenwandler überwältigen kann und er die Fähigkeit verliert, sein Leben zu kontrollieren. Aber ich bin nicht willensschwach. Du hast vielleicht schon meine Sturheit bemerkt." Jane lächelte darüber, und Kai strich über ihre Wange. „Ich will Maggie Jones nicht. Verdammt, ich glaube, nicht einmal mein Drache will sie noch." Er strich über ihre Braue. „Wir wollen nur dich, Jane. Du bist schlau, stur und schöner als jede Frau, die ich je gesehen habe. Ich bin stärker, wenn du an meiner Seite stehst, und auch wenn ich es niemandem sonst gegenüber zugebe, bin ich deinetwegen ein besserer Mann. Du hast das Lachen wieder in mein Leben gebracht, als ich dachte, ich würde es nie wieder haben." Er lehnte seine Stirn gegen ihre. „Ich liebe dich, Jane Hartley. Wirst du für immer bei mir bleiben?"

Janes Augen wurden feucht. „Du sagst das alles mit solcher Überzeugung. Ich bin mir nicht sicher, ob ich Nein sagen kann."

Kai knurrte. „Das ist immer noch keine Antwort, Janey."

Jane hob eine Hand an Kais Wange und flüsterte: „Ich liebe dich auch, also schätze ich, dass ich keine Wahl habe."

Knurrend drehte Kai sie auf den Rücken. „Sag mir, dass du bleiben willst."

„Kay Sutherland, ich will bleiben. Du und Stonefire seid meine Zukunft."

„Gute Antwort", murmelte er, bevor er sie küsste und ihr zeigte, wie sehr er sie liebte.

Kapitel Achtzehn

Ein paar Stunden später drückte Kai Janes Hand in seine, als sie sich Brams Cottage näherten. „Ich sage immer noch, wir hätten einfach mit Bram telefonieren sollen."

Jane drückte zurück. „Gerade du solltest ein persönliches Gespräch zu schätzen wissen. Wir können so viel in Brams Gesichtsausdruck lesen."

Kai grunzte und sah Jane an. „Erinnere mich doch noch einmal daran, warum ich dich liebe."

Sie grinste, und sein Herz setzte einen Schlag aus. „Weil du mir keine Angst machen kannst und ich mir deinen Mist nicht gefallen lasse."

Kais Drache grunzte. *Warum hast du sie uns überreden lassen, das zu tun? Wenn du mir die Verantwortung gegeben hättest, hätte ich andere Wege gefunden, sie zu überzeugen, zu Hause zu bleiben.*

Es ist schwer, nein zu ihr zu sagen. Das weißt du.

Wir werden bald daran arbeiten. Ich kann sie in Schach halten.

Kai schnaubte in seinem Kopf. *Das würde ich gerne sehen.*

Janes Stimme unterbrach das Gespräch mit seinem Drachen. „Worum geht es deinem Drachen jetzt?"

Kai hielt inne und zog an Janes Hand, bis sie gegen seinen Körper prallte. „Spielt keine Rolle. Gib mir einen Kuss, damit er still ist."

„Du wirst mich herumkommandieren, bis ich neunzig Jahre alt bin, nicht wahr?"

Einer seiner Mundwinkel hob sich. „Wahrscheinlich. Aber ich habe andere Wege, um zu bekommen, was ich will."

Jane öffnete den Mund, aber Kai schnitt ihr das Wort mit einem langsamen, anhaltenden Kuss ab. Er wollte gerade schon einen Arm um Janes Taille legen und sie festhalten, als Brams Stimme dröhnte. „Ich glaube, deine Stunde war schon vor einiger Zeit vorbei, Kai."

Kai unterbrach den Kuss und murmelte: „Als ob eine Stunde genug wäre, wenn ich sie mit meiner Frau verbringe."

Bram sprach, als hätte Kai es über den ganzen Weg geschrien. „Du und Jane, ihr wolltet mich sehen, also beeilt euch. Evies Füße bringen sie um, und ich würde sie gerne bald massieren."

Kai schüttelte den Kopf, gab Jane einen letzten Kuss und wandte sich seinem Clanführer zu. „Du hast dich verändert, Bram."

Bram lächelte. „Aye, und zwar zum Besten. Genau wie du."

Jane berührte Kais Hand. „In der Zeit, in der du ihn geneckt hast, hätten wir bereits Antworten erhalten können. Gehen wir."

Kai folgte Janes Führung, aber bald war er vorn und zog sie mit. Sie erreichten die Eingangstür, und Bram trat zur Seite, als er in Richtung Wohnzimmer deutete. „Wir werden da drinnen reden."

Kai begleitete Jane ins Wohnzimmer. Er nickte Evie zu, die im Sessel saß, ließ sich auf die Couch fallen und zog Jane auf seinen Schoß. Sie landete mit einem Quietschen. „Was machst du denn?"

Er umarmte sie ganz fest. „Ich möchte die Frau, die ich liebe, in meinem Schoß halten. Das ist doch kein Verbrechen."

Jane versuchte, die Stirn zu runzeln, aber am Ende lächelte sie. „Da ist ja schon wieder diese verborgene romantische Seite."

Kai grunzte kaum, und Jane lachte. Bevor er jedoch etwas dazu sagen konnte, gewann Evies Stimme seine Aufmerksamkeit. „Ich wusste es. Siehst du, Bram? Kai und Jane sind verliebt. Kai hat es sogar erwähnt. Auf keinen Fall kannst du behaupten, ich hätte die Wette nicht gewonnen. Ich habe jetzt das volle Namensgebungsrecht für unser ungeborenes Kind."

Bram seufzte. „Aye, hast du. Nenn unser Baby nur nicht Gladys oder Jethro."

Verschlagenheit tanzte in Evies Augen. „Ach, ich bin mir sicher, dass ich Schlimmeres hinbekomme."

Bram schüttelte den Kopf, bevor er sich auf die Armlehne des Sessels setzte und Evies Schultern besitzergreifend hielt. „Wir können später darüber reden. Kai und Jane haben um ein Treffen gebeten, also lass uns hören, was sie zu sagen haben."

Kai legte sein Kinn auf Janes Schulter und sah seinem Clanführer ins Auge. „Jane will bleiben."

Jane wackelte in seinem Schoß. Bestimmt wollte sie ihn mit ihrem vollen Po an seinem Schwanz in Versuchung führen. „Lass mich Kai für dich übersetzen. Kai hat mich gebeten, seine Gefährtin zu sein, und ich habe Ja gesagt. Die Frage ist eine zweifache. Erstens, wirst du es erlauben? Und zweitens: Wird das MDA es zulassen?"

Als Brams Augen zwischen Kai und Jane hin und her schossen, erhöhte sich Kais Herzfrequenz. Es gab nur sehr wenige Situationen, die Kai nervös oder ängstlich machten. Nur weil er Janes Körper an sich hielt und von ihrem Geruch umgeben war, sprang Kai nicht hoch, zog Bram nicht an seinem Hemd hoch und verlangte keine Antwort.

Kai atmete Janes Geruch tief ein und wartete, bis Bram über seine Zukunft entschied.

Jane packte Kais Arme, die um ihre Taille lagen. Von seiner harten Brust und der köstlichen Hitze umgeben zu sein, half ihr, ihre Nervosität zu beruhigen. Sie wusste, dass Bram nur zur Hälfte dafür verantwortlich war, ob sie mit Kai auf

Stonefire leben durfte, aber es war die wichtige Hälfte. Ohne Zweifel könnte Evie ihre Magie beim MDA wirken lassen.

Aber wenn Bram nein sagte oder Jane sagte, sie solle gehen, hätte sie keine Wahl.

Kai hatte angeboten, ihr zu folgen, wohin sie auch ging, aber sie konnte nicht zulassen, dass er Stonefire verließ. Er war die beste Chance des Clans auf eine sichere Zukunft.

Bram grinste, und Janes Magen hörte auf zu brennen. „Natürlich lautet meine Antwort ja. Jane kann bleiben. Ich möchte Kai nur ein wenig ins Schwitzen bringen, da ich nur selten die Chance dazu habe."

Kai knurrte. „Das ist verdammt nochmal nicht lustig, Bram!"

„Ich fand's urkomisch. Aber es war so eine Art Test."

Jane runzelte die Stirn. „Was für ein Test?"

Bram deutete auf sie. „Zu sehen, wie ihr beide euch zur Unterstützung aneinander klammert, sagt mir, was ihr füreinander empfindet. Zu sagen, dass man jemanden liebt, ist großartig, aber Taten sprechen die Wahrheit einer starken Bindung aus. Ihr beide gehört zusammen."

Jane entspannte sich gegen Kais Brust, und ihr Drachenmann schmiegte sich an ihre Wange, als er fragte: „Was ist mit dem MDA?"

Evie winkte das mit einer Hand ab. „Ich habe sie letzte Woche danach gefragt. Die Sonderlizenz wartet in Brams Arbeitszimmer."

Jane sprang ein. „Ihr wusstet es schon vor uns?"

Evie lächelte. „Natürlich. Ich habe die beste Erfolgsbilanz, wenn es darum geht, zukünftige Gefährten zu erraten."

Bram grunzte. „Nur, wenn man sie zusammen sieht. In Bezug auf Sid hast du dich bislang absolut geirrt."

Evie sah ihrem Gefährten in die Augen. „Sie ist schwer zu lesen, aber ich werde sie noch knacken."

Jane räusperte sich. „So sehr ich es Sid auch gönne, glücklich zu sein, vielleicht könnte einer von euch die Sonderlizenz holen und sie uns geben?" Kai drückte seine Arme um ihre Taille und rieb seine Unterarme, als sie ergänzte: „Ich will nur sichergehen, dass du deine Meinung nicht änderst."

Bram stand auf. „Bist du ungeduldig?"

„Ja", sagten Kai und Jane gemeinsam.

Bram schmunzelte und verließ den Raum. Evie sah zu ihnen und neigte den Kopf. „Ich kann mir irgendwie nicht vorstellen, dass Kai eine große Paarungszeremonie vor dem Clan will, aber wenn ihr zwei eine wollt, könnt ihr sie vielleicht ein wenig verschieben."

Kai knurrte. „Ich möchte jeden wissen lassen, dass Jane mir gehört."

Jane tätschelte ihm den Arm. „Beruhige dich, Junge. Lass Evie aussprechen."

Kai knurrte wieder, blieb aber still. Evie legte eine Hand an ihren schwangeren Bauch. „Sobald ihr beide die Genehmigung unterzeichnet habt, werdet ihr rechtmäßig gepaart. Aber wie ich Jane kenne, würde sie selbst ihre Paarungszeremonie als Gelegenheit nutzen, den Drachenwandlern zu helfen."

Jane hob die Brauen. „Wenn ich mich recht erinnere, hast du das Gleiche getan."

„Ja, aber nur für eine Handvoll Reporter."

„Nicht mich", fügte Jane hinzu.

Evie grinste. „Nein, aber am Ende hast du die beste Portion abbekommen."

Kai murmelte: „Darf ich vielleicht auch noch etwas dazu zu sagen?"

Jane drehte den Kopf, um in seine Augen zu sehen. „Willst du nicht, dass deine Mom und deine Schwester auch dabei sind? Es wird einige Zeit dauern, um die Erlaubnis von Snowridge zu bekommen. Ist doch nur eine Zeremonie. Du gehörst schon mir, Drachenmann."

Bram trat ein und reichte Jane ein Stück Papier. Darauf stand „Sonderpaarungsgenehmigung". In schwarzer Tinte standen da ihr und Kais Name.

Ihre Hand zitterte ein wenig, und ihre Augen wurden feucht. Kai legte eine Hand auf ihre und flüsterte: „Keine Zweifel erlaubt, Janey. Auf überhaupt keinen Fall werde ich dich gehen lassen."

„Als ob du mich daran hindern könntest, irgendetwas zu tun."

Kais Augen sahen plötzlich besorgt aus. „Was ist dann los?"

Jane lächelte schwach. „Ich habe keine Zweifel. Ich bin einfach glücklich und versuche, nicht zu weinen."

Kai küsste ihre Wange. „Du bist stark, Janey. Nur zu, weine, wenn dir danach ist. Ich werde immer da sein, um dich zu halten."

Janes Kehle schloss sich. „Kai."

Ihr Drachenmann nahm ihr die Genehmigung aus der Hand und warf sie zur Seite. Dann drehte er ihren Körper halb zu sich und nahm ihre Wange in die Hand. „Ich dachte mal, ich würde nie wieder lieben. Aber du hast sowohl Mensch als auch Tier wieder zum Leben erweckt, mit deiner frechen Einstellung und deinen erhitzten Blicken. Du könntest dir einen zweiten Kopf wachsen lassen, und ich würde dich immer noch lieben. Halte dich bei mir nie zurück, Jane Hartley. Niemals."

Jane nickte, als eine Träne an ihrer Wange hinablief. Kai strich sie sanft beiseite, und sie setzte sich etwas aufrechter hin. „Dann küss mich, Kai Sutherland, und mach mich so glücklich, dass Tränen meine Wangen herunterrollen."

Kai runzelte die Stirn. „Ich möchte nicht, dass du weinst, wenn du glücklich bist."

Jane lachte und tippte auf Kais Wange. „Wie wäre es dann, wenn wir nach Hause gingen und du mich auf andere Weise glücklich machst? Ich glaube, du magst es zu schreien, wenn ich mich recht erinnere."

Jane ignorierte Brams Schmunzeln, aber Kai starrte den Anführer des Stonefire-Clans an, bevor er auf Jane zurückblickte. „Lass uns nach Hause gehen. Und ich bin ungeduldig, also trage ich dich."

„Du wirst nicht –"

Kai stand mit Jane in seinen Armen auf. „So geht es schneller."

Jane legte keine Sekunde zu früh die Arme um Kais Hals. Ihr Drachenmann rannte aus Brams Haus und in Sekundenschnelle zu ihrem eigenen.

Sie legte ihren Kopf an sein Herz, hörte dem gleichmäßigen Rhythmus zu und konnte nicht umhin zu lächeln. Kai gehörte ihr genauso wie sie ihm. Und auf keinen verdammten Fall würde sie ihn aufgeben. Selbst wenn Maggie Jones auftauchte, glaubte Jane, dass Kai Jane der walisischen Drachenfrau vorziehen würde. Brams Worte über Taten, die Bände sprachen, stimmten. Kai würde sie immer festhalten und nie gehen lassen.

Nicht einmal der verdammte Instinkt eines Drachen würde das ändern.

Epilog

Drei Wochen später

Jane blickte auf den zwei Meter breiten und eins zwanzig hohen Korb mit den großen Metallringgriffen und dann zurück zu Kai, der neben ihr stand. „Sind diese Ringe schon mal abgegangen? Sie sind nur mit wenigen Stücken Stoff am Korb befestigt."

Einer von Kais Mundwinkeln zuckte nach oben. „Das ist die Entschuldigung Nummer 15, warum du nicht fliegen willst. Allmählich gehen dir die Ausreden aus."

Sie straffte die Schultern. „Das sind keine Ausreden. Ich versuche nur, eine Qualitätskontrolle durchzuführen."

Kai verschränkte die Arme vor der Brust. „Es ist

mir verdammt egal, wie du es nennst. Wenn du meine Schwester, meine Mom und meinen Stiefvater kennenlernen willst, dann musst du in den verdammten Korb steigen."

„Ich verstehe immer noch nicht, warum wir nicht mit dem Auto fahren können."

„Sie leben in den Bergen in der Nähe des Snowdonia-Nationalparks in Wales. Es ist extrem schwierig, dorthin zu fahren. Fliegen ist einfacher."

„Ah, aber Fahren ist nicht unmöglich."

Kai seufzte. „Du bist diejenige, die dahin wollte. Mir reicht es, wenn sie hierherkommen."

Jane sah wieder auf den Korb. Bei der Reise ging es um viel mehr, als dass Kai nur seine Familie zu sehen bekam, und sie wusste das. Bram und Evie hofften auch, dass der Besuch gut verlaufen würde. Wenn ja, öffnete es weitere Gespräche über Bündnisse und Zusammenarbeit.

Dass Jane sich weigerte, in den Korb zu klettern, wäre extrem egoistisch.

Sie sah zu Kai auf, streckte eine Hand aus und legte sie an seine Brust. „Versprichst du, mich aufzufangen, wenn der Korb fällt?"

Er legte seine Hand über ihre und stöhnte. „Das wird verdammt nochmal nicht passieren. Aber wenn doch, werde ich dich immer auffangen, Jane. Auch wenn das bedeutet, mir jeden Knochen in meinem Leib zu brechen."

Sie lächelte. „Du wirst ja zu einem richtigen Romantiker. Bist du immer noch der starke, wilde

Beschützer, den ich in Newcastle kennengelernt habe?"

„Natürlich." Er zog sie an sich. „Selbst ein Soldat kann eine Schwäche für seine Gefährtin haben."

„Ich bin noch nicht deine Gefährtin."

Kais Pupillen blitzten zu Schlitzen und zurück. „Nur weil du noch keinen Termin festgelegt hast."

Sie drückte einen sanften Kuss auf seine Lippen und murmelte: „Sei geduldig, Kai. Die besten Dinge sind es wert, auf sie zu warten."

Sein Blick wurde erhitzt, und Jane wusste, wenn sie nicht in den nächsten zehn Sekunden zum Korb lief, würde ihre Reise wieder verschoben.

Sie drückte gegen Kais Brust, und er ließ sie widerwillig los. Sie ging auf den Korb zu und sagte über ihre Schulter: „Kommst du nicht? Wir wollen deine Mom und deine Schwester doch nicht warten lassen."

Kai schüttelte nur den Kopf, als er seine Kleider auszog und in den Korb warf. „Wenn wir zu spät kommen, ist es deine Schuld, nicht meine."

Jane hielt inne und lehnte sich dann gegen den geflochtenen Korb. „Ich dachte, ein verliebter Drache würde sich für seinen Gefährten verbiegen."

„Du bist noch nicht offiziell meine Gefährtin." Kai lächelte. „Egal, was dieser Zettel sagt, du musst meinen Namen auf deinem Arm tragen und mich vor dem Clan beanspruchen, um es wirklich offiziell zu machen."

Jane streckte ihre Zunge heraus und antwortete

dann: „Du hättest diese Runde vielleicht gewonnen, aber ich bin immer noch vorn."

Kai ging ein wenig weiter weg, um Platz zum Wandeln zu haben. „Nur weil du schummelst."

„Hey, es ist nicht meine Schuld, dass du fünf Punkte verloren hast, weil du meinem Bruder ins Gesicht geschlagen hast."

Kai grunzte. „Er hat angefangen."

Sie legte eine Hand an ihre Hüfte. „Trotzdem hast du versprochen, ihn nicht zu schlagen. Du hättest ihn stattdessen mit einem deiner Special-Moves festnageln können."

„Er hat dich beschimpft, weil du ‚mit einem Drachenmann rummachst', und hat mich dann angebrüllt, weil ich seine Schwester beschmutzt habe. Er war der Idiot, der mich geschlagen hat. Am Ende hat er seine Lektion gelernt."

Jane erinnerte sich noch an Rafes blaues Auge von der Videokonferenz ein paar Tage später. „Sei nur froh, dass er seine Hilfe bei der Verfolgung der Jäger nicht zurückgezogen hat."

„Bei all seinen Fehlern sorgt sich Rafe um deine Sicherheit. Er wird alles Erforderliche tun, um sie zu gewährleisten." Kai deutete zum Korb. „Jetzt hör auf zu zögern und steig in den verdammten Korb."

Bevor Jane antworten konnte, wuchsen die Flügel aus Kais Rücken, seine Nase verlängerte sich zu einer Schnauze, und seine Arme und Beine streckten sich zu längeren Gliedmaßen mit Krallen.

Es mochte ein bewölkter Novembertag sein,

aber Kais goldene Haut glänzte sogar bei schwachem Licht.

Er sah so gut aus.

Kai ging in die Hocke, bevor er in die Luft sprang. Nach ein paar Flügelschlägen schwebte er links von der Stelle, wo sie stand.

Das war ihr Stichwort; Jane kletterte in den Korb und ordnete seine Kleidung am Boden. Nachdem sie die Wärmedecke genommen hatte, die sie brauchte, um sich warmzuhalten, rief sie: „Ich bin bereit!"

Kai wackelte mit dem Kopf, bevor er sich langsam über den Korb senkte. Als Jane sich in die Decke wickelte, um den Wind von seinen Flügeln von sich fernzuhalten, setzte sie sich auf den Boden, damit sie die Erde nicht an sich vorbeirasen sehen musste. Sie hatte den Flug mit Nikki überlebt, weil Jane sich auf Kais Verletzungen konzentriert hatte. Dieses Mal hatte sie nichts, was sie ablenkte.

Sie schwor, in Kais Augen tanzte die Belustigung, bevor er die Ringe vorsichtig in seine Klauen nahm.

Als ihr Bastard von einem Drachenmann sich mit mehr Kraft als nötig in die Luft stürzte, schloss Jane die Augen und schrumpfte in ihre Decke. Er hatte das absichtlich getan, und sie würde sich später dafür rächen.

Im Moment konzentrierte sich Jane darauf, warm zu bleiben und ihre Augen geschlossen zu halten.

Der Flug war ruhiger, als sie erwartet hatte, aber

die Luft, die über ihr wehte, in Kombination mit Kais Flügelschlägen, erinnerte sie daran, dass sie mehrere hundert, wenn nicht tausend Meter hoch in der Luft waren.

Während sie ein beliebtes Lied aus dem Radio im Kopf summte, brachte Jane ihre Gedanken in den Reportermodus und ging alles durch, was sie nicht nur über Kais Familie, sondern auch über Clan Snowridge herausfinden wollte. Bram und Evie zählten auf sie und Kai, und sie wollte sie nicht enttäuschen. Nicht nur, weil Bram ihre Podcast-Idee gebilligt hatte, sondern auch, weil Stonefire ihr Zuhause war und sie alles tat, um es zu einem sicheren Ort für alle zu machen.

Kai sah zum fünfzigsten Mal nach unten, aber Jane war immer noch in ihrer Decke eingehüllt.

Wieder typisch für ihn, dass er eine Gefährtin hatte, die nicht gerne flog.

Sein Drache meldete sich zu Wort. *Das wird sie. Das braucht Zeit.*

Sagt das Tier, das einen scharfen Sinkflug machen und dann wieder hochziehen will.

Das macht Spaß.

Jane nicht.

Sein Drache schnaubte und konzentrierte sich aufs Fliegen. Ohne seine Gefährtin oder seinen Drachen, mit dem er reden konnte, wanderten seine

Gedanken zu dem bevorstehenden Treffen in Snowridge.

Es war schon ein paar Jahre her, dass er seine Mutter und seine Schwester gesehen hatte. Vor allem wegen seiner Feigheit, aber auch wegen der angespannten Beziehungen zwischen den beiden Clans.

Doch die Angst vor den Drachenrittern und die Nachricht von der Allianz zwischen Stonefire und Lochguard waren Rhydian, dem Anführer des Snowridge-Clans zu Ohren gekommen, der eine Gelegenheit sah.

Da Kais Job die Sicherheit war, überließ er die Politik Leuten wie Bram. Wenn etwas gerettet werden konnte, würde Bram es tun.

Kai durfte nur niemanden verärgern.

Oh, und musste Maggie aus dem Weg gehen.

Sein Tier meldete sich wieder zu Wort. *Wen interessiert das? Wir haben Jane. Sie gehört uns.*

Ich weiß, und ich werde dich, wenn nötig mit Medikamenten betäuben, um Jane anstatt Maggie zu behalten.

Der Rausch lässt mit der Zeit nach. Nichts wird mich von Jane wegbringen.

Auf den selbstbewussten Tonfall seines Drachen hin ließ Kais Nervosität ein wenig nach. *Gut, denn ich glaube nicht, dass ich ohne sie leben könnte.*

Ich auch nicht.

Mit der Antwort seines Tiers zufrieden, genoss Kai die majestätischen Berge unter sich. Sie näherten sich dem Snowdonia-Nationalpark und würden bald in Snowridge sein.

Im Gegensatz zu Stonefire und Lochguard lebten die meisten Clan-Mitglieder von Snowridge in den Bergen. Das karge, flache Land wurde als Landefläche, für die Haupthalle und die Viehhaltung genutzt.

Kai entdeckte den Hauptlandebereich am Rand von Snowridge und verlangsamte seinen Sinkflug. Da Janes Leben auf dem Spiel stand, musste er besonders vorsichtig sein. Wenn er die Entfernung zu einer scharfen Felswand falsch einschätzte, konnte das seinen zerbrechlichen Menschen verletzen.

Sein Drache schnaubte. *In der Tat zerbrechlich.*

Kai ignorierte seinen Drachen und arbeitete mit seinem Tier daran, den Korb langsam auf den Boden abzusenken. Sobald Jane wieder gesund und munter auf festem Land war, scannte er das Gebiet aus Gewohnheit.

Seine Mutter und seine Schwester standen in menschlicher Gestalt am äußersten Rand des Landebereichs.

Der Anblick seiner Schwester Delia, so erwachsen, drückte sein Herz. Sie war fünfzehn Jahre alt und fast so groß wie er, wenn er schätzen sollte. Ihr zuvor langes, braunes Haar war allerdings kurz. Er fragte sich, ob es einen Grund gab, warum sie es abgeschnitten hatte.

Janes Stimme driftete zu seinen Ohren. „Kai."

Er wandte den Blick von seiner Schwester,

bewegte sich ein paar Meter hinüber und landete. Kai stellte sich vor, wie sein Körper zu einem Menschen zurückschrumpfte, und stand wieder auf seinen beiden Füßen, als ein Windzug über die Landezone wehte. Obwohl Drachen die Kälte länger überstehen konnten als Menschen, zitterte er. „Verdammte walisische Winde."

Jane kam an seine Seite und warf ihre Decke über seine Schultern. „Da. Jetzt wirst du nicht zittern, wenn du deine Mutter begrüßt."

„Ich könnte es auch ohne die Decke aushalten."

Jane verdrehte die Augen und drückte ihm seine Kleidung in die Arme. „Vielleicht noch dreißig Sekunden. Aber ich mag dich lieber in einer warmen, rosa Farbe. Blau steht dir nicht."

Bei der Erwähnung, er sei wegen der Kälte blau geworden, überprüfte er Janes Gesicht, aber abgesehen davon, dass sie etwas blasser als sonst war, sah sie gut aus. „Wie fühlst du dich? Musst du dich hinlegen?"

„Mir geht's gut. Wenn du dich jetzt schon so verhältst, will ich nicht sehen, was passiert, wenn wir jemals beschließen, ein Kind zu bekommen."

Da Kai und Jane in den nächsten Jahren noch viel erreichen mussten, war noch nicht der richtige Zeitpunkt für ein Kind. Doch der Gedanke, eines Tages ein kleines Kind zu haben, erwärmte Kais Herz.

Bevor Kai antworten konnte, erklang die Stimme seiner Mutter: „Hör auf, dich um das

Mädchen zu sorgen, Kai Wilbur Sutherland, und umarme deine Mutter."

Janes Stimme war voller Lachen, als sie „Wilbur?" wiederholte.

Kai ignorierte seine Gefährtin und wandte sich seiner Mutter zu, die bereits ihre Arme ausgebreitet hatte. Mit einem Seufzer senkte er die Decke zu seiner Taille und ging zu ihnen. „Hallo, Mom."

Seine Mutter umarmte ihn fest. „Es ist zu lange her, Kai." Sie zog sich zurück, und ihre grünen Augen musterten seine, bevor sie lächelte. „Aber ich bin froh, dass du dieses Mal glücklich bist."

Delia ergriff das Wort. „Hey, Kai."

Als seine Mom ihn aus ihrer Umarmung befreite, sah er zu seiner Schwester, die ihre Daumen in die Jeans gehakt hatte. Aus verschiedenen Gründen hatten Kai und Delia nie viel Zeit miteinander verbracht, nachdem er zur Armee gegangen war. Er vermisste es, seine kleine Schwester auf seine Schultern zu heben und einen fliegenden Drachen nachzuahmen.

Er hatte zu viele Jahre verstreichen lassen.

Jane kam an seine Seite, und ihr Verhalten durchbrach seine Erinnerungen. Er legte einen Arm um seine Frau und nickte seiner Mutter und seiner Schwester zu. „Jane Hartley, darf ich vorstellen: Meine Mutter Lily Owens und meine Schwester Delia Owens. Mom und Delia, das ist meine Frau Jane Hartley."

Delias Augen begannen zu leuchten. „Sie sind die Reporterin, die wir im Fernsehen gesehen haben und die Melanie Hall-MacLeod und die anderen interviewt hat."

Jane lächelte. „Ja, das bin ich."

Delia blickte auf Kai zurück. „Du hast mir nicht gesagt, dass deine Frau berühmt ist." Seine Schwester ging an Janes andere Seite, schob ihren Arm durch Janes und zog. „Ihretwegen wollte ich Reporterin werden. Wir haben nicht viele davon in den Drachenclans, aber ich denke, das könnte sich ändern. Darf ich mir bei Ihnen Anregungen holen? Ich habe so viele Fragen."

Kai grunzte. „Wir sind gerade erst angekommen. Gib Jane etwas Zeit, sich zu erholen."

Jane hob eine Braue. „Wie ich bereits sagte: Mir geht es gut." Sie sah Delia an und lächelte. „Und ich würde gerne plaudern, solange es drinnen ist und ich eine Tasse Tee haben kann."

Delia nickte. „Wir haben alle Teesorten da. Komm, ich bringe euch zu eurer Unterkunft." Delia blickte zu Kai auf. „Du kannst Mom Gesellschaft leisten."

Bevor Kai mehr als nur blinzeln konnte, hatte Delia Jane mitgezogen und war dabei, ihr ein Ohr abzukauen. Delia kam definitiv nach ihrer Mom und seinem Stiefvater, die beide nie aufhörten zu reden.

Seine Mom berührte seinen Bizeps. „Du wirst es noch mit deinem letzten Atem leugnen, aber dir ist wahrscheinlich kalt. Gehen wir hinein, und du kannst mir alles darüber erzählen, wie du Jane Hartley kennengelernt hast."

Er zuckte die Schultern. „Nichts Besonderes. Unsere Wege haben sich gekreuzt, als wir einigen Drachenjägern nachgestellt haben."

„Ist das Sarkasmus, den ich da höre? Ich hätte nie gedacht, dass ich ihn von dir noch einmal hören würde."

Als er das Gesicht seiner Mutter mit den leichten Falten um Augen und Mund sowie ihr ergrauendes blondes Haar betrachtete, fiel ihm ein, wie lange es her war, dass er wirklich mit seiner Mutter gesprochen hatte. „Du solltest Jane danken, obwohl ich es ihr nicht direkt sagen würde. Es könnte ihr zu Kopf steigen und ihr Ego aufblähen."

Seine Mom schmunzelte. „Klingt nach jemandem, den ich kenne." Sie schlang ihre Arme um seine Taille. „Komm, Kai. Ich möchte deine Frau besser kennenlernen. Ich habe viele peinliche Geschichten zu erzählen."

„Mom."

Sie grinste. „Deine Gefährtin ist Reporterin. Sie könnte sie wahrscheinlich sowieso alle rausfinden. Außerdem, ihr ein paar Geschichten zu erzählen, wird mir ihre Gunst bringen. Auf diese Weise können wir uns später gegen dich verbünden."

Er grunzte, lächelte dann aber. Als er mit seiner Mom zu ihrem Haus ging, verschwand der Teil von Kai, der seine Familie vermisst hatte. Dank einer sturen, leichtsinnigen Frau, die in sein Leben getreten war, hatte Kai nicht nur wieder Liebe gefunden, sondern auch seine Mom und seine Schwester.

Sein Drache meldete sich zu Wort. *Eines Tages werden wir unsere eigene Familie haben. Ich werde Jane nie wieder gehen lassen.*

Es gab immer noch eine anhaltende Sorge, seine wahre Gefährtin zu sehen.

Aber ein paar Minuten später bemerkte Kai eine dunkelhaarige Frau, die um einen Fels zu ihm blickte.

Es war Maggie Jones.

Doch als er die schüchterne Frau sah, gab es keinen Wunsch, sie zu gewinnen. Und er hatte kein Interesse daran, sie zu küssen.

Nicht einmal sein Drache tat mehr als zu blinzeln.

Sein Tier schnaubte. *Hab' ich dir doch gesagt. Ich will nur Jane.*

Er winkte Maggie zu, aber sie drehte sich um und lief weg.

So eine Frau wäre nie die richtige Wahl für Kai. Vielleicht war der Instinkt eines Drachen nicht immer richtig.

Sein Tier meldete sich wieder. *Wir alle haben etwas zu unserer Zukunft zu sagen. Wir hatten Glück und haben eine zweite Chance bekommen.*

Seine Mom studierte sein Gesicht. „Geht es dir gut, Kai?"

Er drückte die Schulter seiner Mom und antwortete: „Ging mir nie besser, Mom. Beeilen wir uns. Ich will aus dieser verdammten Kälte raus."

„Du willst wohl eher mit deiner Frau kuscheln."

Er grunzte wieder. „Drachenwandler-Männer kuscheln nicht."

Seine Mom lachte. „Red dir das nur weiter ein, Kai. Vielleicht wird es eines Tages tatsächlich wahr werden."

Während seine Mutter über die jüngsten Ereignisse im Clan plauderte, beschleunigte Kai ihr Tempo. Seine Mom hatte recht – er wollte mit seiner Frau kuscheln und sie nie wieder gehen lassen.

Das Dilemma des Drachen

Um die lebensrettende Krebsbehandlung ihres Vaters zu bezahlen, bietet Holly Anderson sich selbst als Opfer an und verkauft die Ampulle mit Drachenblut. Im Gegenzug wird sie versuchen, einem schottischen Drachenwandler ein Kind zu gebären. Auch wenn der ihr zugeteilte Drachenmann nett ist, kann Holly nicht aufhören, seinen Zwillingsbruder anzusehen. Sie wird all ihre Willenskraft brauchen, um mit ihrem zugewiesenen Drachenmann zu schlafen. Wenn sie den Opfervertrag bricht und ihrem Herzen folgt, kommt sie ins Gefängnis und kann sich nicht um ihren Vater kümmern.

Obwohl er noch nicht bereit ist, sesshaft zu werden, unterstützt Fraser MacKenzie die Entscheidung seines Zwillingsbruders, ein weibliches Opfer zu nehmen, um zur Wiederbevölkerung des Clans beizutragen. Doch als Fraser das Mädel kennenlernt, fängt sein Drache an, etwas zu fordern, das er nicht haben kann, nämlich das Opfer seines Bruders.

Holly und Fraser kämpfen gegen die Anziehung zueinander, aber ein gestohlener Beinahekuss wird alles ändern. Werden sie riskieren, das Gesetz zu brechen und Frasers Zwillingsbruder zu hintergehen? Oder werden sie einen Ausweg aus dem Opfervertrag finden und glücklich bis ans Ende ihrer Tage leben?

Vom Drachen geliebt

DIE STONEFIRE-DRACHEN #6

In *Den Drachen verführen* entdeckten Evie und Bram ihre Liebe füreinander. Seit der Paarungszeremonie war ihr Clan vielen Prüfungen ausgesetzt, und sie haben zusammengearbeitet, um die Welt zu einem besseren Ort für Stonefire und andere Drachenwandler im Vereinigten Königreich zu machen.

Doch als sich Weihnachten und die Wintersonnenwende nähern, kommt es zu Komplikationen, und bei Evie setzen die Wehen ein. Werden Bram und Evie ihr Happy End fortsetzen und ihr Kind willkommen heißen? Oder wird etwas schiefgehen und ihre Familie zerbrechen?

HINWEIS: Das ist keine separate Geschichte. Bitte lesen Sie vorher zumindest *Den Drachen Verführen* (Stonefire Drachen Nr. 2).

Bücher von Jessie Donovan

Die Stonefire-Drachen

Dem Drachen geopfert

Den Drachen verführen

Die Drachen offenbaren

Den Drachen heilen

Den Drachen wiedererwecken

Vom Drachen geliebt

Dem Drachen ergeben

Vom Drachen geheilt

Dem Drachen helfen

Den Drachen finden

Vom Drachen ersehnt

Den Drachen überzeugen

Vom Drachen geschätzt

Dem Drachen Vertrauen - erscheint demnächst

Lochguard Highland Drachen

Das Dilemma des Drachen

Der Drachenwächter

Das Drachenherz

Der Drachenkrieger

Die Drachenfamilie

Die Entdeckung des Drachen

Das Streben des Drachen

Das Drachenkollektiv

Die Chance des Drachen

Die Erinnerung des Drachen - erscheint demnächst

Stonefire Drachen Universum

Skyhunter gewinnen

Snowridge Verwandeln

Die Gefährten der Tahoe-Drachen

Die Wahl des Drachen

Das Bedürfnis der Drachenfrau

Ein Drache zum ersten, zum zweiten…

Die Bürde des Drachen

Die Schwäche des Drachen

Der Fund des Drachen

Die Überraschung des Drachen - erscheint demnächst

Die Zusammenkünfte der Drachenclans

Sommer in Lochguard

Über die Autorin

Jessie Donovan hat mehr als eine halbe Million Bücher verkauft, Hunderttausende weitere kostenlos an ihre Leser*Innen verschenkt und es sogar auf die Bestsellerlisten der *NY Times* und *USA Today* geschafft. Sie ist vor allem für ihre Drachenwandler-Serie bekannt, schreibt aber auch über Elfenhexen, Vampire, Alien-Krieger und hat sogar eine verrückt-komische Liebesromanreihe aufgelegt, die in Schottland spielt. Wenn sie nicht gerade ein Buch liest, auf ihrem Laufband joggt oder mit nur wenigen Groschen in der Tasche durch ein fremdes Land reist, findet man sie oft auf Facebook oder TikTok, wo sie mit ihren Lesern interagiert. Sie lebt in der Nähe von Seattle. Dort regnet es zwar oft, doch der Regen macht auch alles grün.

Besuchen Sie ihre Website unter: www.JessieDonovan.com